救国ゲーム

THE GAME TO SAVE
THE COUNTRY

SHINICHIRO YUKI
結城真一郎

新潮社

目次

神楽零士さん殺害事件に関する想定問　―参考資料⑬―

作成：内閣官房まち・ひと・しごと創生本部事務局
主査　雨宮雫
中津瀬達矢

〈奥霜里　その他住民一覧〉

南光院銀二（45）、南光院麻衣子（42）
夫婦で古民家宿『桃源』を営む、神楽零士に続く移住者第二号案件。

黒飛寿（36）、黒飛佳奈美（34）
東京にも居を構える二拠点居住者。夫の寿は家具職人、妻の佳奈美は「奥霜里ブランド野菜事業」の立ち上げ人。

中井佑（32）
ドローンによる空撮映像の投稿などで人気を博す映像クリエーター。

晴山陽菜子（28）
某大手広告代理店を退職し二年前に移住、運営するブログ『ひなこの田舎暮らし』が話題。

琴畑直人（27）
奥霜里のプロモーションＨＰ制作なども手掛けた、移住四年目のフリーエンジニア兼ｗｅｂデザイナー。

青野凪咲（23）
移住一年目、南光院夫妻が営む『桃源』に勤務。

稲村節子（85）
奥霜里の旧住民で、「奥霜里ブランド野菜事業」のアドバイザーと『桃源』の料理長を兼任。

我妻進（78）
奥霜里の旧住民で、「海のない集落」での「うなぎの養殖」を企画中。

奥霜里 周辺地図

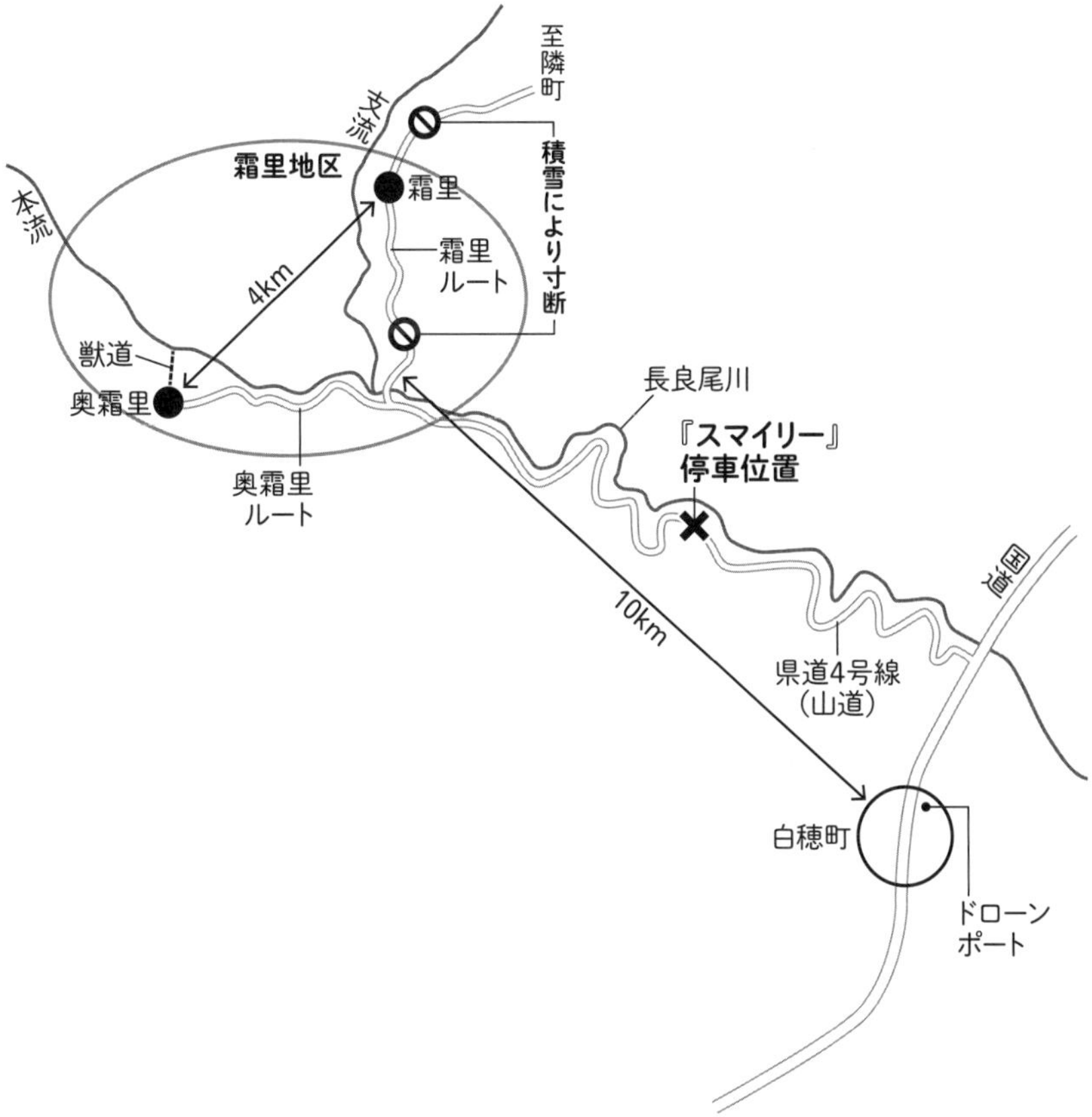

至隣町
支流
積雪により寸断
霜里地区
霜里
本流
霜里ルート
4km
獣道
奥霜里
長良尾川
奥霜里ルート
『スマイリー』停車位置
国道
10km
県道4号線（山道）
白穂町
ドローンポート

装画＊jyari
地図イラスト＊アトリエ・プラン

救国ゲーム

犯人の独白（1）

氷山と衝突した豪華客船が北大西洋のど真ん中で沈みかけているのに、「部屋のシャワーから湯が出ないんですが」と文句を垂れる乗客はいないし、スペースデブリに与圧隔壁を破壊された宇宙ステーションが制御不能に陥りかけているのに、「ここの宇宙食は食えたもんじゃないな」と不満を漏らす乗組員もいない。

「――それと同じことよ」

病室のベッドの上で、祖母はゆっくりと身を起こしながら笑った。

夏のある日の昼下がり、ぐわんぐわんと単調に響く空調の音がやたら不気味だったのを覚えている。

「今、おばあちゃんは〝悪い病気〟と命懸けで闘ってるの。そんなときに、爪の一枚や二枚なんて取るに足らないわ」

当時小学三年生のわたしは、その〝悪い病気〟が「癌」と呼ばれるものであると知っているくらいには賢かったし、こういうときは「それってつまり癌のことでしょ？」なんて口にしたりせず、黙って神妙に頷くべきだと察するくらいの思慮分別もあった。

「でも……痛そうだよ？」

「あんたは優しい子だね」

その日、ベッド脇で夏休みの宿題に勤しんでいたわたしは、何かの拍子に気付いたのだ。布団から覗く祖母の右足――その親指の爪が黒ずみ、今にも剝がれ落ちそうになっていることに。

「お医者さんに言わなくて平気？」

「平気よ。嘘じゃない」

「じゃあ、絶対にその〝悪い病気〟をやっつけてね？」

「もちろん、約束する」

それから一か月もしないうちに祖母は帰らぬ人となった。

しかし、こうして二十年以上が経った今も、脳裏にはこのときのやりとりが強烈に焼き付いている。当時はその意味をうまく言語化できなかったけれど――

「それと同じことだよな」

切断し終えたばかりの神楽零士《かぐられいじ》の頭部に向かって、わたしはそう呟いてみる。

そう、これは〝必要な犠牲〟なのだ。

今まさに沈まんとする客船に乗っていながら、その事実に気付いてすらいない愚かな乗客たちを一人残らず甲板へ引き摺り出すために。

プロローグ

定時を回っても、フロアは熱気に包まれていた。

いや、そもそも「定時」などという概念はない、と言うべきだろうか。

二〇二X年十月三十一日、十八時五十分。いまだ慌ただしい執務室の片隅で、中津瀬達矢《なかつせたつや》は大きく伸びをする。

「田村清吾《たむらせいご》くん問一、秘書官了です！」

「了解、大臣レク朝何時からだっけ？」

「東条《とうじょう》かな子くん、質問要旨出ました！　当たり二問、問い合わせ不可！」

「問い合わせ不可ぁ⁉　ふざけんなよマジで――」

隣の島では、同僚たちが明日の国会対応に追われている。質問通告は審議の二日前までとされているが、実際はこのように前日になされるのが常だった。

「俺らは当たらないといいね」

そう言って他人事みたいな嘆息を寄越すのは、正面の席の麻生《あそう》だ。緩めのパーマに黒縁メガネがトレードマークの優男。社会人年次は六年目と同じながら、彼は院卒のため中津瀬より二つ歳上ということになる。

「どうでしょう。まあ、待たされるのはもう慣れましたけど」

明日の〝バッター〟――つまり、質問に立つ議員は六人。だが、十八時五十分現在で通告がなされているのはわずか二人だけ。残る四人の質問内容が判明するまでは、こうして全班に「国会待機」がかけられることになる。

「この隙にコンビニで飯でも買ってくるかな」

そのまま席を立つと、首から提げた職員証をぐるぐる振り回しながら颯爽と麻生は執務室を出ていった。

たしかに、夕飯にありつくなら凪いでいる今がチャンスかもしれない。

着任して七か月。そういった勘どころもようやく摑めてきたところだ。


――中津瀬くんには、出向してもらおうと思っていてね。

人事部長から直々にこう告げられたのが、今年の三月初旬のこと。新卒で地元の金融機関、いわゆる地銀に就職して早五年。担当先も増え、これからさらに営業畑で腕を鳴らそうと思っていた矢先だった。

――内閣官房まち・ひと・しごと創生本部事務局っていうところなんだけど。

一発では聞き取れず、メモを取る手が止まったことを覚えている。

――地図で見たけど、凄い立地だよ。国会議事堂の隣で、首相官邸の真向かいだってさ。

生まれて此の方地元を出たことがない身としては、目も眩むような話だった。

東京。それも、いきなり国家の中枢ときたか。

――期間は二年。ぜひ一回りも二回りも成長して帰ってきて欲しい。

不安がなかったというと嘘になるが、迷いはなかったと断言できる。生まれ育った地元の惨状
――「人口減少」や「高齢化」といった〝ありきたりな言葉〟で括ることなどとうてい許されないリアルな現実を前にして、これ以上ただ手をこまねいているわけにはいかなかったから。

――そろそろ、潮時だな。

そう膝をついて項垂《うなだ》れたのは、とある町工場の二代目社長だった。創業七十年。戦後の復興から高度経済成長、バブル崩壊に平成不況。それらすべてを見届けてきたその町工場は、細々とした家族経営ながらたしかな技術力を有していた。

しかし。

——子どもたちはみんな、東京に出ちまったんだ。

——うちみたいな、しょぼくれた零細企業を継ぐ気なんてないさ。

後継者不在のため、その長きに亘る歴史への終止符を打つことになった。

それだけではない。

——最近は採用にも苦労するよ。

——こんな寂れた地方都市には夢も希望もないからね。

幾度となく担当先で耳にしてきた嘆き、恨み節。

かつて家族で週末によく訪れた馴染みの商店街はシャッター通りと化し、唯一活況をみせるのは駅前のパチンコ店だけ。市が打ち出す移住促進施策はどれも付け焼き刃に過ぎず、若年層を中心とした人口の流出は止まらない。大好きな地元への恩返しをと地銀に就職したのに、日々見せつけられるのはその地元が痩せ細っていく姿ばかり。このままじゃいけない——そんな焦りは募れども、一歩と進まないうちに「じゃあどうすれば？」という壁にぶち当たる。

だからこそ、今回の出向は願ってもないチャンスだった。内閣官房まち・ひと・しごと創生本部事務局——「地方創生」にまつわる政策の企画・立案を行う政府の司令塔。そこに身を置けば、何かしらヒントを得られるかもしれない。そんな淡い期待を胸に、憎き東京へと勇んで乗り込んできたのが今年の四月のことだ。

けれども。

「平井慎二《ひらいしんじ》くん、全問外れ！」

「よーし！　あと三人！」

「あ、これ参考資料古いやつだから最新版に差し替えて！」

怒声に近い同僚のやりとりを聞き流しつつ、夕飯のために中津瀬が席を立ったときだった。麻生のデスクに置かれた一冊のビジネス雑誌へと目が留まる。特集は『我が国の次代を担う期待の若者ベストテン』――表紙を飾っているのは、まさしくその特集にふさわしい国民の誰もが知るあの男だった。

「入省同期なんだよね」

左斜め前に座る課長補佐の上村《うえむら》が、柔和な笑みを寄越してくる。三十二歳、独身。甥っ子のことを溺愛し、事あるごとに写真を見せてきては、聞いてもいないのにその近況を報告してくる心優しき兄貴分的存在だ。ロードバイクが趣味のスポーツマンながら、最近はなかなか身体を動かす暇がないらしく、ふとしたときに腹回りを気にしている姿をよく目にする。

「入省同期？」

「神楽零士と俺が、ね」

ほら、いま表紙見てたから、と上村は顎をしゃくってみせる。

「あ、そうなんですか」

「当時から奇特な奴で知られてたけど、まさかこんな有名になるとは――」

彼が遠い目になるのも無理はなかろう。

噂の神楽零士は六年前、消滅寸前の過疎集落・奥霜里《おくしもさと》へ単身で移住。すると、俳優やアイドルとしても通用しそうな恵まれたルックス、それでいて東大法学部卒の元経産官僚という華々しい経歴、さらにはSNSを積極的に活用したブランディングの妙からたちまち話題となった。彼に憧れ、共感し、心動かされた者たちがその地へと集《つど》った結果、みるみるうちに活気を取り戻す集落——その復活劇は巷で〝奇跡〟と称され、立役者である彼は一躍時の人に。そうして見事、我が国が直面する最重要課題の一つである「山村集落の過疎化問題」に対し、ある種の解答例を示してみせたのだ。今や「過疎対策」や「地方創生」に関する政府の各種有識者会議に最年少委員として名を連ねるのみならず、新聞や雑誌に幾度となく特集記事が組まれ、著作を出せば軒並みベストセラー、非公式ながらファンクラブまで発足し、報道番組のコメンテーターやバラエティ番組のゲストとしてテレビで見ない日はない。

「一度、直《じか》に会ってみたいなって思ってるんです」

表紙へと視線を落としながら、気付いたら中津瀬はそう漏らしていた。

「あれ、むしろまだ会ったことない？　有識者会議とかでよくこっち来てるけど」

「姿を見かけたことならあります。でも——」

面と向かって聞いてみたかったのだ。

どうしたら、八方塞がりの地方の窮状を打破できるのだろうか、と。

そして、宿敵《パトリシア》の主張をどう思っているのか、と。

『ご機嫌麗しゅう国民のみなさん、いかがお過ごしでござんしょう』

広く〝彼女〟の存在が世に知れたのは、今からおよそ半年前のこと。

とあるネットニュースがお笑い種として取り上げた一本の動画が、すべての始まりだった。

『どうにも我慢ならないことがあるので、こうして声を上げた次第でございます』

動画投稿サイトへアップロードされてから一年以上が経過しながら、延べ数百回程度の再生回数しか稼いでいなかったその〝弱小コンテンツ〟は、これによって一瞬のうちに全国へと拡散されたのだ。

『ご安心くださいませ。今すぐ何か行動を起こすつもりはございませんので』

不自然かつ不愉快な甲高い声は、たぶん音声合成ソフトによるものだろう。コンクリート打ちっぱなしの壁を背景としたバストショット――うりざね顔に空《くう》を見据えた視線、半開きの口が特徴的な「若女《わかおんな》」と呼ばれる能面でその顔を隠し、赤を基調とする矢絣《やがすり》模様のハイカラな着物に袴を合わせるという身なりだった。

『あたくしの名前は《パトリシア》――以後、お見知りおきを』

由来は「愛国者」を意味する《パトリオット》と「救世主」を意味する《メシア》――性別は不明ながら、それが英語圏の一般的な女性名であることから、以降〝彼女〟という人称代名詞が定着することになる。

『念のためお伝えしますが、これは悪ふざけでも冗談でもござりんせん』

和風の装いに洋風の名前という組み合わせはどこかちぐはぐかつ滑稽だったが、その口から放たれる主義主張はさらに常軌を逸したものと言うほかなかった。

『国家存続のために、全国民は大都市圏へ集住してくんなまし』

歯止めがかからない少子化とそれに伴う生産年齢人口の激減、そして目前に迫った未曾有の超高齢化社会。国レベルでも自治体レベルでも税収減が避けられないのに、膨らむばかりの社会保障費やインフラ維持費を賄うのはもはや不可能。であるならば、都市機能および国民の居住区を一定地域に完全集約することで、行政サービスの効率化・合理化を図るべきではないか。

『山村や離島などの過疎地域は言うに及びません。そんな〝些末〟な次元の話ではなくって、あたくしが言いたいのは――』

経済的に不合理なすべての地方都市を放棄し、あらゆる政策資本を大都市圏にのみ集中投下すべきではないか、ということ。

『あたくし、ずっと疑問だったんでござんす。どうして東京など〝中央〟がお稼ぎになった大事な大事なお金を、この国は鄙《ひな》びた場末の〝地方〟へせっせと注ぎ込んでおられるんだろうって。と申しますのも――』

そうまでして生き永らえさせる「価値」が、この国の地方にあるとは思えないから。

『そうじゃありませんか？　東京などの大都市圏にお住まいの皆さま、もっともっとお怒りになられたほうがいいのでは？』

いずれにせよ、どこかで地方に対するこれらの〝優遇〟や〝贔屓〟を撤廃しないことには、早晩この国は立ち行かなくなるだろう。

『破綻はもう目の前。喩《たと》えるなら、この国は今まさに沈みゆく客船なのでござりんす』

その主張を耳にしたとき、あまりの荒唐無稽さに呆れ返ったことを覚えている。

――ふざけたこと抜かしやがって。

要するに〝彼女〟は「お荷物だ」と言って切り捨てたのだ。大好きな地元と、そこで歯を食いしばりながら懸命に生きる人たちのことを。人口が減り、産業も廃れ、もはや自主財源だけでは存続すらままならない地方自治体など「滅びてしまえ」と。

――何が「愛国者」で「救世主」だ。

でも、このとき微かに拳が震えたのもまた事実だった。

というのも、その主張へ正面切って反論する術を、何一つとして自分が持ち合わせていないことに気付いてしまったから。

「――《パトリシア》の主張は、幼稚で短絡的な暴論にすぎません」

だからこそ、昼の情報番組にゲストで呼ばれていた神楽零士が、話題のトピックスとして取り上げられたこの動画に対してこう反駁したときは、少なからぬ興味を持った。彼ならきっと、こんな寝惚《ねぼ》けた主張など容易《たやす》く蹴散らしてくれるはずだと、どこかで期待する自分がいた。

「地方に住むすべての人を大都市圏へ強制移住させろ、と？　論外です。一考の価値すらない愚策と言うべきでしょう。好きな場所で思うままに生きる――それはすべての国民に与えられた当然の権利ですから」

けれども、ここから事態は思わぬ展開をみせる。

誰もが知る〝国民的大スター〟が放ったこれらのコメントに、真っ向から〝彼女〟は反撃を開始したのだ。

『当然の権利……ですって？　笑わせてくれますこと。今まさに客船が沈もうという状況下で、平時同様のルームサービスが受けられるとでも？』

「だからと言って、そこに生きる人々の暮らしを踏みにじっていいわけじゃない」

『最優先すべきは、大量の海水が流入する原因となっている船体側面に空いた〝巨大な穴〟を塞ぐこと。そのための貴重な資材を、一つの船室――それもたかが三等船室や貨物室ごときへの浸水を防ぐために使う必要などございりんせん』

「《パトリシア》――貴方の主張は〝机上の暴論〟だ」

『綺麗ごとを抜かすだけの〝理想主義者〟はそちらでしょう』

地方救済か、はたまた切り捨てか。

神楽零士がテレビで持論を展開すれば、すぐさま反論を動画投稿サイトへ投じて応戦する〝彼女〟――かつて一年間で数百人程度の目にしか留まることのなかった〝弱小コンテンツ〟は、こうしてたった数日で百万を超える驚異的な視聴回数を叩き出すまでに成長してみせた。それどころか、著名な動画投稿者たちがこぞって両者の映像を組み合わせ、その戦いの模様を総集編として纏《まと》め上げるといった〝二次創作〟も盛んに行われるほどの熱狂状態に。目的も、その真意も不明ながら、このように〝彼女〟の存在感は日ごと増していき、拡大解釈されていったのだ。

しかし、そんな出口の見えない舌戦はあっけない幕切れを迎えることとなる。

今からおよそ二か月前、次のような要求を突きつけたきり、忽然と〝彼女〟は姿を暗ましてしまったからだ。

『手始めにまず、政府はすべての過疎対策関連予算・施策の撤廃を表明し、今後それらの政策資本を政令市および東京特別区のために投じると宣言してくんなまし』

それはあまりに非現実的かつ無茶すぎる内容だったが、そこでは同時にこんなことが言い添えられてもいた。

『六十日以内に。さもないと、次なる行動に出ることになりまする』

けれども、それを聞いたほとんどの国民は鼻で笑うだけだった。

いや、そもそも端《はな》から誰一人まともに取り合う気がなかったというべきだろうか。

――また、あの〝キワモノ〟が何か言ってるぞ。

――いちいち付き合ってあげてる神楽零士も偉いよな。

そうして、いつの間にか〝彼女〟の存在そのものが忘れ去られようとしている。

「テレビつけて！　テレビ！　早く！」

フロアに響き渡った声で、中津瀬は我に返った。

「なんだ？」と腹を撫でながら立ち上がった上村が、各島に一台ずつ割り当てられた壁際のテレビへ歩み寄り、電源を入れる。

「ＮＨＫね！　七時のニュース！」

言われるままに、上村がチャンネルを変えると――

『今日午後三時半過ぎ、岡山県Ｋ市の山中で男性とみられる遺体が発見された事件で、岡山県警は先ほど、遺体の身元を同市に住む神楽零士さんと断定したと発表しました。現場の状況などから、警察は殺人の可能性が高いとみて捜査を続行する構えで――』


水を打ったように静まり返る執務室。

国会対応に追われていたはずの隣の島も、今は誰一人として口を開こうとしない。

嘘だろ。

何かの間違いだよな。

そんな囁きが波紋のごとくフロアに伝播していく。

「――ん？　なんだ？」

その瞬間、隣の席であの男がむくりと身を起こした。ぼさぼさ髪に蒼白な肌、物憂げで常に気怠《けだる》そうな目――通称〝死神〟。いつもは散々揺すっても目を覚まさないのだが、さすがに異常な気配を察したのだろう。うずたかく積み上がった書類やドッチファイルの山を崩さぬよう、椅子代わりにしているバランスボールから慎重に腰を浮かすと、彼は場違いな寝惚け眼《まなこ》を向けてくる。

「いったい、何事？」

「雨宮《あめみや》さん」なおも事件を伝えるテレビ画面を指さす。

しばしの沈黙。ようやく事態が飲み込めたのか、やがてゆっくりとこちらを振り返った彼は妙な質問を口にした。

「今日って何日だっけ?」

「え? 今日?」

こんなときにこの人はいったい何を。

同い年ながら、雨宮はプロパーの国家公務員なので、いちおう自分の上司ということになる。そうでなければ「空気読め」と一喝していたかもしれない。

「十月三十一日です」

それを聞いた雨宮は、嵐の中から帰還したかのごとき乱れ髪を二、三度掻いた後、すぐさま納得したように頷いてみせた。

「六十一日目、だな」

まだ寝惚けているのだろうか。

しっかりしてください、と中津瀬が諫めようとしたときだった。

――六十日以内に。さもないと、次なる行動に出ることになりまする。

脳裏に甦る不愉快な甲高い声。

「まさか――」

「うん」事もなげに頷くと、雨宮はそのまま着席しパソコンの画面に向かった。

「最後のメッセージから、今日でちょうど六十一日目なんだよ」

第一章　すべての国民に告ぐ

1

「正気の沙汰とは思えない」

そう私が断言すると、テーブルの向かいで佐橋結花《さばしゆか》は眉をハの字にした。意志の強さを感じさせる大きな瞳、高い頬骨と綺麗に通った鼻筋、そして世間を舐め腐ったような少し厚めの唇。相変わらず顔のパーツそれぞれはド派手ながら、全体的に化粧は薄め。だけど校則オール無視の金髪ギャル時代よりずっと清潔感があるし、実際こっちのほうが断然魅力的だと思う。

「どの辺が？」

「どの辺というか、全編を通じて」

「いや、もっとこう……具体的に」

「まず、イリオモテヤマネコはわざわざ会いにいくものだし」

今から四年前、マンダリンオリエンタル東京のラウンジでのことだ。

話があるんだけど、と結花から持ち掛けられたのがほんの数日前。どうせ「彼氏に浮気された」とか「二股してて、どっちを切るべきか悩んでる」とか、そんな類いの彼女らしい痴話だろうと思っていただけに、その第一声は予想の斜め上を行っていた。

——実は、仕事辞めて移住しようと思ってるんだ。

――西表島に。

――去年初めて行ったんだけど、すっかり惚れこんじゃってさ。

「イリオモテヤマネコ？」

「だけじゃないよ。青い海、白い砂浜。全部そう。長期休暇を取得して年に一回行くくらいがたぶんちょうどよくて、実際住むとなったら話は別。だって――」

収入はどうなる。何の仕事をするつもりか知らないが、今より減るのは間違いないだろう。ふと思い立って友達とランチやディナーに行くことも、表参道や青山へウィンドウショッピングに繰り出すこともできなくなる。そもそも、さも当たり前みたいな顔で「移住する」とか抜かしているけれど、その地に骨でも埋めるつもりなのか。何より、それは特にこれといった不自由のない今の東京の暮らしを捨ててまで、あえて進むような道なのか。訊きたいこと、詰めるべきこと、否定の材料はそれこそ無限に出てきてしまう。

不服そうに唇を引き結ぶ彼女をよそに、開放的な壁一面のガラス窓へと目を向ける。

私たちの眼前に広がる大パノラマ。さすが地上三十八階というだけのことはあり、そこからは土曜昼下がりの東京が一望できた。その向こうには、青空をバックにそびえる富士の高嶺。これらを独占しつつ優雅にアフタヌーンティーを楽しめるのだから、ランチコースで一万円超という強気な価格設定も頷ける。

そう、これこそが私たちの住むべき世界であるはずだ。

「やっぱり、いくつになっても陽菜子《ひなこ》は全然変わらないよね」

やや表情を緩めると、結花は思い出したようにソーサーの上のティーカップへ手を伸ばす。

「私たち、出会ってもう十年以上でしょ？　それなのに、その間ずっと陽菜子は〝晴山《はれやま》陽菜子〟を貫いてるじゃん」

自分だったらどこかで疲れちゃうな、とティーカップを口元に運びながら肩をすくめてみせる結花——言われてみると、たしかにそうかもしれないという気はした。物心ついてから今日までの約二十年間。私は誰もが羨み、憧れ、そして称賛する〝晴山陽菜子〟として、常に全力で駆け抜けてきたのだから。

「いや、普通だって」

「はぁ⁉　どこが‼」

わざとらしく目を丸くした結花は、中学時代は生徒会長でしょ、で、高校では女テニの部長に文化祭実行委員長、あれ、もしかして高校でも生徒会長だったっけ、と順に指を折ってみせた。

「しかも、成績だって常に学年で二番」

「なにそれ嫌味？」

「私だって二番だけどね。もちろん下から」

けらけらと笑う彼女に釣られ、私の頰も自然と緩んでしまう。

私と結花は、中学高校の同級生だった。翠鳳《すいほう》学園という都内の私立中高一貫校で、日本有数の進学校。六年間で一度しか同じクラスになったことはないものの、部活が一緒だったのと妙に馬が合ったこともあり、社会人になっても月に一、二回は必ず会うほどの関係が続いている。

「そういや陽菜子、あれ覚えてる？」

そこから話はやや脱線し、中高時代の思い出話に花が咲いた。

定期考査の期間中、私のノートを大量にコピーすべく延々とコピー機を占領していた結花が、そのせいで近所のコンビニを「出禁」になったこと。遅刻回数がリーチだった結花を救うべく、始業前に教員室で古文の塚原《つかはら》を質問攻めにして時間を稼いだこと。頭髪検査の日の休み時間、二人してトイレの個室で必死こいて結花の金髪を黒染めしたこと。出てくるエピソードがどれも彼女の素行不良を主成分としている点には苦笑を禁じ得ないが、今になってみると私たちが意気投合したのは必然のような気もした。〝優等生〟と〝劣等生〟――数直線上にプロットすると「0」を起点に真逆の位置にいる二人。だけどそこに「絶対値記号」をつけると、おそらくその値はほぼ同じだったのだろう。女子特有の横並びを強いる雰囲気が大嫌いなところとか、自分の欲求にただひたすら忠実なところとか、それでいて意外と現実主義なところとか――

そう、現実主義。

私たちは、いつだって現実を生きてきたではないか。

その瞳に映るのは歌手や女優、スポーツ選手といった、砂丘の中から一粒の砂金を掬いあげる必要のある夢物語ではなく、もっとリアルで具体的な手触り感を伴った、地に足の着いた未来。一流大学へ進学し、一流企業へ就職する。そんな理想を描いて、お行儀よく生きてきたはずなのだ。

それが、ここにきて突然のイリオモテヤマネコ。

たしかに中高時代の結花は素行がかなり悪かったけれど、とは言え中流以上のお坊ちゃんお嬢ちゃんが集う進学校だ。成績が学年で下から二番だった彼女も、なんだかんだ一浪の末に某有名私大の法学部へと進学し、今では超がつくほどの優良企業として名高い飲料メーカーに勤めている。それなのに、どうしてせっかく乗った「勝ち馬」の手綱をみすみす手放してまで飛び降りる必要が？

ありえないって。

そんな私の内心を察したのか、結花は窓外に遠い目を向けた。

「ここのところ、ずっと考えてたんだよね」

「考えてた？」

「何が幸せなんだろう、って」

「その答えがイリオモテヤマネコ？」

「なのかどうかはわからないけど、一概に違うとも言い切れないかなって。だって、一度きりの人生なわけだし」

いやいや、いったん落ち着け。

「たった一度きりだからこそ、でしょ」

そりゃ、もし人生を百回生きられるのなら、そのうちの二、三回は西表島に移住してみるのも悪くない。でも、一度きりなのだ。今、自分の口でそう言ったではないか。

「とにかく、私なら移住なんて絶対しない」

都内の進学校から東京大学へ現役合格し、卒業後は人気就職先ランキングで常に上位の大手広告代理店へ入社——まさに誰もが羨む〝理想の人生〟と言っていいし、世間一般と比べたら結花だって十分すぎるほどだろう。なのに、それをむざむざ手放す？　絶対、考え直すべきだ。

私の決死の説得を聴き終えた結花は、「やっぱり全然変わってないよね」と微笑み、「だからまず陽菜子に言おうと思ったんだ」とティーカップをソーサーに戻す。カチャリという陶器のぶつかる音が、断固たる決意表明のように聞こえた。

「どういうこと？」

「陽菜子なら『絶対やめろ』って言うはず。それでも決心が揺らがなければ、たぶんこの気持ちは本物なんだろうなって、そう思った。少なくとも、賭けてみる価値はあるんじゃないかって」

「それはどうも。で、無事に決心は揺らいだ？」

ううん、と首を振ると、憑き物が落ちたかのようなこの日一番の笑みを彼女はその顔に浮かべてみせた。

「なんか〝鎖〟が断ち切れた気分」

「そう——」

まあ、好きにしたらいいと思う。結花の人生は、結花のものなのだから。

「というわけで、いつか遊びに来てよ」

「わざわざイリオモテヤマネコに会うために、ね」

あれから四年——


「うう、寒っ……」

時刻は朝の六時半、気温は氷点下二度。ちょうど日が昇る頃合いのはずだが、外はまだ真っ暗だ。建て付けが悪くなっている縁側の引き戸を薄く開けると、一瞬のうちに凍てついた外気が忍び込んでくる。旧式の灯油ストーブをがんがん焚いているとはいえ、気密性が低く、寒さにめっぽう弱い日本家屋では多勢に無勢。両手を揉みながらそそくさと戸を閉め、これにて朝の換気は終了。そのままの流れで、昨晩のうちに室内へ避難させておいた鉢植えたちに霧吹きで水をやる。

ぎしぎしと鳴る床板を踏みながら居間へ戻ると、ストーブの天板の上で薬缶が微かな悲鳴をあげていた。そろそろ湯が沸く合図だ。朝食は、とりあえず昨晩炊いたご飯の残りがあるから、簡単にありもので味噌汁を作って、あとは貰い物の小松菜を適当にお浸しにでもして……あ、そういえば醤油とみりんが切れかけてたんだ、明日にでも他の物資とまとめて注文すればいいか——なんてことを考えていたら、メッセージを受信したスマホが卓袱台の上で身を震わせた。

ひとまず支度の手を止め、内容を確認してみる。

『久しぶり。いろいろ大変そうだけど、大丈夫？』

懐かしの結花からだった。絵文字やスタンプはもちろん、脈絡不明な風景写真の添付もなし。こういうところは昔とちっとも変わらない。

『うん、なんとかね』

彼女が心配してくれているのは、言うまでもなくあの件についてだろう。フリック入力で素早く打ち返した後、そのまま卓袱台の上の竹籠からリモコンを手に取る。テレビの画面が点くと、ちょうど朝のローカルニュースが始まったところだった。

『先月三十一日、K市に住む神楽零士さんが何者かに殺害された事件で、昨日、近くに住む七十代の男性が警察から任意同行を求められていたことが捜査関係者への取材で判明しました。それによると、男は求めに応じたとのことで――』

女性アナウンサーのはきはきとした喋りに耳を傾けつつ、しみじみと思う。

人生って、本当に何が起こるかわからないよね。

憧れの西表島に移住した結花は、今や人気ツアーガイドとして現地の有名人だし、あの日「移住なんて絶対しない」と大見得を切ったはずの私が、今ではこうして山奥のとある集落で〝古民家一人暮らし〟をしているのだから。

そして。

その集落で、日本列島を揺るがす恐るべき殺人事件が起きてしまったのだから。

2

彼との出会いは二年前。場所は帝国ホテル一階のロビーラウンジだった。

「晴山さんは、虫とか平気ですか?」

約束の時間に十分遅れで姿を現した彼は、ひょいと私の対面に腰を落ち着けると、久しぶりの同窓会で顔を合わせた友人のような気軽さで話しかけてきた。

「え、虫?」

「そう、虫」

多いんですよね、そりゃもう夏場なんかは特に、と困ったようにまなじりを下げる目の前の男をまじまじと見やる。色白で痩せ型、無造作なマッシュヘアの下につぶらな瞳が二つ——なるほど、人気が出るのも頷ける。歳は自分の四つ上、つまり当時既に三十歳のはずだが、第一印象は「青年」より「少年」に近いだろうか。いずれにせよ、テレビで観るより実物はずっと爽やかで愛嬌がある。七分丈のスキニージーンズに、舌を出すアインシュタインの写真がでかでかとプリントされたTシャツ、そして「これでもできる限りフォーマルを目指したつもりです」と言い訳するかのような余所行きのジャケット。普通なら歳不相応の痛いファッションになってしまうところ、なまじ顔とスタイルがいいもんだから様になっている。しかも、こんなふざけた格好で先ほどまで「政府関係者」との懇親会に出席していたというのだから、呆れを通り越してもはや感心すべきだろう。

神楽零士。〝我が国の次代を担う若者の星〟だ。

「で、奥霜里への移住をお考えだとか？」

その話になるのは百も承知だったので、もちろん事前に模範解答を用意していた。田舎暮らしに興味を持ったきっかけ、それを通じて成し遂げたい将来ビジョン、自分の考えるあるべき地方行政の姿。しかし、拍子抜けするほどお気楽なこの男を前に、そうやっていつも通りの〝晴山陽菜子〟を演じるのが妙に馬鹿馬鹿しく思えたのも事実だった。

「実は、会社を辞めたんです」

だからこそ、素直にこう切り出せたのかもしれない。

そしてそれを聞いた彼は、これまた軽い調子で「そうですか」と笑った。


あの日以来、私はずっと考えていた。

――なんか〝鎖〟が断ち切れた気分。

最後に結花が口にした、この言葉の意味を。

そして、今になってようやくその〝正体〟がわかったように思うのだ。

――陽菜子ちゃんは何でもできて本当にすごいわね。

――うちのバカ息子に爪の垢を煎じて飲ませたいくらいだわ。

文武両道、才色兼備、品行方正。物心ついたときから、これらはすべて私のために存在する言葉だった。勉強もスポーツも、習い事のピアノやそろばんも、何をやっても人より少ない努力で何倍もの成果が出たし、だけどそれを鼻にかけるわけでもなく、かといって嫌味なほど謙遜するでもない。そういった大人の立ち振る舞いができるほどの思慮深さすらも、小学校低学年の頃には既に体得していた。

――天は二物を与えるのねぇ。

――本当に将来が楽しみだわ。

そんなふうに周囲から言われるたび、肯定とも否定ともつかない曖昧な微笑をその顔に浮かべるだけの私は、しかし胸の奥で育つ不穏な芽の存在に気付いていなかった。天から二物――いや、三物や四物だって与えられた自分は生まれながらにして〝主人公〟なのだと、ただひたすら妄信するだけで。

――目指すはやっぱり東大かしら。

――いや、意外と女優とかモデルの道もありだったりして。

そんな甘い言葉に育まれ、知らぬ間に逞しく成長していたその芽はやがて私を縛り、支配するようになる。自分の力ではどうにも抗えないほど強力に。

――私は〝晴山陽菜子〟でなきゃいけないんだ。

周囲が勝手にこしらえた完全無欠の、理想的な〝晴山陽菜子〟――そんな彼女にどれだけ近づくことができるか。気付けばそれだけが人生の「意味」であり、唯一の「価値」となってしまっていて、だからこそ私は、その中でもっとも実現可能性の高そうな未来へと狙いを定めるしかなかったのだ。一流大学へ進学し、一流企業へ就職する。〝平凡な世界線〟における最高到達点。そういう「生存戦略」を取ることにしたわけだ。その結果――

――私たち、出会ってもう十年以上でしょ？

――それなのに、その間ずっと陽菜子は〝晴山陽菜子〟を貫いてるじゃん。

結花にこう言わしめるほど、私はそのすべてにおいて勝利を収めてきた。

だけど。

「順風満帆だった社会人生活は、三年目の部署異動で脆くも崩れ去りました」

部下を必要以上にいびり叩き潰す、いわゆる「クラッシャー」として悪名高い上司の下に就くことになったからだ。

常態化する長時間労働にパワハラ、セクハラ――しかし、退職という選択肢など取れるはずがなかった。なぜって、〝晴山陽菜子〟がそんなクソ上司に屈するはずがないから。なのにもし退職なんてしようものなら、これまで必死に築き上げてきた〝晴山陽菜子〟としての私は跡形もなく崩れ去り、すべてが無に帰してしまうような気がしてならなかったから。

――私は〝晴山陽菜子〟でなきゃいけないんだ。

そんな〝鎖〟で雁字《がんじ》搦《がら》めになっていた私は、独り勝手に追い詰められ、逃げ場を失し、完全にぶっ壊れる寸前だった。職場の最寄り駅に着いた途端、過呼吸、吐き気で動けなくなり、肌荒れや抜け毛、生理不順は当たり前。不眠に悩むあまり「寝る前の一錠、悪夢の撲滅」が謳い文句の怪しげなサプリを常用していた時期もあるし、退勤後のタクシーの後部座席で「このままトレーラーと衝突しろ」とか「今すぐ首都圏を大地震が襲えばいいのに」と天に祈ったことだってある。

「そんなとき、父が急逝したんです」

脳梗塞だったそうだ。還暦を前にした早すぎる死――けれども報せを聞いた私は、あろうことかこんなふうに思ってしまう。

「『助かった。お父さん、ありがとう』って」

なぜなら、忌引きは会社を休む正当な事由になるから。

というわけで実家に帰り、滞りなく葬儀を終えた日の晩のこと。

父方の祖母と母、そして妹――久しぶりの家族団欒に気が緩んだのか、夕食の席で「言うなら今しかない」と私は腹を決めた。

――会社、辞めようか迷ってるんだ。

とはいえ、その時点ではまだ自分の気持ちを量りかねてもいた。まあ別にいいんじゃない、と後押しされたいのか、いやいや寝惚けたこと抜かすな、と一蹴されたいのか。

「でも、母の返事を聞いた瞬間、やっと自分の気持ちがわかったんです」

――東大まで行って、せっかくいい会社にも入ったのにもったいない。

そのとき、何かがぽきりと折れる音を聞いた。

――なにそれ。

家族だけは違うと思っていた。最後の最後でもし私が耐えられなくなったとしても、そっと肩を抱きながら「無理しなくていいんだよ」と言ってくれるはずだって。

でも、違った。そうじゃなかったのだ。

「ただ、おかげで決心がついたとも言えます」

慶弔休暇が終わるや否や辞表を叩きつけ、晴れて私は自由の身に。そんなとき、たまたまネットニュースで見つけたのが〝奇跡の集落〟に関する記事だった。いっときは三戸三人まで住民が減った消滅寸前の過疎集落・奥霜里。そこへ移住した一人の青年による〝奇跡〟と称すべき復活劇。

「それを見て、私もその物語に加わりたいと思ったんです。だからその前に一度、ぜひご本人にお会いして話を聞きたいなって、そう思って先日連絡を差し上げました」

もちろん、この言葉に嘘はいっさいない。

だけど。

――私は、卑怯者だ。

結局、いまだ私は〝晴山陽菜子〟の〝鎖〟を断ち切れずにいる。

ブラック企業ではあったものの、給与や企業ブランドの面であの会社を超えるところはそうそうないし、失ったものが大きいのも事実。三十歳で年収一千万円オーバー、都内一等地のタワマンに暮らし、自分と同じかそれ以上に稼ぎがあるハイスペックイケメンと結婚、子供は二人が理想で、どちらも自分と同じく中学受験をさせ、御三家クラスの進学校へ入学――みたいな〝晴山陽菜子〟が歩むべきピカピカの人生には、あまりに大きすぎるケチがついてしまったことになる。

そう、私は資格を剝奪されたのだ。

――そんなのムリ、ありえない。

この程度で「人生終わり」だなんて、反吐《へど》が出るほど甘ちゃんだろう。だけど、いまだ〝鎖〟の呪縛に囚われたままの私にとって、この現状はあまりに許しがたく、どうにも受け入れられない代物だったのだ。

――私は〝晴山陽菜子〟でなきゃいけないんだ。

そんな思いだけが空回りし、途方に暮れていたある日のこと。たまたま目に留まった〝奇跡の集落〟の物語。その瞬間、私は閃いてしまう。

これは使える、と。

――何が本当の幸せなんだろうって、私も自分なりに考えてみたんだよね。

――そしたら答えがわかったんだ。より自分らしく生きるべく、田舎へ行こうって。すべてをこんな〝物語〟にすり替えることができるからだ。最初からずっと「このままサラリーマンとして漫然と一生が終わってしまうこと」に疑問を抱いていて、どうせならもっと胸躍るような人生を歩みたいと思っていたから、だからクソ上司に当たったのをきっかけにあえて退職という選択をしたんだって、そう言い張れるからだ。でも――

わかってる。

どれもこれも、ただの言い訳にすぎないって。もともと田舎暮らしに憧れがあったわけでも、過疎問題に危機感を覚えていたわけでもなく、ただ資格の剝奪そのものをなかったことにできる絶好の口実を見つけたから、そこに飛びついただけ。わかってはいるんだけど……それでも必死に、惨めに、正当化しようとする私がいる。そのためなら、なりふり構わずなんでも利用してやるつもりの私がいる。自分本位で、ズルくて、最低だ。そんな私に、彼らの物語に加わる資格などあるはずがない。

それなのに。

「私もこの国の未来のために、一肌脱ぎたいと思ったんです」

最後の最後で、こんな嘘がこぼれ落ちる。

――私は、卑怯者だ。

話を聞き終えた神楽零士はしばし腕組みの姿勢を貫いた後、やがて破顔した。

「正直、晴山さんがどんな理由で移住を決めたかなんてどうでもいいです」

「え？」

「好きな場所で思うままに生きる——それはすべての国民に与えられた当然の権利ですから。僕がどうこう口を挟むような話じゃないでしょう」

ただ、と彼はわざとらしく顔を顰《しか》めてみせる。

「虫は多いですよ、思っている以上に。多くて、しかもデカい」

「………」

「だから最初に訊いたんです。虫は平気ですかって」

そのとき、ふと肩の荷が下りるのを感じた。

この人の前でなら、私は〝晴山陽菜子〟をかなぐり捨てられるかもしれない。

そして、そんなふうに思えたからこそ自然とこう言えたのだろう。

「正直、割と苦手です」

あれから二年——


『それではここで、神楽さんの生前の活躍をＶＴＲと共に振り返ります』

テレビの前で唇を噛みしめたまま、私は柄にもなくこんなことを思い出していた。

もしも悔いがあるとすれば、言いそびれてしまったことだろうか。

私がここ奥霜里への移住を考えたのは、軽蔑されて然るべき理由によるものだ、と。そして、だけど、本当の意味で移住を決めたのは、あなたの近くにいたらいつか〝鎖〟を断ち切れる日が来るはずだって、なぜかそう信じることができたからだ、と。

でも、それを伝えたとしても、彼はきっとこう笑ったに違いない。

どうでもいいです。好きな場所で思うままに生きる——それはすべての国民に与えられた当然の権利ですから、って。

たぶん。いや絶対、そんな気がする。

◇

「たぶん。いや絶対、そんな気がしてたんだよね」

湯気の立ち昇るカップ麵の容器を手にした麻生が、着席するなり第一声を放つ。

十一月二日、十一時五十二分。内閣府合同庁舎八号館七階、内閣官房まち・ひと・しごと創生本部事務局の執務室には、名目上の「昼休み」を前にやや弛緩した空気が立ち込めていた。

「例の件、近くに住む七十代男性が任意同行でしょ？」

そう言われて、ようやく中津瀬は何の話か理解した。

「ああ……そうみたいですね」

「いくらなんでも《パトリシア》が犯人なはずないって」

いただきます、と手を合わせてから箸を割り、彼はずずっと一口めを啜り始めた。

まあそりゃそうだよな、と頷きつつ、ここ数日間の狂騒に中津瀬は今一度思いを馳せてみることにする。


事件の第一報に、日本列島は揺れた。

ＳＮＳやネットの匿名掲示板は阿鼻叫喚の様相となり、一時サーバーがダウン。国民の動揺を懸念した政府が過度な報道を控えるよう要請するも時すでに遅く、大挙した報道陣が奥霜里へ押し寄せ、各界を代表する著名人が相次いで追悼メッセージを発信。さらにはＳＮＳ上で『#神楽零士殺害事件の犯人に死刑を』というハッシュタグによる署名運動まで巻き起こる始末ときている。

だが、本当の恐怖が待ち受けていたのはそのすぐ後のことだった。

——最後のメッセージから、今日でちょうど六十一日目なんだよ。

雨宮が即座に指摘してみせたこの事実は、すぐさま世間の最大関心事となった。殺害したのは《パトリシア》か、否か。疑心暗鬼に駆られ、より一層不安を募らせていく日本国民——しかしそうした世間を嘲笑うかのように、いまだ〝彼女〟は不気味な沈黙を貫き続けている。

そんな中、任意同行に関する一連の報道がなされたのが今朝のこと。これにより、世間のトーンは明確な下降線を辿っていた。もちろん、いまだSNSや匿名掲示板における話題の中心ではあり続けているものの、その論調は「やっぱり動機は近隣トラブルってとこかね？」「なんでもいいけど、とにかく厳罰を」「スピード解決だな。マジで警察グッジョブ」「さっさと逮捕しちまえよ」という決着ムードのものばかり。

——いくらなんでも《パトリシア》が犯人なはずないって。

麻生の言う通り、これが現在の国民の総意なのは間違いない。そうして、あっという間に事件は〝過去のこと〟へと成り下がろうとしている。でも——

はたしてそうなのだろうか。

先の〝六十一日目問題〟が気にかかるというのも、もちろんある。単なる偶然の一致で片づけるには、やはり少々出来すぎだろう。けれどもそれ以上に薄気味悪いのは、事件そのものに関する詳細報道がほとんどなされないことだった。もっぱら報じられるのは奥霜里の現状や住民インタビュー、神楽零士の輝かしい功績といった周辺情報ばかり。政府の自粛要請に各社が応じているだけかもしれないが、それにしても過去の類似事件と比べて圧倒的に開示されている情報が少ないのだ。

現在わかっているのは「神楽零士が殺害された」というただ一点のみで、遺体発見時の状況や、殺害方法などについては一切不明。なんでもかんでも報じればいいというわけではないが、やや引っ掛かりを覚えるのは事実だった。

そんなことをつらつら考えながら、表紙に『神楽零士さん殺害事件に関する想定問』とでかでか印字されたA4サイズの冊子を手に取る。

――大臣秘書官からうちの事務局に依頼がありました。

大変言いにくそうに総括担当の紅一点こと和田《わだ》が席へとやってきたのが二日前、十月三十一日の午後七時すぎ。事件の第一報がNHKで報じられた直後のことだ。

――次の閣議後会見に備えて、追悼文を作ってくれって。

――あと、これから何かと訊かれるかもしれないから想定問も。

その瞬間、やり場のない怒りがふつふつと湧いてきたのを覚えている。膨大なメールの処理に審議会資料の作成、議員レクへの同行・メモ取り、自治体からの照会対応。ただでさえやることは山積みで、いくつかの案件は手付かずのまま〝時限爆弾〟と化そうとしているのに、ここにきてさらに仕事を増やそうというのか。たまたまうちの班が国会質問に当たっていないのをいいことに、面倒を押し付けようという魂胆に決まっている。

――それって、うちの班じゃなきゃダメなんですか?

あからさまな喧嘩腰でそう問うと、彼女は申し訳なさそうによりいっそう身を縮こまらせながら、バランスボールの上で器用に眠りこけるあの男のほうへ視線をやった。

――秘書官直々のご指名です。

――奥霜里への大臣出張、ロジ担当と当日の随行が雨宮さんだったので。

「秘書官の指示は絶対」――それは役所における鉄の掟だ。こうなると引き受けるほかない中津瀬に向け、最後に和田は衝撃の一言を付け加えてみせた。

――あと、できたら明日の朝までにとのことです。

そういうわけで〝死神〟あらため〝疫病神〟こと雨宮と共にその日の深夜二時までかかって作り上げたのが、この冊子だ。総計五十ページにも及ぶ「超大作」――とはいえ新たに作成したのは前半の数ページ、つまり追悼文と記者会見における想定問答集だけで、後半の「参考資料」は大臣出張時のレク資料からほぼ流用したものだった。

パラパラと冊子をめくり、中津瀬はその「参考資料」部分へと順に目を走らせる。

事件の舞台となった奥霜里は、岡山県K市の北部、中国山地の急峻な沢筋沿いに点在する集落群の一つで、霜里という直線距離で約四キロ離れた隣の集落とあわせて「霜里地区」と呼ばれるのが一般的だという。人口五千人弱の小さな町・白穂《しらほ》町から国道を二キロほど北上。そこで側道にそれ、そのまま九十九折《つづらおり》の山道を車で右に左におよそ六十分。

――ありゃ桃源郷というか魔境だな。

出張を終えた雨宮が、翌日登庁してくるなりこう口にしたのは今でも覚えている。

上空から見ると山々の間隙を縫うように細くて長い、窮屈さに耐えかねて身をよじったかのごとく不格好な形をした集落で、これについても雨宮曰く「虫垂《ちゅうすい》みたいだよな」とのこと。虫垂――無用の長物、取り除いても困らないもの。彼にそこまでの他意があったかはわからないが、そう連想せずにはいられないほどの僻地なのは間違いない。

それでもかつては林業や農業を中心に栄え、一時最大五十五戸二百人もの住民が暮らしていたこともあるという。しかし一九七〇年代以降、若年層を中心にその多くが都市部へ流出。結果、いつの間にか住民はわずか三人となり、消滅は秒読みに。当然、山や森の手入れは行き届かなくなり、多くの田畑が耕作放棄地となった。点在する家屋もほとんどが朽ち果てるのを待つだけの空き家となり、いつしか集落に漂う空気は「郷愁」より「諦め」に近いものになっていたのだとか。

――そこに舞い降りたのが、スーパーヒーロー神楽零士ってわけだ。

彼の思いに共感し、少しずつ集い始める〝同志〟たち。やがてそれは大きなうねりとなり、日本中を驚かせることになる。現在の住民は、神楽零士を除き九戸十一人。そのうち元からの住民は三戸三人で、残りはすべて移住者とのこと。これだけでも既に恐るべき復活劇と言えるが、巷で〝奇跡〟と称されるのには他にも理由がある。

――まさに、古き良き日本の〝原風景〟と最新テクノロジーの融合だよ。

ページをめくると、まっさきに目に飛び込んできたのは二枚の写真だった。

一つは、六枚の回転翼が特徴的な大型のドローン、通称『フライヤー6』――白穂町のドローンポートから飛び立ち「霜里地区」に住まう各家庭へと生活物資を届けるのが主な役目で、その先進的なサービスは中山間地域や離島におけるライフラインとしてにわかに脚光を浴びている。

もう一つは、近未来的なフォルムをした自動運転車両、通称『スマイリー』――こちらは白穂町と奥霜里を約八十分で結ぶ、いわば〝住民の足〟とでも言えようか。滑らかかつ繊細で、どこか妖艶さすら漂う流線形の車体に、メタリック加工が施された継ぎ目のないボディ。それには「前後の概念」がなく、まさにSFの世界からそのまま飛び出してきたかのような次世代のモビリティだ。

――でっかくなったパソコンのマウスみたいだったぞ。

などと情緒に欠ける発言をしていた雨宮はさておくとして、これらが奥霜里を〝奇跡の集落〟たらしめる所以《ゆえん》なのは間違いなく、その導入においても主導的な役割を果たしたのが何を隠そう神楽零士だという。

そして――

迎えた問題のページ。そこに掲載されているのは、目下最大の関心事とも言える「住民一覧」だった。神楽零士を除き計十一人いるはずなのだが、ネット掲載のインタビュー記事など一般公開されている情報をもとに作られたものなので、いっさい情報のなかった一人については、当然ながらここには何一つ載っていない。

それを踏まえつつ、並んだ「十人」の顔ぶれを順に再整理してみる。

南光院銀二《なんこういんぎんじ》（45）、南光院麻衣子《まいこ》（42）――古民家宿『桃源』を営む夫婦で、神楽零士に続く移住者第二号案件。

黒飛寿《くろとびひさし》（36）、黒飛佳奈美《かなみ》（34）――東京にも居を構える二拠点居住者で、夫の寿は家具職人、妻の佳奈美は「奥霜里ブランド野菜事業」の立ち上げに向け奮闘中。

中井佑《なかいたすく》（32）――神楽零士の絶対的な「右腕」であり、ドローンによる空撮映像の投稿などで人気を博す映像クリエーター。

晴山陽菜子（28）――某大手広告代理店を退職し二年前に移住、運営するブログ『ひなこの田舎暮らし』が話題の超人気ブロガー。

琴畑直人《ことはたなおと》（27）――奥霜里のプロモーションHP制作なども手掛けた、移住四年目となるフリーのエンジニア兼ｗｅｂデザイナー。

青野凪咲《あおのなぎさ》（23）――移住してまだ一年の〝新参者〟で、南光院夫妻が営む『桃源』を手伝う自称看板娘。

稲村節子《いなむらせつこ》（85）――奥霜里の旧住民で、黒飛佳奈美の「奥霜里ブランド野菜事業」のアドバイザーを務めつつ『桃源』の料理長も兼任する、奥霜里の「食」担当。

我妻進《あがつますすむ》（78）――同じく奥霜里の旧住民で、現在は「海のない集落」での「うなぎの養殖」を成功させるべく日々試行錯誤中。

以上。このフロアで働く人間なら誰しも一度は顔と名前くらい目にしたことがあるはずの、いずれも「地方創生」文脈における有名人だが――

――例の件、近くに住む七十代男性が任意同行でしょ？

この中で該当するのは、言うまでもなく我妻進ただ一人。だが、それをもって彼だと断定するのはいささか性急すぎるだろう。ここには載っていないもう一人の住民の可能性もあるし、さらに言えば隣の霜里の住民というセンだってないわけじゃない。両集落間の距離は直線で約四キロ。東京では「遠い」と感じることのほうが多いが、山中で孤立した〝姉妹集落〟間の距離だと考えれば、むしろ「近い」とも言える。要するに――

頭を悩ませるだけ無駄ということだ。

そう結論付けると冊子を閉じ、椅子の背に寄りかかりながら瞼を閉じる。

昼休みとはいえ、連日のタクシー帰りによる疲労のせいか食欲はほぼないし、ここは引き続きの長期戦に備えて仮眠でもとっておいたほうが得策だろう。それに、どうせ間もなく警察がすべてを明らかにするに決まっている。映画で言えばクライマックスをとうにすぎ、既にエンドロールが流れている段階だ。自分がうだうだ考えてみたところで、何一つ大勢に影響はない。

そうして、瞬く間に中津瀬の意識はまどろみの底へと沈んでいった。

3

「やっぱり、近くで見ると迫力が段違いだなぁ」

背後からの声に「不審者襲来」と身構えたときにはもう、男が隣に来ていた。

「六枚の回転翼を持つヘキサコプタータイプで、全長一・五メートル、全幅二・〇メートル、全高〇・五メートル。最高速度は時速六十キロにも及び、可搬重量十キロ、連続航行時間百二十分と、民生用としては屈指の高スペックを有する帝国電気製の量産型ドローン、その名も『フライヤー6』――いやはや、こりゃ圧巻だ」

なんだ、こいつ。

人に会う想定ではないため、服装は部屋着にロングパーカーを羽織っただけ。そして当然のごとくすっぴんだ。できればあまり見られたくない姿なので、気持ち顎を引いて襟に顔を埋める。

十一月三日、十四時三十分。まだ若干の残雪がある我が家の庭先でのことだった。

「白穂町のドローンポートを発ち、長良尾《ながらお》川上空を飛行することおよそ三十分。集落民の生活を支えるという〝使命〟も背負ってその遥かな道のりを飛んでくると思うと、なかなか感慨深いものがありますなぁ」

よくもまあこんなにべらべら舌が回るものだと感心しつつ、今しがた庭先に着陸したばかりのドローンへ歩み寄り、機体底面に据え付けられたボックスの「読み取り機」にスマホをかざす。すぐにピピッという軽快な電子音がしてその扉が開いた。

「なるほど、そうやって荷物を受領するわけですか」

ボックスの中には、中型サイズの段ボール箱が一つ。昨日、朝食の支度中に残り少ないことを思い出した醬油やみりんの他、トイレットペーパーや洗剤など諸々の生活雑貨が詰め込まれているはずだ。この後、本来であれば箱の側面に貼られたシールの識別コードをスマホで読み取り「数ある荷物の中からどれが自分宛のものかを特定する」という手順があるのだが、幸い荷物は一つだけみたいなので省略しても構わないだろう。

「いやぁ、便利な時代になりました。朝に注文すれば、午後には届くんですよね？　まさに集落生活のライフラインであり、頼れる〝相棒〟と言ったところ」

段ボール箱を小脇に抱えボックスの扉を閉めると、ここでようやく声の主のほうに向き直る。ダウンジャケットにデニムパンツ、ニット帽という出で立ちの謎の男。背中には登山用と思しき巨大なリュックサックを担ぎ、首からは一眼レフカメラが提げられている。身長は百七十センチ程度、歳は四十代半ばといったところか。丸顔に丸眼鏡、恰幅の良い腹回りと全体的に曲線多めのフォルムはコミカルながら、不思議とその佇まいには隙がなく、むしろふてぶてしさすら漂っている。

「——どちらさまですか?」

なんとなくそう訊いてしまったが、そもそもここは人の家の庭だ。垣根や石塀があるわけではないからこんな風にふらっと立ち入ることも可能とはいえ、その非常識さには眉を顰《ひそ》めざるを得ない。

「これは失礼しました。自分、こういう者で——」

差し出された名刺に『週刊真実　記者　馬場園泰孝《ばばそのやすたか》』とあるのを目にし、無視を決め込まなかった数秒前の自分を引っ叩きたくなる。

——最悪だ。

「晴山陽菜子さん、ですね?」

白々しく尋ねてきたものの、とっくに調べはついているはず——なのだが、ここで迂闊に「そうです」なんて口にしようものなら、連中はそれを「そうですすお待ちしておりましたどうぞ一杯お茶でも飲んでゆっくりしていってはいかがですか」という意味に曲解しかねない。そんなわけで口をつぐんでいると、彼は一気呵成に畳みかけてきた。

「二年前に某大手広告代理店を退職後、単身でここ奥霜里へ移住。開設した『ひなこの田舎暮らし』というブログが話題となり、現在は新進気鋭の〝移住女子〟として新聞や雑誌で取り上げられるまでに。モデル顔負けの端正なルックスも相俟《あいま》って、今やSNSのフォロワーは十万人にのぼるなど、ちょっとした有名人と言ってもいいくらいの——」

「何の用ですか?」

そう言って長口上を遮った瞬間、しまった、と気付く。

狙い通りというように一瞬だけ微笑むと、すぐさま馬場園はこう声を潜めた。

「実は、晴山さんに折り入ってのお願いがあるんです」

「お願い？」だいたいの予想はつく。

「神楽零士の件で」

そらきた。

事件の第一報から、今日で四日目。いまだ集落には何人もの捜査員が出入りし、彼の自宅には規制線が張られたままだ。事情聴取だって「もしや私が犯人だと疑われてます？」と口をついて出てしまいそうになるほど受けてきた——のだが、被害者と同じ集落に住んでいる以上、これらはある程度致し方ないことと割り切れる。

むしろ堪忍ならなかったのは、報道陣や記者を名乗るこの男のような連中だ。

最寄りの白穂町から車で六十分。そんな〝陸の孤島〟へと押し寄せた彼らは、津波のごとく私たちの生活を蹂躙してみせた。自宅の前で出待ちされ、ひとたび姿を見せようものならすぐさま取り囲まれて質問攻め。最近神楽さんにトラブルがあった様子は、住民の皆さんは動揺されていますか、なんでもけっこうです晴山さん一言コメントを。

そのときの不快感を思い出した私は、きっぱりと言い放つ。

「他を——いや、他にも当たらず、さっさと消えてください」

「まぁまぁ、そんな冷たいこと言わず……」

とはいえ、その過熱ぶりも峠を越したと見ていいだろう。

『近くに住む七十代男性が任意同行に応じた』——この報道を受け、瞬く間に萎んでいく国民の関心、そして熱量。つくづく世間とは移り気で薄情なものだと呆れてしまう。もちろん、いまだSNS上では『神楽零士』『任意同行』『七十代男性』といった関連ワードがトレンドの上位にランクインしているものの、既に大多数の国民にとって今回の事件は〝過去のこと〟なのだろう。

いずれにせよ、そんな終結ムードすら漂うこのタイミングで、どこの馬の骨とも知れない記者から何かをお願いされる謂《いわ》れなどこれっぽっちもない。この期に及んで何をいまさらって感じだ。

「お断りします」

「せめて内容だけでも聞いてもらえないかな」

「お断りします」

すげなく繰り返すとスマホの画面に表示されている『受取完了』の文字をタップし、最低限の配慮として「危ないので下がっててください」と注意を促す。

次の瞬間、着陸中のドローンからけたたましいモーターの駆動音が轟き始めた。六つのローターが高速回転を始めたのだ。轟音に打ち震える鼓膜、吹き付ける風に舞う前髪——見慣れた光景とは言え、毎度のように圧倒されてしまう。数秒後、四脚のランディングレッグが着陸マットから離れたかと思うと、鈍色《にびいろ》の曇天めがけて機体はみるみるうちに高度を上げていく。

「…………だなぁ」

馬場園が何か言っているようだが、音がうるさすぎて何も聞こえない。

頭上へと垂直に舞い上がった『フライヤー6』はやがて高空でぴたりと静止すると、今度はゆっくり横滑りするように動き始める。所定の高度に達したのだろう。徐々に速度を上げ、あっという間に遠ざかる機体が木立の向こうへ飛び去ったところで、馬場園が再度口を開いた。

「いや、思っていた以上に凄い音だ」

「…………」

「もっと小さい機体だったとしても、こんなのが飛んで来たら普通気付くよなぁ」

さっさとその場を後にしようとしていた私は、思わず足を止める。

どういう意味だろう。いや、もちろん字義通りの意味はわかるのだが、これは明らかに神楽零士殺害にまつわる文脈で放たれた言葉――事件にドローンが関わっている、ということだろうか。加えて気になったのは「普通気付く」という言い回しだ。これは、裏を返せば「今回は気付かなかった」という意味にほかならない。

「いや、お気になさらず。こっちの話です」

馬場園は首を振るが、そのしたり顔を見るに「興味を惹けた」という手応えを感じているのは間違いなかった。まんまと乗せられている感があって癪だが、事実として私はいまだ段ボール箱を抱えたままこの場を動けずにいる。

「それじゃあ、一つ面白いことを教えて差し上げましょうか」

ダウンジャケットのポケットから煙草を取り出すと、彼はそれを咥えた。吸っていいかの確認もなしに「いやすいません、どうも電子煙草は性に合わなくて」と吸うことありきの言い訳を口にするのが見ていて腹立たしい。

「面白いこと？」

「あ、この言い方はさすがに不謹慎でしたね」

ふうっ、と一服目を吐き出し、携帯灰皿に灰を落としながら彼は肩をすくめた。

「いえ、別にそういう意味じゃないですけど」

「実は今回の一件、全容の大部分が〝隠蔽〟されているんです」

報道規制とも言い換えられますかね、と馬場園は付け加える。

「それはつまり――」

著名人が自殺した際に過度な報道を控えるのと同じく「社会への甚大な影響を考慮して」ということか。そう尋ねると、彼は何やら訳あり顔で頷いてみせた。

「それも一因ではあるでしょう。ですが、本当の理由はもっとシンプルでえげつない――つまり、本件はあまりに猟奇的で不可解すぎるんですよ。じゃあ、訊きますね。晴山さんは、今回の事件をどんなものとご理解で？」

「え？　そんなの報道にある通り」

事件は三日前の十月三十一日、午後三時半頃――ここから程近い山中で男性の遺体が発見されたことに始まる。その身元が神楽零士だと報じられたのが、夜七時のＮＨＫニュースでのこと。すぐさま激震が列島を駆け抜け、それからしばらくは〝お祭り騒ぎ〟の様相を呈していたが、今やその盛り上がりもだいぶ下火に。最新情報では近くに住む七十代男性が任意同行に応じたとのことで、きっと解決はもう間もなくのはず。被害者がたまたま超有名人だっただけで、蓋を開けてみれば〝よくある殺人事件の一つ〟にすぎなかったということだろう。

そう答えると、馬場園は「まあ、そうですね」と鼻を鳴らした。

「おっしゃる通り……よくある殺人事件の一つで解決はもう間もなく、というところ以外は今の認識で特に間違っちゃいません」

だとしたらそれは「おっしゃる通り」なのかと思わないでもなかったが、今はそんな言葉尻を捕らえてとやかく言っている場合ではない。

「でも、近くに住む七十代男性が任意同行に応じたって」

それが誰なのか、風の噂で私は知っていた。安地《あんち》和夫《かずお》という霜里に住む男だ。

そして、もちろんこの男はそこまで調査済みだった。

「その男――既にお聞き及びかと思いますので隠さずに言いますと、安地和夫が事件へ関与しているのはまず間違いないでしょう。ただ、おそらく主犯ではない」

「主犯ではない？　どうして？」

「例えば、報道では単に『山中で遺体発見』となっていますが、その詳細はずっと恐るべきものだからです」

もったいぶるように言葉を切ると、馬場園は挑発的な視線を投げかけてくる。逐一挙動が気に障るが、知らないものは知らないので「先を続けて」と睨み返すしかない。やれやれ強気な小娘だ、とでも言いたげにかぶりを振ると、ややあってから彼はその詳細とやらを口にした。

「正確には、山道に停車中だった『スマイリー』の車内から発見、となります」

「はい⁉」と年甲斐もなく素っ頓狂な声を上げてしまう。

いろいろと不可解な点はあるが、何より問題なのは、安地の住む霜里はそのサービス提供地域に含まれていないことだろう。つまり、彼は『スマイリー』の利用に当たって必須となる配車予約アプリを有していないのだ。それなのに、どうやって遺体を乗せたというのか。車両を呼び出すことも、扉のロックを解除することも、発車指示を出すこともできないはずだが。

「ああ、でもたしかに――」

変だとは思っていたのだ。というのも、事件直後からなぜか『スマイリー』が運行を停止していたから。町へ繰り出そうと何度かアプリを起動してみるも、ずっと『メンテナンス中』の一点張りで、タイミングからして「何か事件に関係しているのかも」と勝手に疑っていたのだが、まさかその通りだったとは。

「でも、なんでまた山道上で停車を？」

「その点については、今日のところはいったん脇へ置いておくことにしましょう。なぜなら、それ以上に遺体発見時の状況があまりに奇々怪々なもので」

「奇々怪々？」

「第一発見者の前で突如としてその車体が炎上したんです」

そんな惨劇の生き証人となってしまったのは、観光目的でやって来ていた男子大学生の二人組だという。その日レンタカーを飛ばしていた彼らは、山道に入って三十分ほどの地点で道を塞ぐように停車する『スマイリー』と遭遇。事故、もしくは故障だろうか――いずれにせよ道幅からしてすれ違うのが困難だったため、レンタカーを降りた二人は何の気なしに車両へと歩み寄った。

「そしてガラス越しに車内を覗き込んだところ、シートに横たえられた遺体を発見――それも、ただの遺体じゃありません。頭部がついていない〝首無し死体〟を、です」

「は⁉」

「切断されてたんですよ、頭部が」

立ち眩みがしてその場にへたり込みかける。

なるほど、あれほどの〝国民的大スター〟がそんな惨たらしい殺され方をしていたのであれば、報道規制という判断がなされるのも納得だ。でも――

どうして？

いつだって飄々としていて、肩の力が抜けていて、だけど胸の内には誰にも負けない熱いものを秘めていて、それを人に押し付けるでもなく、あえて喩えるなら――そう、神楽零士は〝信念〟という名の太陽に向かって自由気ままに伸びていく、まるでひまわりみたいな人だった。そんな彼が、誰のどんな思惑のせいで――

「心中お察ししますが、先を続けますね。遺体を発見した彼らは腰を抜かしつつも、ただちに警察に通報しなければとスマホを取り出したそうです。しかし」

あいにく表示は『圏外』――電波が通じる地点までとんぼ返りすべくレンタカーに乗り込んだ二人は、そこでさらに我が目を疑うことになる。

「車両から突然火の手が上がったからです」

不気味な〝首無し死体〟に、炎上する車両――混乱と恐怖に駆られながらもなんとか下山した彼らは、電波が復活したところで警察と消防に通報。しかし、白穂町から現場までは曲がりくねる狭い山道を車で約三十分。そのため、消防隊によって完全に火の手が消し止められたときには、既に出火から九十分以上が経過していた。

「そのせいで遺体は一部が炭化するなど損傷が激しく、当初は身元の特定にかなり骨が折れるだろうと思われていました」

「え――」

ところが、と馬場園は携帯灰皿に吸殻をねじ込む。

「それと並行して、別の場所で頭部が見つかったんです。それも、無傷の状態で」

「すぐに警察が遺体の身元を神楽零士と断定できたのは、そのためです」

いくぶん拍子抜けしたのは否めなかった。

ここまでの異常ぶりと比べ、なんともお粗末な展開ではないか。

「で、その発見場所というのは？」

「おっと、危ない。ここから先は有料会員限定でした」

「は？」

「知りたければ、明日発売の『週刊真実』を読んでください」

こいつめ、といくら睨んだところで、決して口を割りはしないだろう。

事実、既に踵を返すと馬場園は立ち去るそぶりを見せている。

「何はともあれ、もっとも重要なのは、そんな惨たらしい遺体を乗せた自動運転車両はここから出発したということです。これはつまり」

「殺害現場は霜里ではなく、ここ奥霜里。そして頭部と胴体部が切り離された後、後者だけが『スマイリー』に乗せられ、そのまま山中へ送られた、と？」

「ご名答」

「そして、それらを霜里に住む安地が一人で実行できたとは思えない」

「その通り。それどころか、彼は事件当日、霜里から一歩も外へ出ていないと聞いています」

「でも、もしそうだとしたら」

主犯はここの住民の誰か以外にあり得ないのでは？

なぜなら〝首無し死体〟が自ら『スマイリー』に乗車のうえ、自身のスマホに登録してあるアプリの『乗車完了』をタップして発車指示を出す、なんて馬鹿げたことがあるはずないから。となると住民専用のそのアプリを操作できた者、すなわち「ここに住む誰かが主犯」という結論が当然に導かれてしまう気がする……のだが、さすがに不謹慎すぎて口に出すのは憚られた。

「お願いっていうのは、事件の〝真相〟に迫る協力をしてもらえないかってことです」

こちらに背中を向けたまま馬場園は足を止めた。

「今この場で結論を出してもらう必要はありません。ただ、もしその気になったら、メールでも電話でもしてください」

いまだ私が握りしめたままの名刺を、振りむきざまに馬場園は顎でしゃくる。

「この恐るべき事件の〝真相〟を、我々の手で白日の下に晒そうじゃないですか」

4

「マジで激ヤバじゃない？」

私が誌面から顔を上げるや否や、卓袱台の反対側から青野凪咲が身を乗り出してきた。

馬場園の襲来から一夜が明けた、十一月四日、時刻は朝の九時すぎ。場所は我が家の居間だった。

畳敷きの八畳間——日本家屋特有の「田の字型」に並んだ居室の一つで、開け放たれた襖の向こうには縁側、そして境界のない広々とした庭が見渡せる。

「ねえ、危ない。湯飲み倒しそう」

　彼女のほうへ週刊誌を押しやりつつ、ひとまずそう注意する。

「あ、ごめん」

　身を引きながら彼女がてへっと笑った瞬間、舌先に煌《きら》めくピアスが顔を覗かせる。最初のうちは見るたびにぎょっとしたものだが、さすがにもう慣れてしまった。

　凪咲はここへ移住してきてまだ一年足らずの新顔で、弱冠二十三歳と比較的年齢が近いこともあり、割と私に懐いている節がある……のだが、これまでの人生でほぼ接点がなかったタイプの人種であるのは間違いなく、やたらと「ヤバい」を連発する乏しすぎる語彙も、ゲームキャラのように色鮮やかな銀髪ショートカットも、舌のみならず両耳に開けまくったピアスも、いまだ奇妙奇天烈摩訶不思議に思えて仕方がない。

　——ひなちゃん、ヤバい記事出たよ。これ、見てみ？

　そんな彼女がぱたぱたと我が家に駆け込んできたのは、つい十分ほどの前のこと。起き抜けと思しき上下スウェット姿で、その手には本日発売の『週刊真実』最新号が握られていた。もちろんここにはコンビニも書店もないから、おそらく昨夜のうちに注文し、朝一でドローンに届けてもらったのだろう。

　馬場園の宣言通り、そこには事件に関する〝衝撃の事実〟が掲載されていた。そのセンセーショナルぶりから察するに、SNS上でも大盛り上がりに違いない。まだ確認してはいないが、ブログにも大量のコメントやメッセージが寄せられているはずだ。

「それにしてもマジで激ヤバだよねぇ」

再び誌面を追い始める彼女をよそに、ひとまず私は今しがた読み終えたばかりの記事の内容を思い返してみることにする。

曰く、殺害現場となったのは神楽零士の自宅リビングで、死因は窒息死——ロープのようなものによる絞殺とみられているという。その遺体は浴室にて頭部と胴体部に切断された後、なぜか後者だけが『スマイリー』に乗せられることに。そのまま発車した『スマイリー』は白穂町へと続く山道上で緊急停止し、第一発見者の前で突如炎上。鎮火後に出てきた遺体は一部が炭化するなど損傷が激しく、当初は身元の特定がかなり困難に思われたが、時を同じくしてほぼ無傷の状態で頭部が発見されたため、警察は両遺体を神楽零士のものと断定。なお、その後のＤＮＡ鑑定等で裏付けも取れているという。いくつかの新情報はあるものの、ここまではおおよそ聞かされていた内容と大差ない。

驚きなのは、この続きだ。

「いや、何回読んでも激ヤバすぎるんですけど。だって意味不明じゃない？　ドローンのボックス、の中から頭が出てきたって」

昨日、はぐらかされた質問の答え。そう、あろうことか神楽零士の頭部は「ドローンに据え付けられている物資輸送用のボックスの中」から見つかったというのだ。

——なるほど、そうやって荷物を受領するわけですか。

脳裏に甦る、昨日の庭先でのワンシーン——「読み取り機」にかざすスマホ、ピピッという軽快な電子音、それと同時に解錠されるボックスの扉。その向こう側にいつもの段ボール箱ではなく、ただ虚空を見つめるだけとなってしまった神楽零士の頭部が鎮座している様を想像してしまい、全身に怖気《おぞけ》が走る。

「でも、あの日ってたしか——」

そこで口をつぐみ「なんだっけ、ほらあの小難しい……ああ、ダメだ。言葉が浮かびません、助けてひなちゃん」というふうに眉を寄せると、そのまま凪咲は湯飲みの茶を啜り始めた。

「史上初の『重量荷物懸吊《けんちょう》運搬を目的とした三機のドローンによる協調飛行』――そのデモ飛行が行われた日、だね」

「そう、それそれ。そのなんちゃらキョーチョー飛行」

砕けた言い方をすれば、それはドローンを利用した「粗大ごみの回収」――通常であれば一機につき十キロまでの荷物しか運べないところ、三機で一つの荷物を吊り下げて飛行することにより、さらに重い荷物を運搬しようという試みだ。あの日はたしか、壊れた冷蔵庫か何かを三機で吊るして運んだのではなかったか。なんにせよ、これによって従来はサービス対象外だった大型電化製品などの輸送が実現すれば、人里離れた〝陸の孤島〟での生活の不便さはさらにいくばくか解消されるに違いなく、その意味でも今回のデモ飛行は記念碑的なイベントとなる……はずだった。

しかし事件の日、デモ飛行を終えドローンポートへと帰還した『フライヤー6』全三機を順に点検していた作業員の一人が、そのうち一機のボックスの中に人間の頭部が格納されているのを発見する。この時点で既に身の毛もよだつ話ではあるのだが、なんと、その後の調べで件の機体はその日ただの一度も奥霜里へ飛行していないことが判明したというのだ。

「でも……霜里には行ってたわけだし、頭が乗せられたとしたらそこしかないよね」

上目遣いを寄越す凪咲に、私は頷き返す。

「うん、それは間違いないはず」

奥霜里と共に「霜里地区」を形成する〝姉妹集落〟こと霜里――記事によると同機は事件の日、白穂町のドローンポートを離陸後、まず霜里に住む注文者のもとへ物資を運搬したという。そこで他の二機と合流した後、先のデモ飛行のために霜里を発ち、そのまま帰還。つまり、霜里と白穂町間をただ往復しただけなのだ。また、ログデータによるとドローンポート離陸以降にボックスの扉が開いたのは一度きりで、霜里にて注文者が「物資を受領した際の二分間」のみとのこと。ということは、それ以外に頭部をボックスに投げ込めるタイミングは存在しなかったことになる。

「だけど、どうして霜里なんだろう」

そう疑問を呈すと、凪咲は「どゆこと？」と目を瞬いた。

「殺害現場は奥霜里の自宅。なのに、頭部は霜里でドローンに搭載された。つまり、犯人は切断後にわざわざ霜里まで頭を持って行ったってことでしょ」

また、一口に「隣の集落」と言っても霜里・奥霜里の両集落間には道なりに約五キロの隔たりがある。車を使えばすぐとはいえ、そんなことをすべき合理的な理由などにわかには思いつかない。しかも、たしか事件の日は朝まで雪が降っていたと記憶している。となると、山道は寸断されていた可能性すらあるのだ。それなのに、なぜ、どうやって――

「でもさ、どうせ安地のクソジジイが犯人なのは確定なんでしょ」

「まだ決まったわけじゃないんだから、その言い方はやめなって」

記事にはもちろん名前など書かれていないが、凪咲の言う「クソジジイ」こと安地和夫が例の「七十代男性」なのは、風の便りでここの住民全員が知っているはず。なぜ彼が任意同行を求められているかというと、記事曰く「例の〝二分間〟に物資を受領すべくボックスを開閉したまさにその人」だから。この事実だけを見れば彼がクロなのは揺るぎようもない気はするのだが、ことはそう簡単ではない。なぜなら、彼には神楽零士の死亡推定時刻前後に鉄壁のアリバイがあるのだとか。

もしそれが事実だとすれば、残された可能性は一つしかないことになる。

「マジでいやだなあ、ここに共犯者がいるなんて」

「しかも、たぶん主犯格、のね」

理由はさておき、霜里在住の安地は受け渡された頭部をボックスに放り込んだだけで、殺害から解体、頭部の運搬に胴体部の『スマイリー』搭載までを行った主犯格「X」はここ奥霜里にいる。こう考えるのがもっとも合理的だろう。なるほど、だとしたらこれまでの「もしや私が犯人だと疑われてます？」と言いたくなるほどの執拗な事情聴取も頷ける……のだが、むしろそこまで絞り込めているにもかかわらずいまだ犯人を逮捕できない、なんてことがあり得るものだろうか。事件発生から既に五日目。警察だって無能じゃない。それなのに「任意同行」以降まったく続報がないということは、なんらかの事情が立ちはだかっているとみてまず間違いないだろう。安地のアリバイの件もそうだし、もしかするとその他にも――

ダメだ、わからないことが多すぎる。

瞬間、脳裏をよぎる住民たちの顔ぶれ。

もしも、この中に捜査の網を掻《か》い潜《くぐ》り続ける「X」がいるとしたら……。

「いや、私は違うよ？」

凪咲が不服そうに眉を寄せている。たぶん、無意識のうちに〝疑いの目〟を彼女へと向けてしまっていたのだろう。

「わかってるって」

「いや、めっちゃ怖い顔してたもん」

「ごめんごめん」

「ま、いいけど。で、そのほかに気になることと言えば――」

「犯人からのメッセージ」

「だよね」

ドラマかよ、と苦笑しながら記事を指でなぞり始める凪咲――これこそが「頭部の発見場所」とない。

双璧をなす、もう一つのサプライズだった。頭部と共にボックス内へ残されていた一枚の紙きれ。そこに何と書かれていたかまでは記事に記載がなかったが、いずれにせよ薄気味悪いことには違い
ない。

「ひなちゃんは、どう思う?」

「うーん」やや痺れてきた足を崩し、畳に両手をついて上体をのけ反らせると、頭上に渡された逞しい梁を見上げる。

まっさきに思い浮かぶのは、やはり《パトリシア》が最後に投稿した動画だ。

——六十日以内に。さもないと、次なる行動に出ることになりまする。

この宣言からきっかり六十一日目に神楽零士は殺害され、そのせいでSNSやネットの匿名掲示板は一時騒然となった。となると——

「犯人がこの状況を利用した可能性はあるかもしれないよね」

つまり「意味深な文言」を残し、ちょうど六十一日目に殺害することで、事件への〝彼女〟の関与を匂わせようとした、という算段だ。もちろん、本気で〝彼女〟の犯行であると誤信させるつもりまではないだろうが、ある程度捜査を攪乱できたらそれはそれで儲けものと言えるのではないか。

——いや違う、そんなのおかしい。

ここで、突如としてぶち当たる「矛盾」——というのも、仮に捜査を攪乱したいのであればそもそも『スマイリー』に胴体を乗せるべきでも、ドローンのボックスに頭部を格納すべきでもないからだ。なんせ、わざわざそんなことをしてしまったがために「犯人は奥霜里の住民以外にあり得ない」というところまで瞬く間に絞り込まれ、おそらくそれを前提に捜査が進んでもいるのだから。

これは「X」にとって致命的と言えるだろう。少なくとも〝外部犯〟による犯行の可能性を残しておくほうがよほど有意義だし、それなら余計なことはなにもせず、遺体は「山中にただ放置する」

程度で済ませればよかったのだ。これらを勘案すると——

「前言撤回、やっぱり全然わからない」

そう肩を落とすしかなかった。

——この恐るべき事件の〝真相〟を、我々の手で白日の下に晒そうじゃないですか。

昨日の馬場園とのやりとりを思い返しつつ、貰った名刺を卓袱台の上に置く。

「なにそれ？」

「この記事を書いたと思われる記者の連絡先」

「え、ガチ？　なんでそんなの持ってるの？」

「庭に不法侵入されたから」

顔を顰めてみせつつ、正直言うと心中穏やかではなかった。

移住して約二年。その歳月は、掛け値なしにかけがえのないものだったと断言できる。右も左もわからない私が、それでもなんとかここまでやってこられたのは、間違いなくここに住むみんなの支えがあったからだ。だけど——

もし、そんな仲間たちの中に殺人犯「X」がいるとしたら。

もし「X」逮捕のために、私にもできることがあるとしたら。

それは、馬場園と手を組むまっとうな動機になるに決まっている。

でも。

——私は、卑怯者だ。

こんな非常事態なのに、この状況をも「使える」と思ってしまう自分がいる。警察ですら頭を抱える難事件を、全国民が固唾を吞んで趨勢を見守る大事件を、たかが小市民の自分がもし仮に解決へと導いてみせたとしたら。その功績は〝晴山陽菜子〟にさらなる箔をつけてくれるはずだから。

「とりあえず電話してみようよ。まだ他にも情報を持ってるはずだし」

「――だね」

胸に立ち込めた嫌悪感を振り払いつつスマホに番号を打ち込み、まさに『発信』をタップしようとした瞬間だった。

「あ、ひなちゃん！　見てこの写真」

打って変わった黄色い声とともに差し出された見開きページ。何事かといったん指を止める。

そこに掲載されていたのは一枚の写真だった。

それは遡ること、今から三か月ほど前。音に聞く〝奇跡の集落〟を視察すべくやって来た地方創生担当大臣さま御一行――そのときのワンシーンだ。いつもと変わらず人をおちょくったようなファッションの神楽零士と、堅苦しいスーツ姿の大臣が握手を交わす象徴的な一場面。両者の笑みが事件の悲劇性をより際立たせているようにも見えるし、だからこそ黄色い声の意味がわからない。

「――これが、何？」

「見て、ここ」彼女の細くて繊細な指が示したのは、大臣の背後で写真の端に見切れかけながら写っている男だった。

「ああ……」

こいつか。

「私が『カッコいい！』って騒いでた人。小さく写ってる」

いいいいいいいいい。

その男のことを私はよく知っていた。それも、かなり悪い意味で。

「たしか、ひなちゃんと中高の同級生だったんだよね？」

「うん……まあ、そうだね」

「カンリョーかぁ、そんなところもまたカッコいいなぁ」

彼女の妙に熱っぽい視線を断ち切り、今度こそ『発信』をタップする。

数秒のコールの後、すぐに電話は通じた。

「昨日はどうも、晴山です」

『おお、なんと！　もしかして記事を読んでいただけましたか？』

既に勝利を確信したような口ぶりが癇に障るが、努めて平静を装う。

「ええ。だから、電話しました」

『ということは例の件、了承いただけると？』

固唾をのんで会話を見守る凪咲と視線を交わす。

うん、と頷く彼女に背中を押され、私はついに覚悟を決めた。

「協力させてください。この事件の〝真相〟に迫るために」

◇

「とんでもないことになってきたね」

湯気の立ち昇るカップ麵の容器を手にした麻生が、着席するなり第一声を放つ。

「ですね」と読んでいた『週刊真実』最新号から顔を上げ、中津瀬は嘆息してみせる。

「案の定、ネットも大騒ぎだよ」

蓋の上に割り箸を乗せると、麻生は自らのスマホを取り出し画面に指を走らせ始めた。

『週刊真実』――言わずと知れた名実ともに我が国トップクラスの週刊誌だが、ここまで詳細に書いてあるのだから、さすがに〝飛ばし〟ということはないだろう。その反響はすさまじく、再びSNSのトレンドワードには『神楽零士』『頭部』『炎上』といった文言が列をなしている。

今回の記事からわかったことは二つ。一つは「任意同行に応じた七十代男性が霜里の住民だった」ということ、もう一つは「おそらく奥霜里に共犯がいる」ということだ。後者については明示されているわけではないが、ある程度集落の実情を知っている人間なら誰しもそう勘繰るだろう。犯行に『フライヤー6』と『スマイリー』が利用されている以上、まったくの部外者の手によるものだとは考えにくい。

「それにしても、あまりに残虐かつ手が込みすぎじゃないですかね」

率直な感想を述べると、麻生は「だよなあ」と同意を示した。

「頭部を切断って時点で狂ってるのに、ドローンに乗っけたうえ、胴体を乗せた自動運転車両は山中で炎上――さすがに意味不明すぎるよね」

そう、彼の言う通りまったくもって意味不明なのだ。もし仮に個人的な恨みによる犯行だとしたら、さすがに目的と手段のバランスが崩壊していると言わざるを得ない。

「雨宮さんはどう思います?」

珍しく目を覚ましているので、何の気なしに話を振ってみることにした。

「あん?」とワイヤレスイヤホンを耳から外し、面倒くさそうな目を向けてくる雨宮――録音を聴きながら会議の逐語録でも書き起こしているのかと思いきや、彼の手元のスマホ画面に表示されているのは某動画投稿サイトに上げられたゲームの実況動画だった。職務専念義務違反、という単語が脳裏をよぎる。

そんな中津瀬の非難めいた視線などどこ吹く風といった様子で「そうだな」と天井を見上げた雨宮は、すぐさまこう言ってのけた。

「明確にわからない点が二つあるかな」

思いがけない断定口調に、麻生と顔を見合わせる。

「例えば？」と水を向けたのはその麻生だ。

「まず、胴体を焼いた理由」

「というと？」

「ドローンに頭部が入ってたことと整合しない」

なんだそりゃ。

「順を追って説明を」と麻生が興味津々にデスクへ身を乗り出す。たぶん、そろそろカップ麺が伸び出す頃だろう。

え、まだわからないの、とでも言いたげに尻の下でバランスボールを前後に転がしながら、雨宮はそっけなくこう言い放った。

「身元を隠蔽したかったのなら、頭部が発見されちゃだめだろ」

その瞬間、ようやく得心がいく。

「なるほど、つまり――」

一貫性がないのだ。胴体は身元がわからないほど焼却されていたのに、いっぽうの頭部は無傷の状態でドローンに搭載されていた。そして、ドローンポートに帰還した機体を作業員が点検するのはしごく当然の流れ。つまり、神楽零士と特定できる状態の頭部をドローンに搭載した時点で、犯人は事件の発覚を遅らせる気も、遺体の身元を隠す気も、どちらもなかったことになる。ご丁寧にメッセージまで残していたことを勘案すると、この点はまず間違いないだろう。

そうそう、と事もなげに頷いた雨宮が続きを引き取る。

「もちろん、身元の隠蔽以外にも焼くべき理由がないわけじゃない。例えば、遺体に犯人特定へ直結し得る何らかの痕跡が残ってしまった、とか。でも――」

だとしても『スマイリー』に乗せる理由がない。

ましてや、乗せたうえに発車させる理由が。

「それに、山道上で『スマイリー』が緊急停車したのも、その場で炎上したのも、十中八九犯人の工作によるものと見て間違いない。そりゃ何らかの故障で停まることも、電気系統の不具合から発火することもあるだろうが、それらがたまたま死体を乗せていたあの日に限って同時に起こるなんて、さすがにありえないからな。要すれば」

犯人には明確な目的があったことになる。

他のどこでもなく、その場所で遺体を焼くことに。

「これがわからない点、その一」

淡々と語る雨宮を前に、中津瀬は内心舌を巻く。

誰もが事件の漠然とした異常性に目を奪われる中、ここまで冷静に個別具体的な疑問点を炙り出していたとは。それも、たかが数ページ程度の特集記事を読んだだけで。

「じゃあ、もう一つは？」と腕組み姿勢で眉を寄せる麻生に、もはやカップ麵を気にする素振りは欠片《かけら》もない。

「もう一つは、本当に共犯なのかってこと」

これまた予想外の観点だった。少なくとも記事は「共犯説」を前提とした書きぶりとなっているし、実際に読んだ身としてもそこに疑問を差し挟む余地はまったくない気がするのだが。

「共犯ではない、と？」

中津瀬の問いに対し、雨宮は「いや」と首を振る。

「そこまで断定はできないけど、思考停止的に共犯を前提とするのも納得しかねるんだよな。というのも、だとしたらさすがに間抜けすぎないか？」

「間抜けすぎる？」

「だって、ドローンのボックスに頭部が入っていたら、その扉を最後に開閉した人物が捜査線上にあがるのは当たり前だろ。しかも――」

記事を読む限り、例の「七十代男性」の役回りは「受け取った頭部をボックスに投げ込む」というただ一点だけのように見える。

「その程度の役割しか担っていない共犯者が、まっさきに容疑者として挙げられてしまうような馬鹿げた計画を、どうして主犯の誰かさんは是としたんだろうか？」

言われてみれば、まったくその通りだ。

自分がもし本件の主犯だったとして、こんなことで共犯者がまっさきに逮捕されていいわけがない。一度捕まったが最後、その共犯者が「主犯は誰か」について口を割らずにいる保証なんてまったくないのだから。

「でも、共犯じゃないとしたら、どうやって頭部をボックスに？」

「それがわからない点、その二」

雨宮が言い切ると同時に、中津瀬のデスク備え付けの電話が着信を知らせた。

いいところなのに、と内心毒づきつつ、ワンコールと鳴り終わらないうちに受話器を取り上げる。

「はい、内閣官房まち・ひと・しごと創生本部事務局です」

『晴山陽菜子と申します』

受話器から聞こえてきたやや低めの女性の声に、頭が真っ白になる。

晴山陽菜子――たしかに電話の相手はそう名乗った。今まさに事件の渦中にある、奥霜里に住むあ、あ、あ、あの晴山陽菜子のことか？

二の句を継げない中津瀬に痺れを切らしたのか、電話の相手は単刀直入に用件を口にした。

『雨宮に電話を代わってもらえませんか』

5

「それじゃあまず、前提条件を確認しましょうか」

畳の上で胡坐《あぐら》をかくなり、何やら上着の内ポケットをまさぐり始めた馬場園に「禁煙です」と釘をさす。

「協力はしますが、うちで吸うのは認めません」

「それは失礼」

「ご理解ありがとうございます」

すげなく言うと、卓袱台を囲んで座る馬場園、凪咲の湯飲みへ急須の茶を注ぎ、薬缶から湯を注ぎ足した後、最後に自分の分を淹れ着座する。

十一月四日、十一時二十分。場所は変わらず我が家の居間。先ほどの電話からはおよそ二時間が経過していた。

——では、今すぐ向かいます。

聞けばこの男、事件発生からずっと白穂町の安宿に泊まり込んで取材に励んでいたのだとか。なるほど、その並々ならぬ執念に目を見張るものがあるのは認めるが、この男に我が物顔で振舞われるのは純粋に不愉快だった。

「えーっと、それじゃあ気を取り直して」

出鼻を挫かれやや鼻白んだ様子の馬場園は、そう言ってぼりぼりと頭を掻いた後、Ａ４サイズの紙とごく普通の三色ボールペンを取り出した。

「まずは位置関係の整理から。ここが、ドローンポートのある白穂町」

紙の右下にやや大きめの「〇」が描かれる。

「次に、ここが奥霜里。それからここが霜里です。この両集落を併せて『霜里地区』と呼ぶのが一般的ですね」

続いて左上に、先ほどより小さめかつ塗りつぶされた「●」が近接して二つ、さらにそれをぐりと囲む形で赤い線が描かれる。要は赤枠内が「霜里地区」で、二つの「●」がそれぞれ奥霜里、霜里ということだろう。

「白穂町から『霜里地区』までは、国道を二キロほど北上した後、左手に現れる側道――山の反対側まで抜ける県道4号線に入る必要があります」

説明に沿って右下の「〇」から上に伸びる線が引かれた後、そこから左に分岐する別の線が付け足される。

「山中を九十九折に走る県道4号線は、やがて二手に分岐。左を選ぶと、袋小路の末端に位置する〝行き止まりの集落〟こと奥霜里へ。右を選ぶと、霜里を経由した後、山の向こうの隣町へと出る。今日は便宜上、この分岐点までを『県道』と、分岐した先を『奥霜里ルート』『霜里ルート』とそれぞれ呼ぶことにします。ここまではよろしいかな？」

頭を寄せる形で紙を覗き込んでいた凪咲と顔を見合わせ、互いに「うん」と頷く。異論はないが、なぜそこまで道の呼び名を分ける必要があるのか、それがこの段階ではわからなかった。

「この『県道』に沿ってパラレルに流れるのが長良尾川――これは上流で本流と支流に分岐。それぞれが『奥霜里ルート』『霜里ルート』とここでもパラレルになります」

「パラレル？」と首を傾《かし》げる凪咲に「並行ってことね」と補足する。

その間に、お手製の簡易地図上には説明通りの「青い線」が描き足されていた。

「最後に距離感ですが、白穂町から『霜里地区』までがおよそ十キロ、奥霜里・霜里間がおよそ四キロ。ただしこれはあくまで直線距離なので、道沿いに移動するとなるともっとその距離は長くなります」

馬場園が一つの「○」と二つの「●」をペン先で順にとんとんと指す。さすがに縮尺は適当だろうが、三点は鋭く尖った鋭角三角形の各頂点に位置するイメージだ。

「さて、次に知っておくべきは事件当時の道路事情です」

「道路事情？」

私と凪咲が声を揃えて復唱すると、馬場園は「うむ」と顎を引く。

「覚えていると思いますが、その日は深夜から朝の五時頃まで雪が降っていたため、周辺一帯ではそれなりの積雪が見られていました」

確認するように上目遣いを寄越す馬場園に、もちろん覚えてます、と頷く。その日は全国的に大寒波が襲い、冬型の気圧配置が強まった岡山県北部でも、例年より一か月以上早い初雪を観測することになったのだ。

「そのため、例によって『霜里ルート』は積雪により寸断されていたんです。これは非常に重要だから、よく覚えておいてください」

なぜ重要なのかは言うまでもない。奥霜里から霜里までの頭部の輸送に、車は使えなかったことになるからだ。

「いっぽうで、この『県道』および『奥霜里ルート』――こちらは車での通行が可能でした。なぜかわかりますか？」

はい、とすぐさま凪咲が手を挙げる。

「夜のうちに除雪作業が行われていたから、ですね」

それを聞いた馬場園は「正解」と予備校教師のように手を叩いた。

「作業が行われたのは、深夜一時半から明け方の四時五十分にかけて。奥霜里を出発した除雪作業用の自動運転車両は片道およそ百分かけて『奥霜里ルート』から『県道』の除雪作業を実施。その後国道に出たところで折り返し、同じ作業をしながら奥霜里へと帰還しました。実はこれも超重要なので、頭の片隅に入れておいてください」

馬場園の言う通り、奥霜里には『スマイリー』の他にもう一台、自動運転車両が配備されている。こちらは普通の軽トラックに除雪用設備を後付けのうえ、自動運転車に改造しただけのもので、見た目も不格好なため特にこれといった愛称はない。いずれにせよ、その除雪作業車が夜を徹して作業していたがために、神楽零士の胴体を乗せた『スマイリー』は通常通り運行できたわけだし、第一発見者である大学生二人組はレンタカーで山道――ここでいう「県道」を飛ばすことができたわけだ。

その点についてはいいとして、これが「超重要」というのはどういうことだろう。

それはいったん棚上げするのか、さて、と馬場園は使い古されてボロボロになった黒革の手帳を取り出す。

「ここからは、いよいよ事件の詳細に踏み込むことになります。少々残虐な表現も使わざるを得ませんが、覚悟はできていますね？」

「できてます」とここでも声が揃う。

「記事にも書いた通り、本件は奥霜里の自宅にて殺害された神楽零士の遺体が、頭部と胴体部に切り離された後、それぞれ『フライヤー6』と『スマイリー』に〝分乗〟させられるという、我が国の犯罪史上に例を見ない猟奇性を纏った事件です」

それぞれの〝乗車地点〟は、頭部が霜里で、胴体部が奥霜里――これらを搭載したドローンと自動運転車両はいずれも白穂町という〝終着駅〟を目指して出発するが、後者に関しては途中の山道上で緊急停車を余儀なくされ、そのまま炎上に至った。

「さて、ここでまず知っておくべきは神楽零士の死亡推定時刻。これについては、十月三十一日の午前十時から十一時頃と見てまず間違いありません。殺害現場は記事に書いた通り、自宅リビング。凶器になったのは直径十一ミリの染サイザルロープ——要は麻ロープのことですが、現場に残されていたそれと同じ網目の索状痕が頭部側に残っていたのだとか」

その後「X」は窒息死した神楽零士を浴室に運び、頭部を切断。その際に使用されたのは日曜大工用の鋸で、ご丁寧にも浴室にそのまま残されていたという。

「なお、その鋸は事件の数日前に、黒飛佳奈美が神楽零士へ貸与したものだということがわかっています」

「なんですって⁉」思わず声が上ずってしまう。

「もちろん、これをもってただちに彼女の容疑が濃くなるわけではありませんが、情報として知っておいて損はないでしょう」

だからといって「はいそうですか」と見過ごせる話でもない。たまたま犯人が神楽邸でその鋸を発見のうえ犯行に利用したというのは、さすがに虫がよくないか。

嫌な汗が額に滲んできたのを感じつつ、ここで一つ質問をしてみる。

「死亡推定時刻の根拠は？」

ああ、その件ですが、と馬場園はさらにページをめくる。

「十時頃、犬の散歩で近くを通りかかった住民の一人が、自宅の前で雪かきをする神楽零士の姿を確認しているようです」

犬の散歩、となると進さんか。一瞥を送ると、凪咲も「進さんだね」と頷いた。

我妻進さん——集落で犬を飼っているのは彼一人だ。

「挨拶まで交わしているというから、まず間違いありません」

「わかりました」

「続いて、十一時頃という根拠ですが」

記事にある通り、神楽零士の頭部は奥霜里から霜里へ何らかの方法で輸送された後、ドローンのボックス内部へと投げ込まれたとされている。そして、白穂町のドローンポートを離陸した後に同機のボックスの扉が開いたのはたった一度きり。それは、霜里で注文者が「物資を受領した際の二分間」――

「それが十三時十三分から十五分まで、霜里にある安地和夫邸の庭でのことです」

そこから逆算すると、どんなに遅くとも十一時頃までには殺害されていないと辻褄が合わないという。たしかに殺害だけならまだしも、浴室で頭部を切断したのち霜里まで運ぶとなると、それなりに時間を要するであろうことは想像に難くない。

「さて、ここで問題となるのが輸送方法です」

そう言うと、馬場園は「意味がおわかりで？」と眼鏡を光らせる。

「なぜなら『霜里ルート』が寸断されていたから、ですね」

「その通り。つまり、車を利用したというセンは消えます」

それに、そもそも奥霜里には個人所有の車は三台しか存在していない。南光院銀二さんのミニバンに、我妻進さんの軽トラ、そして中井佑さんの軽自動車――犯人が車を使うとしたら彼らから借り受ける以外に調達手段はないし、そんな危険をわざわざ冒すとはさすがに思えない。もちろんそれは「彼らが犯人ではない」という前提に立つならば、の話ではあるが……。いずれにせよ、ここで肝心なのは「車による輸送は不可能だった」ということ。そうなると、まさか歩いて運んだとでもいうのだろうか？　それも、雪の降り積もった悪路を必死に踏み分けながら？

そう私が想像を巡らせるのを見越してだろう、馬場園は先回りして答える。

「しかし事件当日、頭部の〝受け手〟である霜里は雪に閉ざされ外界から孤立状態。周辺の雪上およそ半径二キロにわたって、何者かが集落を出入りしたと思しき痕跡はいっさいなかったことがわかっています」

「それはつまり」

「車はおろか、陸路で運び込まれたわけでもないってことです。まあ、考えてみれば当たり前でしょう。先も言った通り、両集落は道なりに五キロ――直線で最短距離を結んだとしても四キロほどの隔たりがあるんですから。しかも最短経路を行くとしたら、道なき山中に分け入り、途中で長良尾川を越える必要が出てきてしまう。雪上にいっさい痕跡を残すことなく、生身の人間がそんな〝強行軍〟を実現するのはさすがに不可能と言うべきです」

　彼の言うことはもっともだ。とすると――

「空輪、か」

　そう呟いた私に、馬場園は「察しがいいですね」と唇の端を持ち上げてみせた。

「現状、警察が追っているのもそのセンとのこと。つまり、切断された頭部は『個人所有のドローン』で霜里の安地のもとへ届けられたって寸法です」

　なるほど、それなら山道が寸断されていようが問題ないし、霜里周辺の雪上に人が移動したいっさいの形跡がないのも頷ける。

「ですが、その場合にももちろん問題はあります」

「といいますと?」

「まず、一般的な市販のドローンの制御可能範囲――要するに操縦用の電波が届く距離ですが、これはどう甘く見積もっても一キロが限界といったところ。ましてや、これだけ地形が入り組んだ山の中なんです。現実には数百メートルかそこらで、あっという間に操縦不能に陥ってしまうはず。

そうなると」

「犯人は、空輪実行時点で霜里の半径数百メートル圏内に身を置いている必要がある」

「その通り。そしてそれは、霜里周辺の雪上になんら痕跡がなかったことと矛盾する」

「たしかに」

「それだけじゃありません。もう一つ、絶対に看過できない問題があるんですが、おわかりでしょうか？」

「絶対に看過できない問題？」

「昨日の庭でのやりとりを思い出してください」

その瞬間、はたと得心がいく。

――いや、思っていた以上に凄い音だ。

――もっと小さい機体だったとしても、こんなのが飛んで来たら普通気付くよなぁ。

妙に引っかかったこの発言の意味。

「なるほど、音ですか」

鼓膜を打ち鳴らす、つんざくようなローター駆動音――『フライヤー6』ほどの大型でなくても、ドローンが飛来したらさすがに誰かしらがその音を耳にしているはずだ。

イエス、と肯定の意を示した馬場園はさらに手帳をめくる。

「しかし事件当日、霜里周辺では『フライヤー6』三機以外の飛翔体に関する目撃情報はただの一件も存在しません。そこにはもちろん音だって含まれます」

「となると、空輪でもない」

「――かどうかはわかりませんが、現状もっとも可能性が高いと思われる空輪ですら、これだけの超えるべきハードルがあるってことです」

ちらりと横に視線をやると、凪咲はぽかんと口を開けていた。

「さて、輸送方法はいったん置いておくとして、頭部を安地のもとへ届けた犯人は、その後『スマイリー』に胴体部を搭載したわけですが」

事件の日、配車アプリにて乗車予約をしていたのは、まさかの神楽零士本人だったという。乗車予定時刻は十四時五十分。なんでも翌日東京で所用があり、そのために前乗りする予定だったのだとか。この点については新幹線の乗車券や、宿泊先と思しきホテルの予約状況からいっても間違いないとのこと。とはいえ、これも考えてみれば当然の話だ。犯人が自らのアプリで『スマイリー』を呼び出していたとしたら、そこから一発で足がついてしまう。

「殺害後、おそらく遺体の指紋を利用してスマホを解除していた犯人は、予定通り神楽邸の前に配車された『スマイリー』に胴体を搭載。そのまま同スマホで発車指示を出した。結果、〝首無し死体〟だけを乗せた『スマイリー』が奥霜里を出発したというわけです」

「いや、待ってください」と話を遮る。

「となると、神楽さんが十四時五十分に自宅前に『スマイリー』を配車するって、犯人は知っていたってことになりませんか？」

なぜなら、アプリ上で確認できるのはその日の運行予定までで、誰が乗車するかはわからない仕様になっているから。つまり、犯人が事前に把握できたのは「その日の十四時五十分に『スマイリー』を利用予定の人物がいる」ということのみ。無論、住民の中でももっとも利用可能性が高いのは日々全国を飛び回っている神楽零士に違いないが、確証までは持ちようがなかったはずだ。けれども、現実には犯行現場となった自宅前に『スマイリー』が配車されたおかげで、犯人は難なく胴体を搭載することができた。これら一連のスムーズさを偶然で片付けるのはやや無理筋な気がする。

「晴山さんの言う通り、たぶん犯人は知っていたんでしょう。そして、だからこそ事前に二つの工作を施していた」

「二つの工作？」

「一つは、車両が炎上した理由——警察の調べでは、おそらく車内に撒かれていた灯油に簡易の時限発火装置が火をつけたのだろうとのこと。設定時刻は、十五時半頃。そこにたまたま居合わせたのが、例の大学生二人組です」

「二つ目は？」

「『スマイリー』が山道上で停車していた理由と関係します」

その瞬間、思い出す。

——でも、なんでまた山道上で停車を？

——その点については、今日のところはいったん脇へ置いておくことにしましょう。

あのとき宙ぶらりんになった質問の答え。

「晴山さんは『スマイリー』の運行原理をご存じで？」

「いえ」と首を振る。

「専門的な話は抜きにすると、基本的には全地球測位システム——つまり、ＧＰＳを利用した自己位置推定により自動走行を実現しています。要するに、人が地図アプリで現在地を確認しながら歩いているのと同じです」

なるほど、と頷く私に、しかし、と馬場園は顔を顰めてみせる。

「長良尾川中流域付近のある特定区間では、地形による干渉など様々な要因からＧＰＳが受信できなくなってしまう。そのため、そこを走行するときだけは『電磁マーカーによる誘導方式』に切り替わるそうです」

「どういうことですか？」

「路面に数メートル間隔で埋め込まれた電磁マーカーを、車体底面に設置されたセンサーで読み取りながら走行するんですよ。要するに、ヘンゼルとグレーテルが道に迷わないよう辿った白い小石――それと同じ役割を果たすのが電磁マーカーってことです」

その説明を聴いて、何が起きたのかなんとなくわかったような気がした。

「まさか……破壊されていた、ということですか?」

「その通り」満足げに頷くと、馬場園はお手製地図へ赤い「×」を付け加えてみせる。それはちょうど「県道」の真ん中あたりだった。

「この位置に埋め込まれていた電磁マーカーが三つ連続で。結果、小石を見失ったヘンゼルとグレーテルはその場から動けなくなってしまった」

「え――」

その刹那、私はとんでもない事実に気付いてしまう。

反応から察したのだろう、馬場園は「頭の回転が速いですね」とにんまり笑うと、続けてこう言った。

「念のため補足すると、除雪作業車も運行原理は同じです」

やはり。ということは。

「夜中に出発した除雪作業車は無事作業を終え、明け方には奥霜里へと帰還している。よって、電磁マーカーが破壊されたのは同車両がそこを通過した後。時刻に直すと、だいたい明け方の四時以降ってことになります」

すぐには言葉を継げなかった。

なぜって、そうすると犯人は路面に埋め込まれた電磁マーカーを破壊するというただそれだけのために、わざわざその場所まで行ったことになるからだ。が、そんな手間暇をかけてまで『スマイリー』を停車させなければならない理由なんて、何一つ思いつかない。しかも、緊急停車を余儀なくされた『スマイリー』はその場で作動した時限発火装置により炎上――つまり、仕掛けはそこで停車することを見越したうえでのものだったとみて、まず間違いない。

「まとめると、事件当日の犯人の動きは、概ね以下のようになります」

まず、明け方の午前四時以降に『県道』上で電磁マーカーの破壊工作を実施。続いて、午前十時から十一時までの間に神楽零士を殺害し、浴室で遺体を解体。十三時十三分までに何らかの方法で霜里へと頭部を運搬した後、十四時五十分に神楽邸へ配車された『スマイリー』に胴体を搭載し、そのまま現場で発車指示を出したのだ。

その狂気じみた作業工程を前に、「どうして」と絞り出すのが精いっぱいだった。

おっしゃる通り、と馬場園は嘆息する。

「いかにして頭部を運んだのか。なぜ『スマイリー』を燃やしたのか。そして何より、そ、そ、そもそも、ど、どうしてここまでする必要があったのか。この他にも不可解な点はありますが、さしあたってはこれくらいにしておきましょう。あまりいっぺんに伝えても消化不良になるだけなので」

ありえない。無理だ。頭部の輸送方法だけでもまるで見当がつかないのに、意図不明の破壊工作に車両の炎上――

こんなの解けっこない。

そして、そう思い知った瞬間からやたらと脳裏にちらつく顔があった。

――あ、ひなちゃん！　見てこの写真。

――私が「カッコいい！」って騒いでた人。

――たしか、ひなちゃんと中高の同級生だったんだよね？

間違いなく、凪咲に写真を見せられたせいだ。そのせいで、誠に遺憾ながら思い出してしまったのだ。当時からまったく反りが合わず、何かにつけて周囲から「水と油」「親の仇」「前世からの因縁」「晴攻雨毒」などと揶揄されてきたあの男のことを。

でも。

あいつならもしかして、と思えてしまうのも認めざるを得ない。

人生で唯一、絶対に頭脳では勝てないと確信させられた、あいつなら。

「一つ、教えてください」

気を取り直すと、馬場園の顔をまっすぐに見据える。

「どうしてここまでして、この事件にこだわるんですか？」

こう尋ねたのには、もちろん理由がある。

たしかに、昨日の時点での印象は最悪だった。ずけずけと庭に入り込んできたかと思えば延々と喋り続け、気を持たせるようなことだけ言い残して風のごとく立ち去る。何様のつもりだ。ふざけんな。そう思ったことは否定しない。

でも、他の記者たちとは何かが違う。

それが、今この時点での率直な感想でもあった。

臨場感に溢れつつも、事実だけを整然と並べる硬質な筆致。そして、この徹底した取材ぶり。池に撒かれた餌へと群がる鯉のごとく押し寄せてきた他の記者たちとは、その根底に流れる何かが違う気がしてならないのだ。

しばし思案げに腕組みの姿勢を貫いていた馬場園は、やがて眼鏡のフレームを指で押し上げると、静かにこう口にした。

「未来ですよ」

「未来？」思いがけないスケールの大きさに戸惑う。

「この国の未来。この事件には、それが懸かっています」

「どういうことですか？」

「いずれわかるでしょう」

こいつめ、と思ったが、不思議と昨日ほど腹立たしくはなかった。

「で、その未来とやらのために、私たちに何ができると？」

その問いに対し、ある種の決意を伴った手つきで馬場園はぱたんと手帳を閉じる。

「百調べて十を書け」

「はい？」

「駆け出しの頃、とある先輩に言われた言葉でね。今でも私の信条なんです」

「はあ」

「それで足りなきゃ、千でも万でも調べる。そうやってかき集めた事実があって、その中から必要なものを吟味して、そうして初めて意味ある〝報道〟になるんです」

そして、と馬場園は居住まいを正す。

「いま圧倒的に足りないのは、ここの住民の声です」

「声？」

「三流記者どもが土足で踏み荒らしたせいでね。現に昨日の晴山さんだって、どこの馬の骨とも知れぬ記者を前にして何も語る気はなかったでしょう？」

「まあ」たしかにその通りだった。

「しかし、それらは〝真相〟へ迫るために絶対欠かしてはならないピースなんです」

「そういうものですか」

質問の答えは一割も返ってきていないし、なんとなくうまいこと言って煙に巻かれた感があるのも否定はしない。だけど――

　こいつは信用してもいいかもしれない。

　なぜだかそんな気がした。

「で、具体的に何をしろと？」

「その声を集めるのを手伝っていただきたい。移住者たちはどんな想いを胸にこの地へ集ったのか。旧住民は〝奇跡の復活劇〟を前にして何を感じたのか。そして、大黒柱を失ったいま、彼らの目には何が映っているのか。自分一人で押し掛けても、おそらく門前払いを食らい続けるのがオチでしょうから」

　なるほど、依頼内容の趣旨はわかった。

「いいでしょう。ただし条件が二つあります」

「条件？」馬場園が興味深そうに片方の眉をあげる。

「まず、声を集めるのにあなたは同行しないこと。その場に〝余所者〟がいたら、本音を引き出すことはたぶんできませんから」

「二つ目は？」

「もう一人、仲間に引き込みたい奴がいるんです」

　はっきり言って断腸の思いだ。あいつの手を借りるなんて、ましてやそのために頭を下げようなんて、中高時代の自分が聞いたら全身に蕁麻疹《じんましん》を発症のうえ、白目を剝いて卒倒するに違いない。だけど、このあまりに異常な事件を独力で解き明かせる気がまるでしないのも事実。だとしたら、頼れる人間はあいつ以外に思いつかなかった。

　――しかも、成績だって常に学年で二番。

　――なにそれ嫌味？

私立翠鳳学園中学・高等学校第百二十五期卒業生総勢三百六十名――その中で、六年間ただの一度も学年首位の座を明け渡さなかった、あいつに。

馬場園の返答を待たずして立ち上がると、部屋の隅にある桐製の箪笥へ歩み寄り、一番上の引き出しを開ける。

「え、どうしたの急に？」

凪咲の戸惑う声を背に、私は輪ゴムで束ねられた名刺の束を取り出すと、その中から目当てのものを探す。

ほんの数秒のうちに、それは見つかった。

『内閣官房まち・ひと・しごと創生本部事務局　主査　雨宮雫《しずく》』

大臣出張のお供でここにやって来たあいつから直々に貰ったものだ。まさかこんなかたちで引っ張り出す日が来るとは、夢にも思っていなかった。

この事件に懸かっているとされる、この国の未来――大いに結構じゃないか。一瞬でも弱気になってしまったのが、むしろ情けないくらいだ。完全無欠の〝晴山陽菜子〟が挑むべきヤマとして、相手にまったく不足なしと言うべきだろう。

やってやる。過去のしがらみや、くだらないプライドをかなぐり捨ててでも。

なりふり構わずなんでも利用するというのが、移住を決めた時点で私のポリシーになったのだから。

記載されている番号をスマホに打ち込むと、躊躇《ためら》いなく『発信』をタップする。

『はい、内閣官房まち・ひと・しごと創生本部事務局です』

ワンコールと鳴り終わらないうちに、電話は通じた。

「晴山陽菜子と申します」

名乗った瞬間、たちまち絶句する誰かさん――電話をかけてくる相手としてはあまりに予想外だったのだろう。ただ、感情がつい漏れ出してしまったかのような人間味溢れるこの反応からして、受話器を取ったのはあいつではない。

だから、すぐさまこう申し出る。

「雨宮に電話を代わってもらえませんか」

6

「だから、あいつのことは嫌いなんだよね」

毒づきながら手のひらの中で名刺を握りつぶす。辛うじて破り捨てないだけの理性を保てたのは、凪咲という人目があったからだ。

半分笑いを堪えるようにしながら、その凪咲が「どうしたの？」と小首を傾げている。

「やっぱり、あいつは人でなしだったよ」

卒業から十年が経過した今でも。

「人でなし？」

「そう、人でなしのろくでなし」

思い出しただけでもむかっ腹が立って仕方がなかった。

――少々お待ちください。

雨宮に代わるよう告げると、電話に出た誰かさんはこう言っていったん通話を保留にした。待たされることおよそ十数秒。返ってきたのはこんなつれない回答だった。

――すみません、雨宮はただいま席を外しております。

そんなわけあるか。離席しているかどうかなんて、見たらすぐわかるだろ。

――居留守でしょ？　わかってるんですけど。

――しょ、少々お待ちください。

それから待たされること、さらに数十秒。おそらく押し問答があったのだろう。お願いですって雨宮さん、出るだけでいいんで。じゃないとこの人、たぶんずっと電話切らないですよ。俺もう、これ以上誤魔化せる気がしないんですけど。

――雨宮だけど。

やがて電話に出たあいつは、非礼を詫びるでもなく平板な口調でただそれだけ言った。

――ちょっと頼みがあるんだよね。

そのまま掻い摘んで経緯を説明する。馬場園との出会い、彼から知らされた異常すぎる事件の謎、そして、本件に懸かっているとされるこの国の未来。

――役人でしょ？　この国の未来のためなんだから、力を貸してよ。

力を貸して、というのは最大限の譲歩だった。なぜって、口が裂けても「助けてよ」なんて言えるはずがない。なのにそれを聞いたあいつは、あろうことかたった一言だけ、こう言ってのけたのだ。

――そんなことに構ってるほど暇じゃない。

そして、そのまま電話は切れてしまった。

――この野郎。

人が一人殺されいまだ解決を見ないどころか、恐るべき新事実が次々と明らかになったせいで日本中が大騒ぎで、その渦中ど真ん中にある集落の住民、それも、いちおう中高六年間同じ校舎に通っていた同級生が恥を忍んで頼ってきたというのに、あいつはそれを「そんなこと」と言って一顧だにしなかったのだ。

「ふざけんな、マジで」

もちろん天下の官僚さまがお忙しいのは百も承知しているし、なるほど、私の頼み方も誠意に満ち満ちたものだったかと言われたら自信がない。でも、だとしても、こういうときにああいう口の利き方しかできないところが——無神経でデリカシーに欠けて、およそ人の血が通っているとは思えないような言動をとるところが当時から大嫌いだったし、やはり今でも大嫌いだ。さらに輪をかけて手に負えないのは、たぶん本人に悪気があるわけではないということ。だからこそ余計に、無性に、腹が立つ。

「まあ、お茶でも飲んで落ち着いて」

畳の上にへたり込むと、凪咲が湯飲みを差し出してきた。

「ありがとう」

「ってか、ひなちゃんって意外と強いんだね」

びっくりしちゃった、と凪咲は悪戯《いたずら》っぽく鼻の下を掻く。

「『居留守でしょ？　わかってるんですけど』——あれ、ヤバいくらい痺れたよ」

荒れているときは、こういう能天気さに救われる。

やや温くなった茶を啜ると、思い出したように私は部屋を見回した。

「あれ、馬場園は？」

「煙草吸いに外行ったみたい」

「そう」

さて、どうしたものか。

勇んでみたはいいものの、どこから手を付けるべきかさっぱりだ。事件当日何をしていたか住民に聞いて回ろうかとも思ったが、そんなの警察が既にやっているだろうし、絶対みんなからいい顔をされないに決まっている。馬場園は「声を集めろ」と言っていたけれど、そもそも「声」って？　そんなもの集めて本当に意味があるのか？　ダメだ、イライラしすぎてすべてに対して懐疑的で、投げやりになってしまう。

そんなことをぼんやり考えていたときだった。

「ちょっと‼」何やら血相を変えた馬場園が部屋に駆け込んでくる。

「これ、テレビに繋げますか⁉」

彼がその手に掲げているのは自身のスマホだった。

「え、まあ、はい」

「急いでやってください、早く‼」

言われるままに渡されたスマホをケーブルへ繋ぎ、テレビの電源を入れる。と、すぐさま馬場園は私の手からひったくるようにスマホを奪った。

「なんなんですか⁉」虫の居所が悪いせいで、いやが上にも口調がきつくなる。

「これを観て」

「はぁ？」

「いいから！」

ただならぬ雰囲気に首を傾げつつ、言われた通り画面に目をやると――

映し出されているのは、どこかの河川敷だった。手振れがないので、おそらく三脚か何かによる定点撮影だろう。だだっ広い空き地の奥でススキが風に揺れ、その向こうには高速道路と思しき高架が見える。空の色からしてたぶん夕刻――ただ、西日の逆光がきつすぎてお世辞にも見やすい映像とは言い難い。

「これがいったい」

どうしたんですか、と続けようとした私の唇は次の瞬間、そのままの形で凍りつく。

『ご機嫌麗しゅう国民のみなさん、いかがお過ごしでござんしょう』

不自然かつ不愉快なほどに甲高い、これまで何度も耳にしてきたあの声。手前からゆっくりと姿を見せ、今まさに画面中央へと収まった人物――逆光を遮り、朧気に浮かび上がる「若女」の能面と、ハイカラな矢絣模様をした深紅の着物。

「《パトリシア》の最新動画です」と額に汗を浮かべる馬場園。「二分ほど前に公開されたと、本社からたった今連絡がありました」

それが、このタイミングで？

嫌な予感しかしない。

『念のためお伝えしますが、これは悪ふざけでも冗談でもござりんせん』

固唾を呑んで見守る私の手に、凪咲がそっと触れてくる。彼女の身体は微かに震えており、私はその小さくて冷たい手のひらをぎゅっと握り返す。

そして――


『神楽零士を殺したのは、あたくしめでございます』


それは一瞬の出来事であり、同時に永遠でもあったように思う。

社用携帯を取り出した馬場園が何かを怒鳴りながら部屋を飛び出していき、凪咲のすすり泣く声が鼓膜を打つ。私はというと、あいつに対して怒り狂っていたことも、これからどうすべきか途方に暮れていたことも、何もかもがどこかへ消し飛んで、ただただ茫然と画面に目をやるだけ。

しかし、それでもはっきりと認識できた事実がたった一つある。

――《パトリシア》は、この集落に住む誰かだ。

信じられなかった。

いや、信じたくなかった。

極限の過疎状態から脱し、今や我が国の〝地方復活〟のシンボルとも言える〝奇跡の集落〟こと奥霜里――その住民の中にいたのだ。

すべての地方都市消滅を理想に掲げる稀代の思想犯が。

「愛国者」にして「救世主」――そして、稀代の猟奇殺人犯が。

『今から証拠をお示しします。現場の状況から、頭部と一緒に残しておいたメッセージの文言まで。そうすれば、さすがに警察の皆さんにもこれが悪ふざけや冗談でないことはおわかりいただけるはずなので――』

その後も〝彼女〟はこちらに向けて何かを語り続けていたが、音声としては聞こえても、意味を成す言葉としての理解を私の脳は拒んでみせた。

だから、覚えているのは最後に〝彼女〟がこう宣戦布告をしたことだけだ。

『日本国政府、そして、すべての国民に告ぐ。チャンスはもう一度だけだ。いまから三十日以内に、政府は前回の要求を呑め。さもなくば、無作為に選んだ地方都市に対してドローンが無差別攻撃を仕掛けることになるだろう。国民たちよ、命が惜しければ政令市または東京特別区へ移住せよ。繰り返す。命が惜しければ政令市または東京特別区へ――』

犯人の独白（2）

すべての始まりは、大学一年生の春。

「君、背が高いな。ワイドレシーバーだ」

新入生向けのオリエンテーションが終わり、サークルや部活の勧誘でごった返すキャンパス内の銀杏並木をゆっくりと進んでいたわたしは、防具を纏った屈強な男たちに行く手を阻まれてしまった。「ほら、とりあえず名前と連絡先を書くだけでいいから！」

はっきり言ってまったく興味はなかったのだが、これもまた新入生としての通過儀礼であり醍醐味だろう。そういうわけで半ば拉致されるかのごとくアメフト部のテントへ連れ込まれ、そのまま列の最後尾につくことになった。

「アメフトとラグビーの違いって何ですか？」

「お、いい質問！　一番はやっぱりボールを前に投げていいかどうかで――」

そんなやりとりを小耳に挟みながら待つこと数分。

「はい、これ」ノートに名前と連絡先を書き終えた目の前の男が、振り向きざまにボールペンを差し出してくる。およそ好戦的という言葉からは程遠い人好きのする笑顔に、タックルなど食らったらたちまち粉砕されそうな線の細さ。さすがに手当たり次第の勧誘がすぎやしないかと、思わず笑ってしまいそうになる。それとも、こういうやつでも鍛えたら諸先輩たちのように逞しくなれるのだろうか。

「ありがとう」

礼を言ってノートに向かったわたしは、直前に記されていた名前に息を呑む。

え？　今のが？

すぐさま背後を振り返るが、その男は既に人混みへと姿を消していた。

その年の新入生で、彼の名を知らぬ者などいるはずもない。主要な予備校各社が夏と冬の年に二回開催する「東大模試」――そのすべてにおいて文系最高得点を叩き出してきた大秀才。芸能人と見紛う名前の華々しさもさることながら、何よりも話題を呼んだのは、順位表に記載されている高校名が受験界においてまったくの無名校だったこと。なんでも島根県の公立高校で、これまでに東大合格者を出したことはないはずだと、お節介な高校の同級生が言っていたのを覚えている。全国の名だたる進学校の猛者たちを差し置き、燦然と順位表の頂点に君臨する、言うなれば地方が生んだ〝突然変異〟――

神楽零士。

恐ろしく端正な楷書で、そこにはたしかにそう書かれていた。


その彼を次に見かけたのは、アメフト部の新歓パーティーでのこと。大学の食堂を借り切りにした立食形式で、飲み食いしながら新入生同士が親交を深めつつ、時折そこへ現役部員たちが割り込んできては勧誘に励むという、よくあるやつだ。

わたしはというと、例によって入部の意志があったわけではなく、無料で食事にありつけるのと、皆が参加するようなのでなんとなく同行したというのが本音。たぶん、その場にいたほとんどが似たような動機だろう。

そういうわけで友人と輪になって雑談に興じていたわたしは、ふと食堂の隅に一人で佇む彼を見つける。

どうしたのだろうか。

とても入部希望とは思えないし、単身で乗り込むには気が引ける類いのイベントなのも間違いない。そっと談笑の輪を離れると、わたしは興味本位で話しかけてみることにした。

「神楽零士くん、だよね？」

「あ、うん。えーっと――」

ちらっとわたしの胸元を一瞥する神楽零士――名札を確認したのだろう。それにしても、改めて近くで見ると惚れ惚れするほど甘いマスクだ。透き通るような白い肌に長い睫毛、少しだけニヒルに歪んだ口元。アイドルやモデルとしても通用するのではとすら思えてくる。

「神楽くんは、アメフト部に入るの？」

「呼び捨てでいいよ」

そう彼が笑った瞬間、食堂の照明が落とされる。見ると、設営された巨大スクリーンに動画が投影され始めていた。内容は「アメフトとラグビーの違い」についてで、それをわかりやすく伝えるべく現役部員たちがコミカルな寸劇を演じている。そのせいか知らないが、おもむろに神楽零士はこんな問いを投げかけてきた。

「アメフトとラグビーの最大の違いって何だと思う？」

なんだ、急に。

そう訝しんだものの、訊かれたからにはとりあえず何かしら答えざるを得ない。

「ボールを前に投げていいか否か、かな」

「もちろん、それも答えの一つだよね」

でも、と神楽零士は映像に目を向けたまま続ける。

「僕が思う最大の違いは、アメフトは選手交代が無制限に可能ってこと」

そうなのか。

そんなことすら知らなかったわたしは、彼の言わんとすることに思いを馳せてみる。

「つまり〝完全分業〟が成立するってことだね。攻撃専門、守備専門――本当はその中でももっと細かく分かれるんだけど、要は戦局に応じてもっとも適した選手をフィールドに投入できるんだ。その結果、同じチーム内にスピードで敵陣を切り裂く体重八十キロの韋駄天《いだてん》と、敵の突破を食い止める体重百五十キロの巨漢が混在することになる」

おもしろいよね、と鈴のように笑う彼の前で、わたしは沈黙を守るしかない。

「で。思うにこれは、今のこの国の状況にも当てはめられる気がするんだ」

困惑するわたしをよそに、彼は淀みなく語り続ける。

「際限なく経済は成長し、人口も増え続ける――この国の仕組みは、なにもかもがこれを前提としたもの。そう、言うなれば『交代無制限』だね。そして、そんな状況下なら『もっぱら稼ぐのは大都市圏』だったり『年金制度を支えるのは現役世代』みたいな〝完全分業〟でも、それほど問題は生じてこなかった。でもさ」

いまや経済成長は鈍化し、今後人口が減少の一途を辿るのは目に見えている。

「そうしていつの間にかルールが『交代制限あり』へと変わっていたというのに、いまだ戦術は『交代無制限』を前提としたまま。こんなの早晩破綻するに決まってない？」

「まあ、そうかな」

「だから僕は戦術を変えたいんだ」

「戦術を変える？」

「この国の未来のために、ね」

彼の言わんとすることはわかる。わかりはするのだが。

なんなんだ、こいつは。

そう思わずにはいられなかった。

たまたま声をかけてきただけの相手にいきなりするような話か、というのももちろんある。しかし、それ以上に驚かされたのは彼の醸す独特な雰囲気だった。新入生の誰もが背伸びをし、虚勢を張り、いかにして自分を大きく見せるかに鎬《しのぎ》を削り合う中、彼だけは見ている世界が完全に別物だったのだ。それはまるで、手元のスマホに視線を落としながら大勢の人が忙《せわ》しなく行き交うスクランブル交差点の中心で、彼ただ一人が立ち止まり、空を見上げながら明日の天気を憂えているかのような、それくらい歴然とした差だった。

「そういや、質問に答えてなかったね」

「質問?」我に返ったわたしは、何の話だっけと首を捻る。

「ほら、アメフト部に入るのかって質問」

「ああ、その話か」

「入る気はないよ。僕が今日ここに来たのは」

何かの密談でも交わすかのごとく声を潜めると、彼は手に持っていた紙皿を胸のあたりに掲げてみせる。「ただ飯にありつくため。なんてったって、貧乏学生だからさ」

けらけらと笑う彼を前に、なんとなく予感がした。

こいつは、たぶん本物だ。

「だから、みんなが動画に気を取られてるうちにたらふく食ってやろうよ」

大学一年の春、神楽零士との出会いだった。

第二章　八千万人の人質

1

《パトリシア》の宣戦布告から、あっという間に三日が経とうとしていた。

――落ち着いたらまた連絡します。

そう言い残して飛び出していった馬場園からいまだ音沙汰はないが、さすがにそのことを責める気にはなれなかった。神楽零士殺害に関する犯行の自白に始まり、政府に対する再度の要求、そして前代未聞のテロ予告――きっと、取材や裏取りに追われているのだろう。

――にしても、これから大変なことになるなぁ。

馬場園のぼやき通り、あの動画によって世界は一変した。

いまだ犯人逮捕へ至れない警察に対する批判は日に日に高まりを見せ、ついには警察庁長官が「警察の威信にかけて本件の早期解決を約束する」と宣言。いっぽう政府では緊急の閣僚会議が開催され、その後の会見において谷田部《やたべ》首相が「一刻も早い犯人逮捕と事件解決を望む」と発言したのだ。しかし、肝心かなめの「過疎対策関連予算・施策の完全撤廃」については言及がなく、そのことが様々な憶測や波紋を呼ぶことに。いずれにせよ、本件はもはや〝辺境の地〟で起こった単なる殺人事件の域を超え、国家を揺るがす有事へと変貌を遂げたと言ってよかった。

国民の動揺も計り知れず、例によってＳＮＳや匿名掲示板は大荒れ。ただそこに従来と違う動きがあるとすれば、正面切ってこんな声が上がり始めたことだろうか。

――このまま地方へ国家予算を投じ続ける意義ってなんだっけ。

――《パトリシア》の主張もあながち見当はずれじゃないかも。

もちろん、これには事情の変化があるのも間違いない。

三十日以内に政府が要求を呑まなかった場合、どこかの地方都市に対してドローンが無差別攻撃を敢行する――詳細はまったく不明ながら、そんな〝目に見える脅威〟が生じたのだから、国民の生命を第一に考えればある意味当然の流れとも言える。が、仮にそれらを脇によけたとしても、多くの国民が純粋に疑問を抱き始めたのは事実だった。

――破綻はもう目の前。

――喩えるなら、この国は今まさに沈みゆく客船なのでござりんす。

それなのに、限りある国家予算の一部を過疎地域ごときの維持および振興のために投じ続ける意義は？　少なくとも、一度立ち止まってその是非を問う必要があるのでは？　ましてや政令市および東京特別区以外に暮らすおよそ八千万人の日本国民が〝人質〟にとられたというのに、それでも現行の政策を頑なに維持すべき理由は？

――今まさに客船が沈もうという状況下で、平時同様のルームサービスが受けられるとでも？

私自身、いまだこの問いかけに対する回答を持ち合わせていない。

そして、それはおそらく私以外の全国民も同様であるはずだった。

『それではまず、メッセージに残しておいた文言を明らかにいたしましょう』

引き戸と小窓のカーテンを閉め切った薄暗い居室で、昼のワイドショーが延々とあの日の動画の抜粋版を放送している。

『〝必要な犠牲〟――あたくしはそう書いておきました。この意味がわかるでしょうか？』

ワイプに抜かれるコメンテーター達の顔は判で押したように皆同じ無表情だが、おそらく心中穏やかではないのだろう。もちろん、神楽零士殺害や無差別テロ予告が許されざる蛮行なのは間違いないし、そのことは何を差し置いても揺らぎようがない。しかし、いっさいの迷いなく〝彼女〟を糾弾できる点は、逆にそこしかないとも言えるのだ。

なぜなら、彼らもまた疑念に苛まれているはずだから。

地方を救う意味、そして、その正当性の在処《ありか》について。

『これ以上、目を背けさせはしません。気付いていないふりなど、絶対に許しません。乗客たちよ、一人残らず甲板へ出てきなされ。そして、その目に焼き付けるのです。今まさに客船が沈まんとしている、この非情かつ冷酷な現実を』

これまでは、恥ずかしながら私自身も含め、誰もがただ面白がっているだけだった。神楽零士と《パトリシア》の繰り広げる舌戦――それはある種のショーであり、少し風変わりな退屈しのぎ程度の見世物にすぎなかった。誰一人……とまでは言わないが、その大半が〝彼女〟の主張に対して真剣に耳を傾けてなどいなかったことは否定できまい。

だけど。

『勘違いなさらないでくださいまし。あたくしめは、できるだけこれ以上の殺戮行為へ及ばずに済ませたいのです』

今回の動画は、間違いなく国民の胸に大きな一石を投じている。

『すべてはこの国の未来を心の底から案じてのことなのです』

『国民の皆さん、今こそ一緒に声をお上げになりませんか？』

これらの〝訴え〟に、それだけの切迫感があったのは事実だから。

そして。

『神楽零士を殺したのは、あたくしめでございます』

最終的に、私たちは一人残らず引き摺り出されてしまったのだ。

神楽零士の命という尊い犠牲を払ったことで。


テレビを消すと、瞼を閉じて目頭を揉む。

予想通り、有事の〝爆心地〟たるここ奥霜里へ再び押し寄せた報道陣――いくぶんその数は減ってきているものの、彼らから身を隠す生活もそろそろ限界に来ている。引き戸とカーテンを閉め切って外界を遮断しているとは言え、時折上空を飛び交うヘリのせいで常に見張られているような錯覚に陥るし、たぶんそのうち食料も底を突くだろう。でも、かといって『フライヤー6』を呼び出す気には当然なれっこない。そもそも外へ姿を晒したくないというのもあるし、ましてや頭部が入っていたのだから。

――大丈夫か？　近々町まで行ってくるから、必要なものがあれば言うてな。

唯一の救いは、南光院銀二さんが電話をくれたことくらい。おそらく、他の住民にも同じように連絡をしているのだろう。ささやかな気遣いとは言え、こういうときだからこそいつも以上に人の温かさが身に染みる。

――それにしても、警察は何してるんやろか。

その銀二さんは、電話の切り際にこう嘆いていた。

事件の第一報から既に八日目。これまでにあった進展は、先日の任意同行に関する報道のみ。たしかに「怠慢捜査」を糾弾したくなる気持ちはわからないでもないが、警察だって別に手を拱《こまね》いているわけではないだろう。その証拠に、昨日も我が家に捜査員がやって来たばかりだ。

——十一月三日、晴山さんはどこで何をされていましたか？

もはや顔馴染みと言ってもいい二人組。面長のほうが広瀬《ひろせ》で、眼鏡をかけているのが島袋《しまぶくろ》だったろうか。所属や階級は興味がないので覚えていない。

——ずっとここにいましたけど。

——どなたか、それを証明できる方は？

——馬場園っていう『週刊真実』の記者ですかね。

もちろん、彼に聞いたところで私が「ずっと」奥霜里にいたことを証明はできないだろう。その日に関しては午後、たしか十四時半すぎに『フライヤー6』から物資を受領する際、庭先で数分間〝立ち話〟をしたにすぎないのだから。

しかし、それを聞いた二人は特に踏み込んでくることもなく、ただ「ご協力ありがとうございました」と言って立ち去ってしまった。いささか拍子抜けだったのは否めないが、訊かれた理由については想像がつく。無論、例の最新動画を撮影可能だったのは誰かを絞り込むためだろう。撮影地の河川敷がどこであれ、少なくとも長良尾川沿いでないことだけは断言できる。近隣のどこを探したって映っていたような「高架」は存在しないからだ。つまり、犯人はここ数日のうちに奥霜里の外へ出たことがある人物に限定されるはず。でも、そうだとすると——

やっぱり変だ。

ただちに瞼を開くと、私は天井を睨みつける。

なぜここで撮影しなかったのだろう。犯人に肩入れするつもりはないが、どう考えても打ち手としては間違っている気がする。わざわざ場所を移して撮影などしてしまったがために、容疑者はごく少数——下手したらたった一人に絞り込まれてしまう危険だってあるというのに。

そうして思索に耽っていると、卓袱台の上でスマホが着信を告げた。

おそらく馬場園だろうと当たりをつけて画面に目をやった私は、表示されている『南光院麻衣子さん』の文字に小首を傾げる。

「晴山です」

『ああ！　ひなちゃん！』

普段と変わらぬ大声に安心しつつ、スマホをやや耳から遠ざける。

「どうしました？」

『もう困てまうわほんまに。事件のせいで宿泊の予約は全部キャンセルやし、そうかと思たら報道関係者っぽい連中から空き部屋の問い合わせばっかくるし、だからもう言うてやったんよ、全部解決するまでは臨時休業やって』

「どうしました？」

たぶんこれは本題じゃないはずなので、もう一度訊く。

『ああ、そやった。それがね、ついさっき宿に妙な人から電話がかかってきてん』

晴山に伝言を、と言って。

「妙な人？」たしかに、晴山と呼び捨てにするのは普通じゃない。

『早口で捲し立てはるからどこの人かはようわからんかったけど、名前はしっかり聞き取っといたで。雨谷……あれ、ちゃうな。ごめん、なんやっけ――』

「もしかして、雨宮？」

『せやせや、雨宮や！　電話寄越せ言うてはったけど、知り合いか何か？』

「ええ、まあ」

なんだろう。

たしかにあいつにはスマホの番号を教えていないし、オフィスの電話だと着信履歴を遡るのにも限界があるはず。だから、一般公開されている古民家宿『桃源』の代表電話宛に連絡してきたのだろう。それはいいとして、そうまでしてあいつから接触を求めてくるとはいささか不可解だ。

電話が切れるとすぐさま発信履歴を辿り、目当ての番号をタップする。

『はい、内閣官房まち・ひと・しごと創生本部事務局です』

「晴山陽菜子と申します」

『あ……少々お待ちください』

さすがに二度目ともなると察しがいい。

『雨宮だけど』

この間とは打って変わって、すぐにあいつは電話に出た。

「晴山に伝言を、とかいう失礼極まりない電話をしてきたって聞いたんだけど」

『助けてやる』

「は？」聞き間違いだろうか。いま、あいつは何と——

『聞こえなかったか？　この前の件、助けてやるって言ったんだ』

2

「あれは火遊び系女子だよ」

不意に聞こえてきたそんな声に、私は眉を顰めながら英単語帳から顔を上げる。

それは忘れもしない高校三年の七月、一学期末の試験最終日のことだ。

「いやいや雨宮氏、そりゃないだろうよ」

「そうそう。適当なこと言っちゃダメだって」

ＪＲ駒込駅から高校までの通学路。既に大通りは行き交う車で騒がしく、頭上の太陽は普段より少し高い位置にある。登校時刻が一時間ほど遅いためだ。選択科目の関係からその日の一限は空きコマで、残すは二限の古文と三限の数学Ｂのみ。それさえ終われば晴れて夏休み——と言っても、地獄の夏期講習が待ち構えているだけなのだけど。

いずれにせよ、前方から聞こえてきたおよそ受験生のものと思えない〝おちゃらけた発言〟が朝の清々しい空気を台無しにしたのは言うまでもない。

「いや、断言してやる。あれはろくでもない男と外泊するような火遊び系女子だ。その確率、およそ九十五パーセント」

「そんなまさか」

「どう見ても清楚系だったよな」

前を行くブレザー姿の三人組——後ろ姿だけで誰だかすぐにわかる。右の太っちょは本庄《ほんじょう》。生粋のラジコンオタクで、聞くところによると大会でも上位入賞常連クラスの凄腕なのだとか。対して左のひょろがりは柳瀬《やなせ》。こちらはボードゲームオタクで、彼が持参した見たこともない盤面を教室で三人が囲んでいる姿をよく目にする。

「ビニール傘とユニクロの袋、そして非常停止ボタン。この三つを踏まえると、そうとしか考えられない」

彼らの話題は、秋葉原駅で山手線に飛び乗ってきたＯＬについてのようだった。

同じ車両に居たので、私も彼女のことは覚えている。閉まりかけの扉に身体をねじ込むように乗車してくると、そのままロングシートの端に陣取り、脇目も振らず化粧を始めたあの女だ。様子から察するに遅刻ギリギリだったのだろうが、あまり褒められた行動ではない。事実、何人もの乗客がその振る舞いに顔をしかめていた。

とはいえ、見ず知らずの男子高校生に「火遊び系」呼ばわりされるのは彼女としても不本意だろう。陶器のような色白の肌と栗色のロングヘアーは清潔感があったし、首元がドレープ状になった白ブラウスにベージュの膝丈スカート、高めのパンプスなど身に着けているものはシンプルかつ洗練されていたように思う。柳瀬の言う通り、それらが醸す雰囲気は清楚系に近かったような気がしないでもない。まあ、それはいいとして。

どういうことだろう。

ビニール傘とユニクロの袋、そして非常停止ボタン。

この三つからあの女の素性を暴けるとあいつは言ったのだ。

「まずビニール傘について。今日は終日晴れの予報なのにわざわざ自宅から持って出てくるのは不自然だし、透明なビニール製だから当然日傘ってセンもない。見た感じ新品だったことを踏まえると、おそらく昨夜のゲリラ豪雨に見舞われてコンビニかなんかで買ったんだろう」

瞬間、昨夜の大雨を思い出す。あれは自室で古文の試験範囲を見直しているときのことだった。突然のバチバチという破裂音に驚いて窓の外へ目をやったのを覚えている。予報にはなかったし、あのとき戸外にいたのなら傘を買わざるを得なかっただろう。なんにせよ、ここまでのあいつの説明に特段の違和感はない。

「だとしたら、それをなぜいまだ持ち続けているのかという疑問が出てくる。そこで推定その一――彼女は昨夜、外泊している」

「いや、雨宮氏。それはいささか気が早いだろう」と反論を試みるのは本庄だ。

「例えば、昨夜買った傘を一度家に持ち帰って、今後は会社の〝置き傘〟にすべく持って出社することにしたって可能性は？」

だいぶ無理がある気はするが、たしかにないとは言い切れない。いいぞ、本庄。

「そこで関係してくるのが、ユニクロの袋」

「ユニクロの袋？」

「彼女が提げていたユニクロの袋は皺やよれがほとんどない新品同然、そのうえ口をシールで止めてあった。つまり、ついさっき買ったばかりである可能性が高い。でも、冷静に考えるとこれはかなり変だ」

「変？　どこが？」

「山手線なんて、仮に逃してもすぐ次が来る。それなのに飛び乗ってきたかと思えば、席に着くなり脇目もふらず化粧支度。それほど切羽詰まった朝に、道中ユニクロへ寄る余裕はあったのか？」

なるほど、あいつの指摘も一理ある。一刻を争うほど遅刻ギリギリの朝なのに、ユニクロで買い物してから出社というのはどうにもちぐはぐだ。

「いちおう確認だが、一般的にユニクロで買うものといえば？」

「当然、服でしょうな」本庄が即答する。

「そこで、質問。遅刻しそうな日の寸暇も惜しい朝の時間を費やしてでも買うべき服なんて、この世に存在するだろうか？」

「断言しよう。そんなものはない」

「いや、ある」

「何だそりゃ」

「着替えだよ。二日連続で同じ服を着て出社してみろ、外泊したのが見え見えだ。特にあのブラウスは形が特徴的だったろ。すぐに『昨日と同じ服で出勤した』って、目ざとくて意地悪なお局《つぼね》さまたちの間で話題になっちまう。それを是が非でも回避したいって思うのは、当然の女心だ」

女心とやらに言及した点は聞かなかったことにするとして、ここは素直に感心せざるを得なかった。あの女が着ていたのは、首元がドレープ状になったブラウス――派手さはないが、たしかに印象には残りやすい。それに、もし職場の若い女子社員が二日連続同じ服で出社したとなれば、格好のネタになるのは自明だろう。つまり、遅刻の危機にあっても必ず対処すべきポイントと言える。少なくとも、退屈しのぎ程度にはなる。できることならやつの推理に穴の一つでも見つけてやりたいところだが……なんてことを密かに企んでいると、不意にその張本人が振り返ったので慌てて視線を逸らす。

読《よ》み止《さ》しのページに指を挟んで閉じると、そのまま胸の前に抱く。思った以上に面白そうだ。

「いや、女心なんて持ち出すのは非論理的だと思うけど」

「もちろん女心が時として非論理的なのは間違いないが、それを考慮すること自体は非論理的じゃない」

何を偉そうに。

「わかったよ。外泊の件は認めるとして」と今度は柳瀬のターンだ。

「泊まったのが『ろくでもない男と』ってのはさすがに断定しすぎじゃない？　実家かもしれないし、まっとうに付き合ってる彼氏かもしれないでしょ」

気を取り直して聞き耳を立ててるが、これは柳瀬の言う通りだろう。外泊すなわち「ろくでもない男と一緒」というのはいくら何でも飛躍しすぎているし、柳瀬が挙げた例のほかにも「女友達の家」という可能性だってある。

しかし予想された反論だったのか、あいつに焦りの色はない。

「そこで関係してくるのが、非常停止ボタン」

「は？　なんで？」

「そのせいで電車が止まったのは覚えてるよな？」

あいつの言う通り、先ほどまで私たちが乗車していた山手線内回り列車は、鶯谷駅を出てすぐのところで十分ほどの緊急停止を余儀なくされた。原因は『田端駅付近で線路に人が立ち入ったため』とかだった気がする。

「直後にあの女は携帯で会社に電話をかけたんだが、そのとき何て言ったと思う?」

「そこまでは聞いてなかったけど」

「『体調が悪くなって駅のホームで休んでるから遅れます』だとさ」

「それが?」

「どう考えても不自然だろうが。どうして『電車が止まったから遅れる』ってありのまま言わないのさ。線路に人が立ち入るなんてよくあることで、いざとなれば遅延証明書を出してもらうことだってできるはずだろ」

「なるほど、つまり」

「正規のルートじゃなかったのさ。万が一調べられたら、普段の電車に遅れはなかったと一発でバレるし、こんなくだらない嘘をつく理由はほかに考えられない。ここで、推定その二――彼女には、通勤経路が普段と異なることについてやましい理由があった」

「いや、でも」と柳瀬が食い下がる。

「それはそうかもしれないけど、さっきの疑問には答えてないぞ。だって――」

正規の通勤ルートではなく、そのことを正直に報告するのが憚られる何らかの理由があったとする。けれどもそれをもって「ろくでもない男と」と結論付けるのは、やはり性急すぎやしないだろうか。実家なら隠す必要はない気もするが「彼氏の家に泊まっていたのでいつもと通勤経路が違うんです」とは言いづらいかもしれない。結果、咄嗟に嘘をついてしまったという可能性は依然として残るはずだ。

しごく真っ当な反論に聞こえたが、それでもあいつの牙城は崩れない。

「あの女が泊まったのは、実家でも彼氏の家でもないさ」

「どうして？」

「だとしたら、そこに置いてくるはずだから」

「何を？」

「ビニール傘を」

くそ！　たしかに！

残念ながら、あいつの言うことはもっともだった。しかも、これによって否定できるのは「実家説」「彼氏の家説」だけではない。先ほど私が勝手に思いついた「女友達の家説」ですら排除可能なのだ。

「あの女の身になって考えてみろ。外泊したうえ、遅刻しそうで大慌て。この時点で焦りと自己嫌悪で大パニックだ。が、ここではたと気付いてしまう。服が昨日と同じだってことにな。こうなったら行きがけにどこかで買うしかない。ここまで思い至るのに起床から二秒――さて、質問。こんな慌ただしい状況で、はたしてビニール傘ごときに気が回るだろうか。ましてや、今日は朝からずっと晴れ模様。前日から持ち歩いていた傘のことが脳裏をよぎる暇なんてあっただろうか。電車に駆け込むべく猛然とダッシュする可能性があるなら、余計な荷物を持たずに飛び出すのが自然だと思うが」

本庄と柳瀬に返す言葉はない。

「にもかかわらず、あの女はわざわざビニール傘を持って出社している」

そしてその選択は、彼女の行動指針に照らしても明らかにおかしいのだ。なぜなら、今日の彼女にとってもっとも肝心なのは「昨晩の外泊を周囲に気取られないこと」だから。そのために替えの服まで買ったのに、いっぽうで昨夜の名残としか思えない傘を持参するのは理屈に合わない。もちろんこの先どこかで捨てるつもりかもしれないが、それなら最初から置いてきたっていいはずだし、そうされた家族や彼氏、女友達が目くじらを立てるとも思えない。では、これをどう考えればいいかというと。

「残したくなかったんだろうな。そこに自分がいた痕跡、そして相手に『忘れ物があったよ。渡したいんだけど、また会えないかな？』って連絡させる口実を」

気づいたら正門はもう目前だった。

「ここで、推定その三――彼女にとって、昨夜の出来事は望ましいものではなかった。以上、ここまでの三つの推定から導き出せる結論は、九十五パーセントの確率で『彼女はろくでもない男と外泊するような火遊び系女子』だ」

いや、ちょっと待て。

危うく納得しかけていた私は、最後に辛うじて反論の余地を見つける。

「何やら不満そうだな、委員長」

その声で我に返った。私のことをそう呼ぶ人間はただ一人――案の定、正門の先で待ち構えていたのはあいつだった。

「は？」首を傾げながら素通りを試みるが、私のつれない態度など歯牙にもかけない様子のあいつは「聞いてたんだろ？　今の話」と肩を並べてついてきた。

「どうして？」白々しくとぼけてみせる。

「単語帳に指を挟んだままだから」

思わず足を止め、胸の前に抱えたままにしていた英単語帳に視線を落とす。それに合わせる形で、あいつも立ち止まった。

どういう意味だろう。

たしかに会話に耳を傾け始めたとき、読んでいたページを忘れないように指を挟み込んで本を閉じたのは間違いない。けれども、それがどうしたというのか。

「さっき、俺が途中で振り返ったのに気付いたよな？」

「いや、全然」

「あのとき、閉じた本に指を挟んでるのが見えたんだ。サイズ的に英単語帳だろうと思ったけど、こうして近くで見たらやっぱりそうだった。注目すべきは、今も同じように指を挟んだままってこと――『だるまさんがころんだ』じゃあるまいし、俺が振り向いたときだけ毎回たまたま同じように指を挟んで物思いに耽っていた、なんて馬鹿げたこともないだろう。だとしたら、そのときから今まで挟みっぱなしだったと考えるべきだが、それはそれで違和感がある」

「なぜ？」

「読む気がないなら、さっさと栞《しおり》でも挟んで鞄にしまうはずだから。ましてや、今日の試験科目に英語はない。つまり、目先の試験のために必死こいて詰め込んでる類いのものでもなさそうだ。それなのにずっと指を挟んだまま胸の前で抱いてるときた」

「たまたまでしょ」

「いや、そうじゃない」

どくん、どくん、と胸の鼓動が加速していく。

「おそらく、最初はすぐにまた勉強を再開するつもりだったんだ。だから指を挟むだけにとどめて、すぐ読み止しのページを開けるようにしていた。が、そうしているうちに指を挟んでいることすら忘れてしまうほど何かに気を取られてしまった。結果、そのままの格好で今に至る。こう考えるのが合理的だ」

「まあ、そういうふうにも考えられるかもね」

カラカラに乾ききった喉から、辛うじてそれだけ絞り出す。

「じゃあ、委員長が我を忘れるほど夢中になったものは何か？　そんなの、さっきまで俺たちが繰り広げていた会話のほかにありえない」

頭に血が上り、全身がカッと熱くなる。

ほかにありえない、だと？　ふざけんな！　自惚《うぬぼ》れんな！　インチキだ！　そんな罵詈雑言がとめどなく胸に溢れてくるが、口にすることは許されなかった。なぜって、完膚なきまでに言い当てられていたから。

「ま、それはいいんだけど。異を唱えたいのは相手の素性の件？」

「まあ、そうだね」煮えくり返る腸《はらわた》を堪えつつ、しぶしぶ頷いてみせる。

「つまり『ろくでもない男』という断定にはまったく根拠がなく、多分に主観的で独善的だって言いたいんだろ？」

「その通り。理由もなしに相手の素性を貶める言動は情けない僻み根性の顕れか、狂おしい嫉妬心の投影としか思えない」

当然のごとく、後半の悪態は無視される。

「実は、あの二人にはあえて言わなかったことがある。期末試験を前にして少々刺激が強すぎると思ってな。あいつらはここで落第すると、結構ヤバい」

そう言って、あいつは前を行く本庄と柳瀬のほうを顎でしゃくった。

「刺激？」

「あの女、化粧を終えた後に何してた？」

「化粧を終えた後？」

考える時間を稼ぐべく鸚鵡《おうむ》返しするしかない自分が不甲斐ない。

「ずっと髪を直してたんだ」

「そうだっけ」言われてみるとそんな気がしてきた。寝癖を直すためだろうか、しきりに顎から肩にかけてのラインを手櫛で撫でつけていた記憶がある。

「それって変だろ」

「変？」

「委員長はショートカットだからピンとこないのか」

ショートカットだからピンとこない。ということは、ロングヘアーならわかるということか。髪をショートにしたのは高校に入ってからで、中学時代は腰まであるロングだった。当時のことを必死に思い出す。何だろう。髪を直す、寝癖を直す――

その瞬間、あいつの言わんとすることがわかった。

「そっか、寝癖を隠したいんなら結んじゃえばいい」

「それなのに彼女は頑なにそうしなかった。髪を結ぶのはダメなんて会社があるとは思えないし、ヘアゴムの一つくらい女子はみんな持ってるだろ？　少なくとも手櫛で押さえつけるなんて無茶をするよりは、結んでしまった方が遥かに楽なはず」

「なのに、彼女は髪を下ろすことに固執していた」

「しかも、おそらく普段と分け目が逆だ」

唖然とするあまり、開いた口が塞がらなかった。

どうしてそんなことまでわかるというのだ。

しかし、あいつは表情一つ変えない。

「首から社員証をかけてただろ？　その写真と今日の分け目が逆だった。どんな写真であれ一番盛れた状態で写りたいと思うのが女心だとすれば、社員証のバージョンが彼女のお気に入りである可能性が高い。にもかかわらず、今日はあえて逆方向にしようと奮闘していた。なぜか？」

こいつ正気か、と背筋がうすら寒くなる。

相手はたかが偶然同じ車両に乗り合わせただけの女なのだ。それなのに、この観察力――「すごい」を通り越して、もはや「気色悪い」の域に達している。

「どうして？」

「キスマークを隠すためだよ。見えたんだ、一瞬だけ。顎の後ろからうなじの間くらいの位置に、明らかにそれと思しき跡が」

「キスマーク？」

「知らないのか？　意外とウブだな」

――殺してやる。

怨嗟の念を込め、睨み返す。

「それはさておき、服で隠せない位置にキスマークをつけるなんてどう考えてもマナー違反だ。それも、かなり悪質な」

「だから『ろくでもない男』なわけね」

「ただ、指摘通り減点は避けられない」

「え？　どうして？」

かなりの後出し感は否めないが、この話を聞いてしまうとここまでの推理に隙はないように思えた。言う通り、あの女は昨夜外泊したのだろう。そしてそのとき、隣には傍から見える場所にキスマークをつけるようなろくでもない男がいた。そう考えればすべてに説明がつく。

しばしの沈黙の後、にこりともせずにあいつは続ける。

「社会人の首にキスマークを残すなんて『ろくでなし』だし、そんな相手と一晩を過ごす選択をした彼女は、やはり見る目がないと思う。が——」

「が？」

「相手が男だという保証はない」

それを聞いた私は、不本意ながら思わず笑ってしまった。

「ああ、たしかに」

その瞬間、正門から校舎にかけて吹き抜ける一陣の風。

けれども、その風は私に予感を届けたりはしなかった。

十年後、こいつと手を組む日が来るかもしれないという予感なんて。

◇

『——聞いてんのか？』

我に返った私は、手のひらの中のスマホを握りなおす。

なぜこのときのことをふと思い出したのか、理由はわかっていた。

「聞いてるよ」

『で、どうなんだよ？』

もちろん答えは決まっている。

「助けてやる？　調子乗んな。さっさと力を貸せって言ってんの」


助けてやる？

首を傾げながら、中津瀬は隣の席のあの男を見やる。ついこの前は「そんなことに構ってるほど暇じゃない」とか言って即座に受話器を置いていた気がするのだが。

っていうか、そもそも二人の関係は？

先日それとなく聞いてみたものの、ただ「知人」と返されただけだった。

タイミングからして、事件に関することであるのは間違いないだろう。だが、たとえそうだとしても、その変わり身の速さはいささか腑に落ちなかった。なぜなら中津瀬がここに着任した初日、のっけから雨宮はこんなことを言ってきたからだ。

——役人の仕事を回すコツは、余計なものを背負いこまないこと。

——関係ない話は鉄の意志で跳ね返す。これさえ覚えておけば問題ない。

なるほど、それから隣の席で目の当たりにしてきたこの男の働きぶりときたら、まさにこのときのアドバイス通りだった。他省庁からの照会や作業依頼、審議会や与党ヒアリングへの陪席依頼など、それが関係ない話と見るや顔色一つ変えずに口八丁手八丁で蹴散らしてみせる。社会人としてそれでいいのか、という疑問はさておき、素直に「すごい」と感心してしまったのは間違いない。

そんな彼が、数日前の身の振り方を翻意してまで〝たぶん関係なさそうな話〟に首を突っ込もうとしている。それも、こんな状況下で。

——日本国政府、そして、すべての国民に告ぐ。

——いまから三十日以内に、政府は前回の要求を呑め。

言うまでもなく、この瞬間から政府は大混乱に陥った。

官邸から「大至急で」と全省庁に下された指示は「所管する予算・施策のうち『過疎対策関連』と考えられるものをすべて列挙のうえ、その政策意義・効果を取りまとめよ」というもの。まともに〝被弾〟したのは、過疎地域の自立支援に関する多くの施策を講じる総務省、離島地域の振興に関する補助金を受け持つ国交省、農山漁村関連の予算を複数抱える農水省などだが、当然ながら内閣官房まち・ひと・しごと創生本部も他人事では済まされず、あらゆる通常業務に優先して全班が取り掛からざるを得なくなった。

　中でも最大の焦点となったのは「地方創生推進交付金」——予算規模一千億円、全国の各自治体が「地方創生」のために行う自主的かつ主体的、先進的な事業に対して交付される財政援助金だ。もちろんその対象は「過疎対策」に限定されるわけではないが、官邸からの指示は「考えられるものすべて」なので、過去年度分も含むおよそ一万件超の採択事業の中から「過疎対策が目的と思われるものすべて」を抽出することになった。

　そんな気の遠くなるような作業が終わったのが宣戦布告の翌日、十一月五日の土曜深夜のこと。そこから各々の政策意義・効果の取りまとめを行いつつ、しわ寄せを食っていた通常業務を片付けるべく日曜も出勤。そのままの流れで本日、週明け月曜日を迎えてしまった。つまり、事件の第一報から数えて八連勤目へ突入したわけだ。特にここ三日は睡眠もろくにとれていないため、体力はほぼ限界に近付いている。そんな修羅場だというのに——

「何の話でした？」電話を終えた雨宮に、中津瀬は不信感丸出しで尋ねた。

「野暮用だよ」

「そうですか」

なんなんだよ、まったく。

疲労とストレスからささくれだった精神は、言葉の端々に棘を覗かせてしまう。

「いったい、何やってんだか……」

思わずそう独《ひと》り言《ご》ちると、正面の麻生が「ん？」と顔を上げる。

「いや、例の『過疎対策関連予算』洗い出しの件とかです」

咄嗟に「雨宮さんのことです」とは言えなかったものの、これまた紛れもない本心ではあった。取りまとめるのはいいが、それがどう使われるかがわからないから意義を見出せない。自分の作っている部品が車になるのか船になるのか、何も知らされないまま工場ラインに投入されているのと同じだ。特に答えを求めたつもりはなかったのだが、それを聞いた麻生は「ああ」と頷いた後、こんな興味深い返答を寄越した。

「おそらく、対《パトリシア》の交渉材料にするんだろうね」

「はい？」意味を図りかね、首を傾げる。

「あくまで噂ベースだけど、おそらく近日中に官房長官、下手したら谷田部首相が直々に交渉を持ち掛けるって話だから。そりゃ、現実的に考えて『過疎対策関連予算・施策の完全撤廃』なんて宣言できるはずはないしさ。もしそんなことしてみなよ、地方を票田とする議員たちから猛反発を食らうに決まってる」

たしかに、それはそうかもしれない。

「交渉、というのは？」

「考えられる方策は二つ——一つは『代案の提示』で、もう一つが『現行施策で問題がない旨の説明』ってところかな。でも、たった三十日で〝代案たり得る新政策〟を策定のうえ、全省庁間で合意形成するのはどう転んでも不可能。となると、消去法的に後者しか選択の余地はない。これまでの作業は、そのための材料集めだよ」

なるほど、そう言われれば趣旨としてはわからないでもないが。

はたしてそんなこと説明可能なのだろうか。

着任して約七か月。たしかに、政府一丸となって地方の衰退に歯止めをかけるべく奮闘してきたことは認めるし、それを否定するつもりもない。

しかし。

——子どもたちはみんな、東京に出ちまったんだ。

——最近は採用にも苦労するよ。

——こんな寂れた地方都市には夢も希望もないからね。

あの日恨み節を口にした彼らのもとに〝一筋の光〟が差し始めているとは、どうしても思えないのだ。

そんな中津瀬の考えを読み切ったかのように、麻生は続ける。

「まあ、それで《パトリシア》が引き下がるとは思えないけどね」

「ですよね」

「しかも」と割り込んできたのは、まさかの雨宮だった。こちらから話を振る前に自分から口を開くのは割と珍しい。麻生と共に、彼のほうへ向き直る。

「今回の要求は、おそらく前座にすぎない」

「前座？」

「覚えてないか？　やつはこう言ったんだ。手始めにまず、政府はすべての過疎対策関連予算・施策の撤廃を表明し、って」

そうだっけ。

繰り返し動画は目にしてきたが、そこまで一言一句には注意を払っていなかった。

「つまり？」と麻生が先を促す。

「本丸は、まず間違いなく地方交付税制度の撤廃だろう。やつのこれまでの主義主張に鑑みると、他に考えられない」

地方交付税——自治体間の財政不均衡を調整すべく国から交付される資金で、このおかげで自主財源だけでは赤字となる自治体においても、住民に対して必要十分な行政サービスの提供が可能となる。

「表向きの政策目的はこうだが、誤解を恐れず言うなら単なる〝延命措置〟にすぎないという見方だってできないわけじゃない。未曾有の人口減少社会へと突入し、今後国家レベルで税収が減っていく中にあって、永久にこんな制度を維持できっこないし、その意味では〝ジリ貧〟だ」

延命措置。ジリ貧。

そんなことはわかっている。わかってはいるのだけど。

なら、どうすれば？

それが、中津瀬にはわからなかった。

「今回の要求にある『過疎対策関連予算』が総額いくらになるか知らないが、はっきり言ってこの程度は〝はした金〟さ。東京都を除いた全道府県市町村に交付される、総額十五兆円にも及ぶ地方交付税の前ではな」

「十五兆円」口に出してみても、その莫大さのイメージがまるでわかない。

「しかも毎年、だ。その〝垂れ流し〟を食い止め、今後それらを政令市および東京特別区のみに投じるとなれば、たしかに計り知れないインパクトになる」

「それが《パトリシア》の狙い」

「個人的にはそう踏んでる」

――破綻はもう目の前。

――喩えるなら、この国は今まさに沈みゆく客船なのでござりんす。

絵空事としか思えなかった〝彼女〟の主張が、にわかに現実味を帯び始める。

「でも、もしそんなことしたら」

「ほぼすべての自治体が遠からず〝滅亡〟するだろうな。どうやり繰りしたって、これまで通りの行政サービスを提供し続けるのは不可能だから」

道端には未回収のゴミがいつまでも放置され、老朽化した高架がそこかしこで崩落、道路は陥没して穴だらけとなり、病人や怪我人が出ても救急車は永遠に来ない。そんな「終末の世界」が現実のものとなる。

「そうなれば、当然そこで暮らし続けることなんてできっこない。結果、すべての国民がやつの言う『大都市圏』に集住せざるを得なくなる」

──国家存続のために、全国民は大都市圏へ集住してくんなまし。

たしかに、最初の動画で〝彼女〟はそう言ってのけた。

「そんなことが本気で可能だと？」

「間違いなくやつは本気だ。今回の要求のタイミングから言ってもな」

「タイミング？」

「十一月。来期予算編成の真っ只中。つまり、政府がその気にさえなれば『過疎対策関連予算』を撤廃し得るタイミングってことになる。もちろん現実には要求を呑むなんて不可能だが、この時期を狙ったのはたぶん偶然じゃない」

──綺麗ごとを抜かすだけの〝理想主義者〟はそちらでしょう。

本気で〝彼女〟はひっくり返そうというのか。

この国を、土台から根こそぎ。

「これまでに似たような考えが脳裏をよぎった人間は、きっと何人もいるだろう。だが、誰一人として声を上げることはなかったし、上げたとしてもその声がここまで響き渡ったことはなかった」

「それを《パトリシア》はやってのけた」

「神楽零士という〝必要な犠牲〟を払い、八千万人の国民を人質に取ることで」

「でも、そんなことのために人を一人殺害するなんて」

はっきり言って異常すぎる。いや、それとも――

同じ発想に至ったのだろう、雨宮は淡々とこう言ってのける。

「たった一人の命と引き換えにこの国へ変革をもたらせるならむしろ安いもんだ、と考えたのかもしれない。無論、何がそこまでやつを駆り立てたのかはわからないが――」

瞬間、デスクの電話が鳴る。

しかし、唇を噛みしめたままの中津瀬はすぐに手を伸ばすことができなかった。

――乗客たちよ、一人残らず甲板へ出てきなされ。

――そして、その目に焼き付けるのです。

〝彼女〟の囁きが、自分たちのすぐ背後から聞こえてくるような気がしたせいで。

3

「それじゃあまず、前提条件を確認しましょうか」

畳の上で胡坐をかくなり、何やら上着の内ポケットをまさぐろうとした馬場園は、思い出したようにその手を止める。

「ご理解ありがとうございます」

十一月八日。ドローン攻撃まで残り二十五日。ようやく馬場園から音沙汰があったのが昨日、あいつとの電話を終えた直後のことだった。

——明日、昼頃に伺ってもよろしいですか?

そういうわけで、先日と同じく馬場園、凪咲、私の三人で卓袱台を囲んでいる。唯一この前と違う点があるとすれば、卓袱台の上の私のノートパソコンにあいつの顔が映っていることと、その画面に凪咲がちらちらと熱視線を送っていることくらい。十五分限定、かつ議員レクなどの緊急対応が発生した場合は中座するという条件のもと、ついにあいつが私たちの「捜査」に加わることとなったのだ。なぜ急に、と思わないこともなかったが、余計な詮索をして「やっぱやめる」と言われても困るので、まあよしとしよう。

「先日、馬場園さんから伺った話はこいつにすべて伝達済みです」

常軌を逸しているとしか思えない事件当日の犯人の行動や、解体された遺体がそれぞれ辿った末路、そして立ちはだかる障害の数々に至るまで、余すことなく。

「なるほど、それなら話は早い」

にんまり笑いながら眼鏡を一度押し上げると、馬場園は例の黒革の手帳を取り出す。

「では、ここ数日間で得た新情報のお披露目と行きましょうか。と言っても、例の最新動画に関することくらいですが」

「お願いします」

「まず、動画の真偽——これについては、殺害の実行犯のものとみてまず間違いありません。頭部の切断に鋸を使用したことや現場の状況、そして報道には出ていないメッセージの文言などすべて言い当てている以上、この点は揺らぎようがないかと」

「でしょうね」

「撮影日時は言うまでもなく、十月三十一日の神楽零士殺害から十一月四日の動画公開時刻までのどこかですが」

実際は、十一月三日というセンが濃厚だという。

「鍵を握るのは、時刻と天候です。映像に西日が差していたのを覚えていますか？　つまり、昼に動画が公開された四日当日は候補から外れる。また全国的に見て、西日が差す時刻においてあそこまでの晴れ間がのぞいていたのは三日だけです」

――十一月三日、晴山さんはどこで何をされていましたか？

なるほど、だからこの日の所在について訊かれたわけか。

「とはいえ、場所の特定に関しては警察も特に本腰を入れていません」

「どうして？」

「あの映像からだけでは難しいというのもありますが、実際のところはそもそも必要性が薄いんです。なぜって、事件発生以降に集落の外にいた瞬間がある人間は住民のうちたった二人だから。もちろん、殺害の実行犯と《パトリシア》が別人である可能性は否定できませんよ。つまり、その両者が通じていて、実行犯から聞かされた情報を〝彼女〟があたかも自分の為したことであるかのように全国へ発信したというセンも、理屈上はありえます。ただ――」

諸般の事情から、警察はその二人のうち一人を「神楽零士殺害の実行犯」および《パトリシア》と断定し、目下〝最重要人物〟として二十四時間体制でマーク中――あとは、その人物が殺害に関する一連の工作を行った事実を証明するのみとのこと。

「それが誰かと言うとですね――」

『言わなくていいですよ』

突如、パソコンから放たれたあいつの声。

呆気に取られて画面へと目をやる。

『予断を持ちたくないので。そのまま続けてください』

ほう、と面白そうに片方の眉を上げると、馬場園は「では、お望みどおりに」とページをめくる。

「なお、動画は複数の海外サーバー経由でアップロードされており、発信元を辿るのはかなりの手間。少なくとも三十日以上を要するのは確実との話です。つまり――」

『このままいけば、ドローンによる無差別攻撃は実行される』

「おっしゃる通り。それを防ぐには、なんとしても残された二十五日間のうちに犯人の身柄を確保する必要があるってことになります」

その言葉に、私はあらためて唇を噛む。

――勘違いなさらないでくださいまし。

――あたくしめは、できるだけこれ以上の殺戮行為へ及ばずに済ませたいのです。

この発言を受け、巷では「敢行される攻撃は何らかの〝殺傷能力〟を秘めたものだろう」というのがもっぱらの噂だった。有毒物質を市街地で散布するとか、爆弾を積んでオフィスビルや通勤電車に突っ込むとか。もしかすると既に全国各地へドローンが配備されていて、ボタン一つでそれらが同時多発的に攻撃に及ぶようなことだってあり得るかもしれない。そんな風説がまことしやかに囁かれ、日を追うごとに世の中の緊張感は増しているわけだが、これらを「はったりでしょ」と一笑に付せないのは、現に神楽零士の命が奪われているという事実があるからだ。

しかもここ奥霜里は言うに及ばず、母方の祖父母が暮らす八戸も、結花が移住した西表島も、当然のごとくその攻撃対象地域に含まれている。あまりに広範すぎて、防衛策を講じるのはほぼ不可能と言えるだろう。もちろんそれは、政令市及び東京特別区へと〝彼女〟の指示通りに居を移さないとすれば、ではあるのだが。

「まあ、ざっとこんなところです。何か質問は？」

凪咲と顔を見合わせた後、パソコンの画面に視線を送る。

お前らは何もないのかよ、とでも言いたげにぼさぼさ髪をかき上げた後、あいつはおもむろにこんなことを口にした。

『どうして撮影場所を奥霜里にしなかったんでしょうね？』

「同感です」

『元から疑問だったんですよ。今回の事件、犯人の行動はすべて容疑者を絞り込ませる方向にばかり繋がっているから。ドローンに搭載された頭部だってそうです。個人的には例の七十代男性が共犯ではないと思っていますが、いずれにせよ警察の目、いや、全国民の目は初動の段階から集落へと釘付けにされている』

思わず耳を疑った。あいつは今、共犯ではないと言ったのか？

そんなこと絶対にありえないと思うのだが。

同じ点が引っかかったのだろう、興奮気味に馬場園が身を乗り出す。

「ストップ。君は今、共犯じゃないと言ったのかな？」

『ええ、言いました』

「なぜ？」

『だとしたら、あまりに間抜けすぎるから』

その後あいつの口から語られた理由は、なるほど言われてみればたしかにと頷かざるを得ない内容だった。

「つまり、何が言いたい？」

『明確な意図があるってことです。それだけのリスクに見合うほどの、何らかの意図が』

そのまま説明が続くのかと思いきや、それっきりあいつは口をつぐんでしまった。

同じく肩透かしを食った様子ながら、馬場園は何やら手帳に書き留めた後、場を仕切り直すかのように「それじゃあ」と口を開く。

「今後の我々の動き方ですが」

「この前の条件その一については、撤回します」

彼のほうに身体を向けると、まっさきに私は宣言した。

――声を集めるのにあなたは同行しないこと。

――その場に〝余所者〟がいたら、本音を引き出すことはたぶんできませんから。

それはもちろん、あのときとは状況が一変しているからだ。彼の言う「声集め」とやらも事件の全容解明には必要なのかもしれないが、今この瞬間において最優先すべきは一刻も早い犯人の特定だろう。当然、悠長なことなど言っていられない。とすれば、誰よりも事件に精通しているこの男には「事情聴取」の場に居てもらうべきに思えた。

「わかりました。ただ、晴山さんの懸念も趣旨は理解できるので、基本的に現場で話を回すのは貴女にお任せします」

「ありがとうございます」

「雨宮くんはどうしましょうか？」

『パソコンを持ち込むのも手間でしょうから、参加できるときはスマホで電話か何かを繋いでもらって音声だけ聞きつつ、気になることがあれば委員長に指示を出しますよ。髪が長いからワイヤレスイヤホンなら気付かれないかと。あと、できれば全部録音しておいてください。自分が不在の際のやりとりは、余裕があるときに聞きなおします』

やめろ、その呼び方。

あいつが言い終わるや否や、思った通り凪咲が「いいんちょ？」と首を傾げる。余計なこと口走りやがってと内心毒づきながら、私は「じゃあそれで」とだけ言ってさっさとこの話を切り上げにかかる。

「そうと決まれば、早速――」

馬場園が手帳を閉じた瞬間だった。

『いや、待ってください』

「なんでしょう?」

『今この場ではっきりさせておきませんか。そこの二人の潔白について』

なんだって⁉　ふざけるのもたいがいにしろ、マジで。

「あんたね、私たちが犯人なわけ――」

『ないかどうかは、こっちで勝手に考える。勘違いしてもらっちゃ困るんだが、助けてやるって言ったのは〝早急な事件解決〟のためであって〝探偵ごっこ〟に付き合うためじゃない。現時点でわかってるのは、奥霜里の住民の中におそらく犯人がいるってことだけなんだろ?　ということは、委員長とそこの小娘を無批判に容疑者候補から外す理由なんて何一つないはずだが』

小娘呼ばわりされたのになぜか嬉しそうな凪咲はさておくとして、なるほどたしかにこいつの立場から言えばそうなるのかもしれない。でも、それにしたってもっと他にいくらでも言いようがあるではないか。ああ、だからこいつのことは嫌いなんだ。

「わかった。それであんたの気が済むなら話してあげる。けど、正直言うとアリバイを証明するのは難しいと思う。というのも」

事件当日、私は誰にも会っていないから。もともと予定がなかったのもあるが、その日は前夜から発熱していて体調が悪かったのだ。そのため戸外に出たのは一度きり――朝に急遽注文した市販の風邪薬とレトルト食品を『フライヤー6』から受領した数分だけ。雪の上に着陸マットを敷き直す作業などで割と体力を使ってしまったこともあり、その後は家の中でブログのコメントを返しつつ、テレビを観ながらゆっくり過ごした。

『体調が悪かったのにテレビを観てたのか？』

「何かおかしいとでも？」

隙あらば喧嘩腰になってしまう私に、思わぬ助け舟を出してくれたのは凪咲だった。

「いや、あの日なら別におかしくないんですよ」

『なぜ？』

「特集があったからです。たしか、午後二時から」

彼女の言う通り、その日に限っては多少の体調不良をおしてでもテレビを観る必要があった。なぜなら、ローカル番組で『奥霜里復活の軌跡』と題された九十分の特番が流れることになっていたから。二か月にも及ぶ密着取材を受け、住民のほぼ全員が何らかの形で同番組内に登場するとあって、まさに集落挙げての一大イベントと言ってよかった。番組の締めくくりは、例の『三機のドローンによる協調飛行』の離陸シーンを霜里から生中継――今にして思えば、あの時点でボックスの中に神楽零士の頭部が入っていたことになるわけだが、当然そんなことを知る由もない私たちは、食い入るようにテレビの前へと張り付いていたのだ。

「だから、体調が激ヤバじゃない限りは観ると思います」

凪咲が言い終わった途端、待ち構えていたようにあいつは畳みかけてくる。

『疑問点と確認事項が一つずつ。まず、疑問点について。その日は朝から雪で孤立状態だったはずの霜里に、どうやって撮影クルーは入ったんだ？』

「それについては、積雪による山道の寸断を見越して『フライヤー6』の作業員と共に前日入りしていたからですね」

何事もなく馬場園が補足してみせたが、正直舌を巻いてしまった。先日、電話口で捲し立てるように私から伝えただけの情報を、こいつは既に我が物にしていたのだから。実に悔しいが、馬場園から最初に「霜里の孤立」を聞かされた時点で、自分は今の疑問などまったく頭をよぎりもしなかったと認めざるを得ない。

『なるほど。続いて確認事項は、自動運転車両が神楽邸を出発したのは何時だったかということ』

それを尋ねてどうするんだと訝しみつつ、ここは意地でも即答してみせる。

「十四時五十分」

『つまり、その番組の放映中だな』

「だから？」

『変だと思ってたんだ。というのも』

どうして犯人は、おぞましき〝首無し死体〟を乗せた『スマイリー』を、ある意味無防備とも言える状態で発車させるなどという愚行を犯したのか。

『もちろん、わざわざ走行中の車両に歩み寄って中を覗き込む住民がいるかは甚だ疑問ではあるものの、可能性としてはないわけじゃない。それにそもそも論として、その時間に別の人間から乗車予約が入ったらどうするつもりだったのかずっと疑問だったんだが、ようやく腑に落ちた』

この点も、まさしくあいつの言う通りだった。

同時刻に他の乗車予約が入れば、当然のごとく『スマイリー』はその乗客も拾うべく家の前に向かってしまう。そうしたらその時点で遺体は発見され、事前に施した数々の工作も虚しく、あっけなく警察に通報されていたはずなのだ。

『が、その番組のせいで住民たちはテレビの前に張り付くことが予想されていた』

「だから、その時刻に発車させたってわけね」

『だとしても、違和感はあるけどな』

「どこに？」

『だって、乗車予約を入れていたのは神楽零士本人なんだろ？　そうなると、配車時刻については犯人の意思が作用しようがない。つまり――』

　あまりにも都合がよすぎる。

　そして、あいつの指摘は何もかも的を射すぎている。だから仲間に入れてよかったと思うべきところなのだが、そう素直になれないのが困ったところでもあった。

『そろそろ十五分だな』

　そう言って接続を切ろうとするあいつに、すかさず「はい」と凪咲が手を挙げる。

「私は、その日ずっと宿で働いてました。途中でちょっと宿泊客のお子さんと追いかけっことかして外してましたけど、基本はずっとです。あ、もちろんさっきのテレビは観ましたよ。南光院さんたちと一緒に。ヤバかっこよく編集されてました」

　それを聞いたあいつは『了解』とだけ言い残して、そのまま画面から消え失せた。

「ひどい、私は犯人じゃないって思われてる」などと頓珍漢に不服そうな凪咲に苦笑しつつ、私はこのたった十五分間の出来事に思いを馳せてみる。

　たった十五分――その間にあいつは、いくつも新たな疑問を提示してみせた。そして、そのどれもが自分一人では思い付きもしなかったことばかり。

「彼、すごいな」と満足げな馬場園へ曖昧に頷き返しながら、いっぽうで疑念が強まったのも事実だった。たしかに、あいつはすごい。渋々ではあるが、その点は同意せざるを得ないだろう。

　でもそれ以上に、やはりこの事件は不可解で異常すぎる気がしてならないのだ。

4

「零士くんが居たから、俺は移住を決めたんや。このまま〝判子《はんこ》押印《おういん》銀二〟として終わる人生なんか耐えられん思てな」

そう言うと、南光院銀二さんは巨体を揺らしつつ遠い目をしてみせた。トレードマークの人懐っこい垂れ目と顎のちょび髭、頭に巻いた赤のバンダナはいつも通りだが、そこに普段の快活さと豪快さはない。

その隣で「また言うてる」と鼻を鳴らすのは彼の妻、麻衣子さん。旦那に負けず劣らずの大きな身体で、こちらもいつもと同じひっつめ髪に前掛けスタイルながら、どうも迫力に欠けて見えるのはたぶん気のせいじゃないだろう。

同日、十三時過ぎ。私たちがまず向かったのは、古民家宿『桃源』本館——集落の入り口付近に位置する、夫婦の住まいも兼ねた奥霜里でもっとも大きな邸宅だった。見た目こそ一般的な平屋の日本家屋だが、内装は現代風にリノベーションされており、なるほど通された居間は木目のタイル敷き、家具も洋風だ。

とはいえ、ここ本館の役目は受付と調理場くらいで、宿泊客たちが実際に泊まるのは集落に点在する全六棟の古民家群のどれか——それぞれがコンセプトに基づいて改装されていて、本館と同様に比較的現代風なものから、ほぼ建築当時の原型を残したものまで、滞在スタイルや好みに合わせて選べるようになっている。つまり『桃源』とは、単一の宿泊施設ではなく奥霜里そのものなのだ。この〝分散型ホテル〟形式が話題を呼び、事件が起こるまでは数か月先まで予約でいっぱいという大盛況ぶりだったらしい。

そんな『桃源』を切り盛りする二人が移住を決めたのは今から五年前、銀二さんが四十歳のときだったという。なんでも平凡なサラリーマン人生に嫌気がさし、このまま出世した先に待ち構えている未来が「管理職として決裁文書へ判子を押す毎日」かと思うと、居てもたってもいられなくなったのだとか。先ほどの〝判子押印銀二〟とは、そのときの経緯を説明する際に彼が決まって口にするギャグなのだが、いまだインタビュー記事で採用されているのを見たためしがない。

「その零士くんがこんなことになって……俺は正直、悔しうてたまらん」

ダイニングテーブルの上で、銀二さんが両拳を握りしめる。

馬場園を伴って現れた私と凪咲に、最初こそ二人は眉を顰めてみせたが、趣旨を説明したところ快く受け入れてくれた。彼らにとっても事件の早期解決——つまり、一刻も早い犯人特定と平穏な生活の回復は、目下の悲願であるからだろう。

「いまだに信じられんよ。ここに、こんなことをしでかした鬼畜野郎がおるなんて」

見たこともない苦悶の表情を浮かべる大男を前に、私はふと、二年前の在りし日を思い出す。

——なんや、困ってはるようやな。

移住初日、これから自分の住まいとなる古民家の前で途方に暮れる私に、そう声をかけてくれたのが銀二さんだった。瓦屋根の母屋に離れが二棟、庭付き、畑付き、裏山の山林付き。市の移住担当者の尽力や、持ち主のご厚意もあって、格安で借り受けることができたのはありがたかったものの、二十年近くも放置されていた築八十年を超える日本家屋はあまりにボロボロすぎて、とてもじゃないが住める状態とは言えない代物だった。

——ここでは、なんでも助け合いやで。

それからしばらくの間は、辛うじて使える状態だった和室に寝泊まりしながら、来る日も来る日もＤＩＹ——いわゆる「日曜大工」に明け暮れた。床板の張替えに、壁塗り、古くなった家財道具の運び出し。あまりの泥臭さに人知れず笑ってしまいそうになったが、不思議と「面倒くさい」とか「嫌だ」とは感じなかった。たぶん、少しずつ古民家が息を吹き返していくさまを目の当たりにするのが新鮮で、同時に達成感に溢れていたからだろう。

――初めて若い女の子が来たもんやから、このアホ、やたら張り切ってんねん。

――鬱陶しかったらいつでも言うてや、うちがシバいたるで。

そうして部屋中を舞う塵埃《じんあい》にまみれていると、いつも適宜なタイミングでキンキンに冷えた麦茶やかき氷を差し入れてくれたのが麻衣子さんだった。

――若《わけ》ぇとか、女子とか、そんなん関係あれへん。仲間として当然のことや。

――はぁ？　そんなに頬紅くして、ようそんなこと言えたもんやわ。

二人が繰り広げる「夫婦漫才」はいつだって観る者を笑顔にし、だからこそ、そんな彼らを前にするたび私は自己嫌悪に陥ってしまうのだ。

――私もこの国の未来のために、一肌脱ぎたいと思ったんです。

こんな〝嘘つき〟に、彼らと同じように笑う資格があるのだろうか、と。

「神楽さんは、その当時からすごかったんですね」

そんな若干の感傷に浸りつつ水を向けると、銀二さんは小さく笑った。

「まあ、さすがに今ほど熱狂的で、国民の誰もが知るって感じやなかったけどな」

「そうそう。ってかあれや、たしかＳＮＳが話題やってん」とすかさず麻衣子さんが続ける。

「ＳＮＳ？」

首を傾げてみせると、ああ、と銀二さんが頷いた。

「たしか『公務員くん』っちゅうアカウントで、国家公務員の無茶苦茶な働き方やら、この国が直面する問題やら、割と重たいことを面白おかしく軽妙な語り口で発信してたもんで、巷じゃ結構話題になってたんや。俺もファンやったからよく見とってんけど、ある日突然アカウント名が本名に変わって、顔出しのうえこんなことを言いだすもんやからたまげてな」

——実は、一年前に経産省を退職していました。

——僕は今、奥霜里という集落に住んでいます。

——この場所から、何かを起こせないかなって思いまして。

「えらい美男子なのも驚いたが、何より感銘を受けたのはそのドライさや」

「ドライさ？」

思いがけない表現だった。たしかに、周囲へ自身の理想を押し付けてくるような暑苦しいタイプではなかったが、ドライというのもいくぶん印象が異なる気がする。

「零士くんが掲げたルールはただ一つ——『集落の再生を目指すにあたり、国の補助金は絶対使わない』という、その一点のみ。まあ、そんなもんに頼らんと存続できん集落なんぞ、いずれは滅びるのがオチやからな」

「それは、私も聞いたことがあります」

「ただ、同時に彼はこんなことも言うてみせたんや」

——別に、奥霜里だけが復活したところでこの国は変わりません。

それはいわば、ミジンコがヒトに体当たりするようなもの。仮に補助金頼みでない〝復活劇〟を実現したとして、それが国家財政に与える影響などゼロに等しい。

——だけど、それでいいと思うんです。

——大切なのは「０」ではなく「１」の実例があることだから。

「いつだったかな、零士くんから聞かされたことがある。自分は島根県の名もない県立高校出身で、そこの史上初となる東大合格者になったたってな。もちろん、別に自慢話がしたかったわけやないで。彼が言いたかったのは、面白いことにその翌年から、毎年一人や二人とはいえ後輩たちが本気で東大を目指すようになったたってこと」

　これまでは、在校生の誰一人としてそんなこと考えもしなかったのに。

「つまり、それとおんなじことなんや。別に、彼は生徒全員に東大を目指せなんて無茶を言うてるわけやない。そうやなくて、大切なのは『もしかしたら自分も』って、そう思った誰かが後に続いてくれること。これまでに前例がないせいで二の足を踏んでいた──いや、そもそもそんな発想すら持ち合わせておらんかったかもしれない、誰かがな」

　なるほど、神楽零士の言うことはもっともに思えた。

　現に、奥霜里の〝奇跡の復活劇〟に触発されてか、今や全国で集落再生の動きは活況を極めている。もちろん、それらすべてが成功するわけではないだろう。住民の顔ぶれから立地条件に至るまで何もかもがその土地ごとに異なるし、ここでの成功事例をそのまま転用できるほど事が甘くないことくらい、誰だってわかっているはず。

　だけど、それでも構わないと彼は割り切ってみせた。

　国家レベルでみたらけし粒のような話だとしても、絶対に「0」と「1」は違うと。

「なんにせよ、そのドライさに俺は痺れちまってな」

　銀二さんが懐かしむように目を細めると、その続きを麻衣子さんが引き取る。

「最初この人に会社辞める言われた時は気でも違えたかと思たけど、でもまぁ、夫婦で宿を営むってのは昔からの夢やってん」

「だから、早速零士くんにDMで連絡して思いの丈をぶつけたんや」

「そのとき貰《もろ》たアイデアが、この『桃源』──〝分散型ホテル〟いうんやっけ？」

「とはいえ、退職金を全部突っ込んでもとうてい資金が足らんってのがネックでな、そんとき併せて教えて貰たんが『クラウドファンディング』いうやつや」

銀二さんの言う通り、クラウドファンディングと、それによってサービス開始まで漕ぎつけた〝分散型ホテル〟というまさにこの二点こそが、世に『桃源』の名が轟く最大の理由であることは疑いの余地がない。そして、その両アイデアが共に神楽零士の発案によるものだとすれば、やはり〝奇跡の復活劇〟における彼の存在は大きすぎるように思えてくる。

「でも、やっぱり零士くんは偉いよなあ。あんなことがあったのに、霜里のことも見捨てんとおったんやから」

そのぼやきに、すかさず反応したのは馬場園だった。

「すみません。あんなこと、とおっしゃいますのは？」

間髪を容れずに問われ、口が滑ったとでも言いたげに頭を掻く銀二さんだったが、すぐに腹を決めたのかこう声を潜めてみせる。

「記事にはせんと約束してくれますか？」

「わかりました」

「実はな。零士くん、奥霜里に移住する前の半年ほど、霜里に住んどったんや」

「なんですって⁉」と声を上ずらせる馬場園の隣で、私もテーブルに身を乗り出す。

初耳の情報だった。少なくとも、これまでのどんなインタビュー記事にもそんな事実はいっさい書かれていなかったと断言できる。

「余談にはなっちまいますが、霜里はかなり〝異様〟なところです」

「どういうことでしょう？」

「ここへ移住してきてすぐの頃、一回だけ足を運んだことがあるんやが――」

集落へと立ち入った瞬間、明らかに空気が変わったのを感じたという。

「重苦しいとか、そういうのとは少しちゃいます。強いて言うなら」

〝一体感〟——少しの間を置いた後、銀二さんはそう呟いた。

「部外者を好ましく思わん、住民たちのです」

すれ違う集落民は一様に冷ややかな視線を寄越し、井戸端会議を繰り広げる老女たちは銀二さんの姿を認めるや、これ見よがしにひそひそ話を始めたという。

「たしかに、それはさぞ居心地悪いでしょうね」

馬場園がそう同情をみせたことで箍《たが》が外れたのか、彼は続けてそのときのある印象的なエピソードを語ってくれた。

「集落の外れに〝鎮守の森〟らしきもんがあってやな」

そこへぶらりと立ち寄った銀二さんは、祠の傍に根を張る樹齢二百年は優に超えているであろう、ひときわ大きなトチノキに目を奪われた。

「こりゃ立派やな思て、何の気なしに近づいたら」

その瞬間、背後から怒鳴り声が飛んできたという。

余所のモンが気安く〝トチヌシさま〟に近寄るな、と。

「トチヌシさま?」例の手帳に書き留めながら、馬場園が首を傾げる。

「その樹に宿るとされる神さまをそう呼ぶんだとか。なんでも、かつてここいらが飢饉に見舞われた際、突如その〝トチヌシさま〟が現れて、飢えに喘ぐ住民たちへトチの実の食べ方を伝授したっちゅう話です」

そうなんだ、と初めて聞く話に目を見張りつつ、自分がこの土地についてあまりに無知であることをあらためて思い知らされる。

「怒鳴り声の主は、おそらくずっと俺を尾《つ》けてたんでしょう」

そして、由緒あるトチノキへと近づいたのをこれ幸いとばかりに、背後から「警告」を発してみせたのだ。

いったん湯飲みに口をつけると、だいぶ話は逸れちまいましたが、と銀二さんは椅子に掛け直す。

「そんな霜里に零士くんが住んでた頃、何やらトラブルがあったんやて」

探るような視線を前に、馬場園と顔を見合わせる。

霜里在住の七十代男性、安地和夫に対し警察が求めた任意同行――この件がにわかに重要性を帯びてこようとしている気がした。

「具体的には、どのような？」と馬場園が先を急《せ》かす。

「小火《ぼや》騒ぎです。住民の誰かが、嫌がらせで零士くんの家の納屋に火をつけはった」

「まさか――」

「幸い大事には至らんかったようやけど、その件を彼はほとんど誰にも語っとらん。そうして半ば追い出されるように奥霜里へと移り住んだってのに、それでも零士くんは霜里を見捨てるようなことはせんかった」

「といいますと？」馬場園に代わって、今度は私が尋ねる。

「知っとると思うが、例の『フライヤー6』のサービス導入んときも、その仕掛け人となったのはほぼ零士くんや。てなわけで、彼が中心となって行政や事業会社なんかとも実務的なやりとりをしてたんやが、実はそんとき割と議論になったことがある」

「議論？」

「サービス提供地域を奥霜里のみにするか、それとも霜里まで含めるか」

なるほど。

「お察しの通り、零士くんは『霜里も含めよう』と進言しはった。嫌がらせを受け、家に火まで放たれたのにやで。考えられるか？」

もちろん、それには経済的な理由もあるだろう。というのも、サービス利用者が多くて困るなんてことは通常ありえないはずだから。ドローンの保守管理コストが霜里を対象地域に含めた結果となんでもなく膨らむといった事情でもない限り、合理的かつ理性的な判断と言える。

「しかも、この前の特番あったやろ？」

「事件当日の『奥霜里復活の軌跡』のことですか？」

「せや。あれだって、霜里が『フライヤー6』の離陸地点になったんは零士くんが配慮したからなんやで」

「配慮した？」

「奥霜里だけがフォーカスされ続けたら、霜里サイドはいい気がせんやろ？　そうでなくとも、普段から記事やら何やらで騒がれるのは奥霜里ばかりなんや。であれば、こういう機会を利用して霜里にもスポットを当てるべきやって。なんせ、二つで一つの『霜里地区』なんやから、いがみ合ったところでなんもええことはない。せやから、別に奥霜里を離陸地点にしてもよかったところ、あえて『霜里で』って零士くんが言いはったんや」

しかし、あろうことかその霜里を離陸したドローンに彼の頭部は載せられた。

「すまんなべらべら喋ってばかりで。いまさらやが、どうぞお茶飲んでや」

「てか、念のため、うちらが当日何しとったか言うたほうがええんやろ？」

思い出したように麻衣子さんから言われ、私は申し訳なくも首肯する。

「ええ、まあ……簡単にで結構です」

「言うても、宿のことにかかりきりやったけど――」

そこからしばらくは銀二さん、麻衣子さん、および凪咲の当日の所在や動きについて聞く時間となったが、相互に矛盾する話や特に怪しい点はなかった。

「お時間いただき、ありがとうございました」

礼を言って『桃源』を後にすると、既に時刻は十四時半を回っていた。

「霜里の件、調べる必要があるな」

玄関を出たところで、まっさきにこう口を開いたのは馬場園だ。

「当時、霜里で何があったのか。そして、神楽邸に火を放ったのは誰なのか」

安地和夫……か、どうかは現時点ではわからない。だけど、可能性は高いと思う。いずれにせよ、過去に忌まわしき放火事件が起きた霜里――そこの住民が、そのまさに被害者たる神楽零士の頭部をボックスに投げ込んだとして、任意同行を求められているのも事実。いくらなんでも見過ごせる話ではない。

「さて、次は誰のところへ？」

「ここから一番近いのは、節子さんの家だね」と凪咲があくび交じりに答える。

「よし、じゃあそうしましょう」

そんな私たちの会話に呼応するかのように、上空を旋回する鷹が一度啼いた。

5

「葬儀は、どうしたのかしらね」

縁側に腰かけながら、そう言って節子さんが顔を歪める。

同日、十四時四十五分。続いて私たちが訪れたのは、稲村節子さんの自宅だ。庭先で日向ぼっこ中だった彼女は、謎の男を伴って現れた私と凪咲にきょとんと小首を傾げてみせたが、南光院夫妻と同じく、事情を承知すると縁側へ掛けるよう促してくれた。

「身寄りがないうえ、状況が状況なので市のほうで簡易に火葬したと聞いてます」

馬場園がそう答えると、節子さんは「あらあら」と目を伏せる。

「それなら、私たちで送ってあげてもよかったのにねぇ。昔はここいらでも〝野辺送り〟をやっていたんだし」

何それ、と首を捻る凪咲に向け、簡単に補足してやる。

「故人の遺体を、親族とか地域の人が棺桶に入れて運ぶの」

たしか、先頭の人が松明や提灯を持つなど諸々の決まりがあったはずだ。とはいえ、老衰や病死ならいざ知らず、殺人――しかも、犯人が住民の中にいると思われるこの状況下では、さすがに実施されなかっただろうが。

「他にも、ここにはいろんな風習があったのよ」

「例えば？」と私は首を捻る。

「山言葉って知ってるかしら？」

「なんとなくなら――」

「山仕事中に口にしてはいけない言葉。山は神聖な場所だから、日常生活の〝穢れ〟を持ち込んじゃいけないの。逆に、ひとたび里に帰れば山言葉を使っちゃダメ――そういう風習があったし、たぶんあちらではまだ残ってるでしょうね」

あちらというのは無論、霜里のことだろう。たしかに奥霜里とは異なり、霜里には旧住民がいまだ三十人近く居住しているので、そういった因習・風習の類いが根強く残っていたとしても不思議ではない。

「他にも〝山を見てはいけない日〟っていうのがあってね」

「え、ヤバ！　何それ！」

凪咲の嬉々とした反応に対し、節子さんは孫娘を見るかのように目を細めてみせる。

「八月二十四日。その日は、夜になると山から〝よくない者〟が降りてくるの。というのも、山に住む神さまたちが休息を取る日とされているから」

夏から秋へと移ろいゆく季節の節目――ちょうど実をつけ終えた頃合いの〝トチヌシさま〟を筆頭に、集落を見守る山の神々は、その先に待ち受ける厳しい冬への備えとして一日だけの安息を楽しむのだとか。だから毎年、その日の晩は家に閉じ籠ると、戸や窓、小さな節穴にいたるまですべてを何かで覆い隠し、朝まで誰とも口を利かずに過ごさねばならないという。安らぐ山の神さまたちの目を盗んで里へと降りて来た、その〝よくない者〟とやらに家の中を覗き込まれないために。

「あなた達からしたら、何それって感じでしょう？　でもね、ここは昔からそういう土地なの。言ってなかったけど、私は今でもその日になると家に籠るようにしてるわ」

庭に咲く秋桜《コスモス》や寒椿を眺めながら、私はふと彼女の半生に思いを馳せてみる。

稲村節子さん、八十五歳――奥霜里へ嫁いで六十五年以上になるという、まさしく集落の〝生き字引〟的存在だ。いくぶん腰は曲がっているものの、まだまだ歩き方はしっかりしており、いまだ自宅の庭や裏の畑へと繰り出しては農作業に勤しんでいる。それどころか、例の『スマイリー』が運行を開始するまでは、白穂町の「掛かりつけ医」に自ら運転するスクーターで一時間以上かけて通っていたというから驚きだ。そんなに元気なら別に診てもらう必要ないじゃん、とすら思ってしまう。いずれにせよ、長きに亘る人生の中で彼女はこの地の〝衰退と復活〟――そのすべてを目の当たりにしてきた。

――正直、諦めていたねぇ。

いつだったか、節子さんはこんな風にぼやいてみせたことがある。たしか、我が家にお裾分けの野菜を届けに来てくれたときのことだ。

――もう、ここはお終いだって。

――なんせ、残っているのは私みたいな老いぼればかりだし。

どう考えたって、この状況からの〝復活〟など夢物語。頭ではそうわかっているつもりでも、ふとした瞬間、思いを巡らせずにはいられなかったという。金色の絨毯のごとく風に波打つ秋の田の稲穂、夕暮れの畦道を歩いているとどこからか漂ってくるかまどで炊かれた白米の匂い、野遊びにきりをつけ家路を急ぐ子どもたちの歓声――そんな〝古き良き時代〟の幻影に。

――でも、いまさらなにができる？

そんな活気に満ち満ちていた集落から、一人、また一人と住民は姿を消していった。新天地を求めた者、天寿をまっとうした者。理由は概ねこのどちらかだが、最大の問題は常に数字の動きが引き算でしかないこと。

――人が居なくなるのは、役目を終えたってことなの。

――それは自然の摂理だから、悲しむことなんてなーんもない。

――そう言い聞かせてたんだけど、やっぱり愛着があるからねぇ。

材木が腐り、屋根瓦が崩れ、次第に朽ち果てていく空き家。その玄関先に並べられたままの一斗缶と、納屋に残された年代物の耕運機。雑草に蹂躙され、自然へと還っていく田畑。赤錆が目立つトタン屋根の掘立小屋。畦道沿いに放置された廃トラック。

一口に「集落が消滅する」と言っても、それは魔法のようにふっと一息で跡形もなく消え失せるわけではない。じわじわと、まるで病魔に侵されるかのごとく退廃的な空気が満ちてきて、しかし何ら抗う術もないまま、ただ歯痒く、惨めに、半ば諦めの境地で傍観しているしかないのだ。

——だから、本当に今は信じられない気持ちなの。

大好きな奥霜里が、こうしてまた息を吹き返そうとしているんだから。

涙を浮かべながらそう語る節子さんを前に、罪悪感で胸がいっぱいになったのを覚えている。

——私もその物語に加わりたいと思ったんです。

いつかの自分は、どの面下げてこんな白々しい台詞《せりふ》を抜かしたのだろう、と。


「神楽さんがここへやって来たとき、節子さんはどんな風に思いました？」

回想から帰ってくると、気を取り直して尋ねてみる。

しばし物憂げに宙を仰いだ後、彼女はこんなふうに切り出した。

「物好きな人、とは思ったわ。何をするつもりなのかしら、とも。でもね」

彼女は毎日のように節子さんのもとへとやって来て、この土地の歴史、大切に守ってきた風習、そして彼女自身の人生について、何時間でも話に耳を傾けたという。

「そんなある日、彼からこんなことを言われたの」

——節子さんは、集落の「食」担当大臣になるべきですね。

例えば、誰かがここで宿を開くとしたらそこの「料理長」を、他の誰かが農業を始めようと思ったらその「アドバイザー」を、絶対に務められるし、務めるべきだと。

——もしもそういう未来が訪れたとしたら、ぜひ力を貸していただけませんか？

「どうしてかしらねぇ。あの日そう言われた私は、思わず涙してしまったの」

そのときの感情は、いまだ言葉にできないという。期待とも違うし、安心とも違う。しかし、心の奥底を揺さぶる何か。

「進さんだって、たぶん同じ気持ちじゃないかしら」

我妻進さん、七十八歳――彼は「海のない集落」における「うなぎの養殖」を実現させるべく日々奮闘している。簡単に言ってしまえば、特製のビニールハウスに並べたいくつもの水槽で天然の稚魚を育成しようというのだ。もちろん、うなぎ自体を集落の特産とするのも狙いの一つではあるが、この話はもっとずっと先の未来を見据えている。

というのも、その生育には二十五度から三十度の温水が必要になるため、現状使用している灯油ボイラーに代わり、いずれはこの地で復活した林業との連携――つまり、廃材から出る木くずなどを活用したバイオマスボイラーの導入を視野に入れているというし、そのフンにはリンやカルシウムなどが豊富に含まれているので、排水を畑に送り込むことで農業との連携も可能になる。そうして、うなぎを中心に据えた〝巨大なエコシステム〟を構築しようという、途方もない計画なのだ。これだってもちろん構想自体を立ち上げたのは神楽零士で、そこに「生き物好き」の進さんを抜擢したのは、まさに采配の妙と言えるだろう。

――いやぁ、毎日大変で困っちまうよ。

道ですれ違うたびにこうやって頭を掻いてみせる進さんだが、その表情は実に活き活きとしている。生きがい――などというと急に陳腐になってしまうが、とにかくそんな類いの〝何か〟を旧住民たちにもたらしたことが、〝奇跡の集落〟の成功要因の一つとされているのも事実だ。

「末宗《すえむね》さんは?」

おずおずと、私はその名を口にする。

末宗清《きよし》さん、七十六歳――彼は、明確な「移住反対論者」だった。道で会ってもいまだ目を合わせてもらったことはないし、当然のごとく『フライヤー6』も『スマイリー』も利用していない。先日の特番だって、もちろん観ていないはずだ。神楽零士をもってしても懐柔できなかった「堅物」――というのは、おそらく私が〝余所者〟だからこその表現になってしまうのだろう。この地に生まれ、ずっと育ってきた者にとって、一連の〝復活劇〟が手放しで受け入れられるものではないことも、共感は難しいが、まったく理解できないわけじゃない。

――住民の誰かが、嫌がらせで零士くんの家の納屋に火をつけはった。

ここで思い出されるのは、先ほどの銀二さんの渋面だ。

もちろん、だからと言って許される行為では決してない。しかしそういった旧住民たちの想いが過激化したとき、斯様な実力行使に及ぶことがあるというのも、事実として見過ごせない一側面だろう。そうなると、末宗さんはある意味もっとも〝動機〟を持っている人物と言えなくもないわけだが――

私の質問に、節子さんはしばし口をつぐむ。

顔中に刻まれた深い皺が、この問題の根深さを物語っているかのようだった。

「前に、ムネさんはこんなことを言っていたの」

やがて、ゆっくりと彼女は言葉を紡ぎ出す。

「今の奥霜里は、自分たちの知る奥霜里とは〝別物〟だって」

別物――では逆に、何をもって〝同じ〟と言うべきか。当然、百年前と今では住民の顔ぶれがまるっきり入れ替わっている。それだって、捉えようによっては〝別物〟だろう。でも、彼が言いたいのはそういうことじゃない。連続性、というのもたぶん違う。それでは何かと問われると、残念ながら私には答えがなかった。

「ムネさんが言いたいことは、痛いほどわかるわ。それが間違っているとも思わない」

「ですよね」

「だからこそ、とっても難しいの」

そろそろ、潮時かな。

そう察知した私は、締め括りにこれだけ訊いてみる。

「嫌な気にさせてしまったらすみません。最後に、事件の当日何をされていたかだけ、簡単に教えていただいてもいいですか？」

「ええ、もちろん。その日は朝から佳奈美さんとずっと野良仕事をしていたわ。ほら、あの日ってたしか雪が降ったでしょ？　いちおう前の日にできることはしておいたけど、やっぱり畑が無事か心配になっちゃってねぇ」

「なるほど」

「で、いったんお昼に解散した後、進さんも交えてうちのテレビを一緒に観たわね」

特に違和感はない。

「ありがとうございました」

三人で頭を下げると、私たちは節子さん宅を後にする。

「難しいもんだな」道に出るなり、そう言って馬場園が煙草を咥えた。

「ですね」と返しながらも、それが何に関する相槌なのか私はわからなくなる。事件の謎についてか、それとも集落の〝復活〟に対する旧住民の想いについてか。

「で、次は？」

「ここからなら、中井さんかな」と凪咲がその方向を指さす。

「じゃあそれで。ただ、時間的にも今日はいったんそこで打ち止めとしましょう。やらなきゃいけない別の仕事もあるし、いったん宿まで戻ろうと思うので」

「えー、白穂町の？　ヤバ面倒じゃないですか、それ。だったらいっそ『桃源』に泊まっちゃえばいいのに」

どうせ空いてるんだし、と銀髪をなびかせる彼女をよそに、私は天を仰ぐ。

時刻は、十五時半すぎ。いくぶん夕暮れの気配を漂わせ始めた青空には、先ほどの鷹の姿も、〝復活〟のシンボルと言うべきドローンの影も、どちらもない。

6

「あの日はなぜか寝付けなかったから、朝の四時ごろまで動画の編集とかコメント返しをしてたね。で、起きたのがたしか昼過ぎ。その後、そのまま長良尾川に沿って中流まで行ったな。たしか、家を出たのは十三時半前だったかと」

縁なし眼鏡の奥に光る鋭い目をにこりともさせず、中井さんは言った。

「中流まで行った？」

「うん。撮影のために」

中井佑さん、三十二歳――ドローンによる空撮などの動画投稿で人気を博す、映像クリエーター。東大の大学院にて機械工学系の修士課程を修了しており、神楽零士とは学部時代からの旧知。ドローンの技術開発研究にまつわる大学発ベンチャーのトップを在学中から数年にわたって務めた後、同社を某日系大企業に売却したのが今から五年前のこと。そのときの莫大な資金を携え、現在はここ奥霜里で悠々自適な〝隠居生活〟を送っている。とはいえ、決して集落の取組に無関心なわけではなく、むしろその姿勢は積極そのもの。巷では神楽零士の絶対的な「右腕」とも言われ、現に『フライヤー6』のサービス導入に際しては、彼のドローンに関する知見や人脈がフル活用されたのだとか。

――ああ、もちろんいいよ。寒いだろうし、中にどうぞ。

自宅前の車回しで薪割りに勤しんでいた彼は、不意に現れた私たちの姿を認めても表情一つ変えなかった。長身痩軀で、さっぱりとした短髪に縁なし眼鏡、やや尖り気味の顎。見た目も含め全体的にシャープな印象が強く、密かに私は彼のことを「カマキリ」と呼んでいる。

「撮影……というと、ドローンの？」

「そう、ドローンの。と言っても、イメージするのとはたぶん違うと思うよ」

「イメージと違う？」

「その日、俺が撮影に使ったのは水中用ドローンだから。世間ではどうしても空を飛ぶものってイメージが強いけど、必ずしもそうとは限らないからね」

「なるほど、知りませんでした」

「で、あの日はちょっと前に見つけた中流域の撮影ポイントまで行ったんだ。餌とか水温の関係かな、いつもヤマメの群れがたくさんいてね。シーズン的にも禁漁期だし、ドローンを水中に放り込んだとしても釣り人の邪魔をしてしまうことはないからさ」

説明に耳を傾けつつ、しげしげと室内へ視線を走らせる。

案内された居間は、なるほどたしかに日本家屋としての風情や情緒を存分に残してはいたものの、あまりに〝異様〟と言うべき様相を呈していた。というのも、棚という棚、床という床――奥の部屋ではあろうことか囲炉裏を取り囲む形で、無数のドローンが並んでいるから。

――つまり、切断された頭部は「個人所有のドローン」で霜里の安地のもとへ届けられたって寸法です。

脳裏をよぎる、あの日の馬場園の言葉。この集落でドローンと言われたら、まっさきに思い浮かぶのが彼なのは間違いない。が、それをもって「怪しい」と決めつけるのはさすがに安易すぎるだろうか。

「ん、どうしたの？」黙り込む私に、中井さんが首を傾げる。

「いえ……そう言えば、神楽さんとは大学時代からの仲なんですよね？」

慌てて作り物の笑顔をこさえると、話題を変える。

「うん。初めて話をしたのは、たしかアメフト部の新歓パーティーだったと思う」

「ああ、あれですね」

毎年、大学の食堂か何かを借り切りにして盛大にやっているやつだ。自分が新入生だったときも、クラスメイトの男子が連れ立って参加していたのをなんとなく覚えている。

「で、その場で零士はこんな面白いことを言ったんだ」

「面白いこと？」

「アメフトとラグビーの違いについて」

当然のように首を傾げる私たちに、中井さんはその意味を語ってみせる。

「――ね、変わってるだろ？」

「ええ、かなり」

「ただ、このとき確信したのも事実なんだ。こいつは本物だって。だからあいつが役人を辞めてここへ移住したって知ったとき、何か企んでやがるなってすぐにピンときたし、だとしたらその話に乗ってみるのは面白いかもしれないって、素直にそう思った」

「それが、中井さんの移住を決めた理由？」

「ってことになるね」

しかし、いっぽうで腑に落ちない点もあった。

――だから僕は戦術を変えたいんだ。

――この国の未来のために、ね。

神楽零士が新歓パーティーの場で発したというこの台詞——その実現のためには、こんな辺境の地とも言える奥霜里なんかへ移住するより、むしろ「戦術」の決定者たる政府に役人として身を置き続けるべきだったのではないだろうか。

そう感じたままに疑問を口にすると、中井さんは「たしかに」と顎を引いた。

「これはあくまで推測でしかないけど、たぶん間に合わないと思ったんだろうな」

「間に合わない？」

「自分が役人として戦術を変えられるほどのポジションにつく前に、この国は取り返しのつかないところまで行ってしまうって」

「なるほど」たしかに、それはそうかもしれない。

「零士がやってた『公務員くん』っていうアカウントがあるんだけどさ」

「銀二さんから聞きました」

「それを読む限り、やっぱりこの国は来るところまで来ていると思うんだ。連日のように役人は長時間労働を強いられ、国会対応やら議員レクやら地獄絵図。当然、現場に足を運ぶ時間なんて捻出できるはずもなく、実情と乖離した政策ばかりが乱立することになる。それどころか、劣悪な労働環境に耐えかねて優秀な若手がどんどん離職し、もはや人手不足による機能不全は不可避——だからこそ、堪らず『プレーヤー』として自らフィールドに飛び込むことにしたんじゃないかな」

ルールも戦術も変わらないうちにむざむざと「試合終了」の笛を聞くくらいなら、その苦境の中でも戦い抜ける、選手自身の〝あるべき姿〟を自ら模索するために。

「その覚悟は、零士の姿勢にも現れてるよ」

「姿勢？」

「あいつが掲げた、ただ一つのルール——『集落の再生を目指すにあたり、国の補助金は絶対使わない』ってやつ、たぶん一度くらいは聞いたことあるよね？」

「ええ、もちろんです」

「これだけ聞くと何やら響きがよくて、ともすれば理想論にすら思えてしまうかもしれないけど、その実、あいつは徹底したリアリストなんだ」

瞬間、脳裏をよぎる銀二さんのあの言葉。

――何より感銘を受けたのはそのドライさや。

ドライ、そしてリアリスト。

――晴山さんは、虫とか平気ですか？

初めて会った日にみせたあの人懐こい笑顔が「借り物」ということは、さすがにないだろう。あれだって、もちろん彼の偽らざる姿なのだとは思う。

でも、それだけじゃない。

少しずつではあるが、神楽零士という稀代の〝カリスマ〟の知られざる一面が浮き彫りになってきている気がした。

「どういうことですか？」

「国の補助金さえ使わないのなら、他のどんな手段にでも打って出るってことさ」

思わせぶりに言うと、中井さんはこの日初めてにやりと口の端を持ち上げる。

「陽菜子ちゃんは疑問に思ったことない？　いったいなぜ、こんな辺境の地で『フライヤー6』やら『スマイリー』やら、初期投資も含め馬鹿にならない費用がかかる諸々の事業が維持できているのかって。それも、国からの補助金もいっさいなしに」

たしかに、今までは〝所与のもの〟として受け入れてしまっていたが、言われてみるといささか不可解なのは間違いなかった。というのも、両事業の実質的な運営主体は帝国電気――日本屈指の大企業とはいえ、所詮は民間の一営利企業にすぎないのだから。

「彼らだって、ボランティアじゃないんだ。たとえどんなに〝社会的な意義〟があると言ってみたところで『はいそうですか』と何千万、何億という金を湯水のごとくつぎ込んだりするはずがない。それに、単なる実証実験程度ならともかく、人口規模から言ってもここが本格的な商用サービスの展開地域としていの一番に名前が挙がる場所とは、とうてい思えなくないかな？」

言う通り、せいぜい「霜里地区」の居住者は総勢四十名強。ましてや『スマイリー』に関しては霜里をサービスの対象地域とすらしていないのだ。その程度のごく少ないユーザーしか見込めない地域に、天下の大企業が、たとえ〝慈善事業〟の延長だとしてもいきなり白羽の矢を立てるのはやはり違和感がある。

「じゃあ、どうしてなんですか？」

「俺がスポンサーだからさ。機体や車体の製造費、それからシステム構築費なんかも、全部俺が拠出したんだ」

「は⁉」あっさりと返ってきた回答に、全身が硬直する。

いったいどれほどの初期投資が『フライヤー6』や『スマイリー』の導入に必要なのか見当もつかないが、少なくとも一個人が投じるには桁違いの金額だろう。

呆然とする私をよそに、中井さんは飄々と続ける。

「ただし、無制限にではないよ。零士が設定した上限額は五億——だから、三次元マップのデータ整備だったり、安定走行のための路面の改修だったり、多大なインフラ投資がかかる『スマイリー』については奥霜里しかサービス対象になってないんだけどね」

なるほど、事情はわかった。しかし、仮にそうだとしても。

「神楽さんはそれを良しとしたんですか？」

ややもすれば非難とも取られかねない口調で尋ねると、中井さんは「はて？」と小首を傾げてみせた。

「むしろ、なぜダメとする理由があるのさ。いいかい？　零士の決めたルールは『国の補助金に頼らない』という、ただその一点だけなんだよ？　それに、どこぞの資産家から事業のために金を引っ張って来るっていうのは、別にズルでもなんでもない」

「そうですけど」

「つまり、そこまですれば極限の過疎集落だって復活できるという事例を示すことにも意義はあるってわけさ。いままで誰一人としてこれほど徹底的な手段に訴えなかっただけであって、違法行為をしているわけじゃないんだから。そして、それを見た他の人たちが『ならば自分たちも』と思うか、それとも『さすがにそこまでは』と思うかは、それぞれの判断だ」

――だけど、それでいいと思うんです。

――大切なのは「０」ではなく「１」の実例があることだから。

それはそうかもしれない。いや、むしろまったくもって正論だと思う。

それなのに。

私の知る彼の後ろ姿が、なぜか陽炎《かげろう》の向こうへと霞んでいくように思えて仕方がなかった。


「――すみません、一点だけよろしいですか？」

それから少しして、おもむろにそう切り出したのは馬場園だった。

「あちらのトロフィーは、どういったもので？」

彼が顎でしゃくった方を見やると、なるほどドローンたちに紛れるようにして棚の端で金色のトロフィーが鈍い輝きを放っている。さすがは記者、目ざとい。

ああ、といくぶん表情を緩めると、中井さんは耳慣れない単語を口にした。

「馬場園さんは『バトル・オブ・ドローンズ』という競技をご存じですか？」

「いやぁ、すみません勉強不足で」

「その世界大会で優勝した時のものです」

世界大会？　優勝？　何者なんだ、この中井という男は。

「それはプレーヤー、つまり操縦者として参加されたということですか？」

「もちろん。昔からラジコンの類いは好きでしてね。院生のとき、研究室のメンバーと出場したんですよ。そしたらまあ、運よく世界チャンピオンに」

「ということは、ドローンの操縦に関してそうとう腕に覚えあり、と？」

ようやく質問の趣旨が摑めてきた。つまり馬場園は、ドローンの大会で世界一になるほどの操縦技術があるとすれば、どうにかして諸般の問題をクリアして空輸を実行できたのでは、と睨んでいるのだ。

「ええ。誰にも負けないと思います」

あっさりとそう言ってのけた中井さんの表情を〝不敵〟と表現するのは、さすがにいろいろなバイアスがかかりすぎていると言うべきか。

「かなりの自信でいらっしゃいますね」

「興味がおありなら、ネットで大会の動画を探してみてください。チーム名は『プレデターズ』——きっと、仰天されると思いますよ」

それは楽しみですなぁ、と何やら手帳に書き留める馬場園の隣で、私は沈黙を貫く。

ありえるだろうか。

神楽零士の大学時代からの旧知にして、絶対的な「右腕」——そんな彼が、この前代未聞で不可解すぎる殺人事件の黒幕《パトリシア》だなんてことが。そして、大親友である神楽零士を殺害するなんてことが。

わからない、でも。

他の住民たちとは、何かが違う気がするのも間違いない。

テーブルの下でこっそりスマホを引っ張り出すと、私は念のため正常に録音がなされていることを確認した。

◇

東京メトロ「国会議事堂前」駅の3番出口から外に出ると、首相官邸前の丁字路は夥しい数の人で溢れ返っていた。歩道の各所で幟《のぼり》やプラカードが掲げられ、太鼓やドラムが空に鳴り響き、拡声器を通じて誰かが何かを断続的に叫んでいる。

これ自体は見慣れた光景なのだが、ただ一つ、今までとはまるきり異なる点があった。というのも、参加者の多くが「若女」の能面を着用しているのだ。その特徴でもある、どこか虚ろで神秘的な微笑——それらが列をなして並んでいる光景は、不気味を通り越してもはや壮観と言うべきか。

「すみません」と頭を下げながら群衆を掻き分けるようにして中津瀬が進んでいると、不意に横から手が伸びてきて「はい」とチラシを渡された。

どうなっちまうんだ、いったい。

守衛に職員証を掲げ、ようやく内閣府合同庁舎の敷地へ身を滑り込ませると、つい今しがた渡されたチラシに視線を落とす。案の定、そこには「過疎対策関連予算・施策の完全撤廃」を声高に主張する文言が、これでもかというほどに並べ立てられていた。

十一月十一日。ドローン攻撃まで残り二十二日。騒ぎの起爆剤となったのは、一昨日の『週刊スクープ』――発行部数日本一にして、先日事件の詳細をすっぱ抜いた『週刊真実』とは永遠のライバル関係にある、そんな週刊誌が特報として掲載した「霜里に関する一連の記事」だろう。

そこに報じられていたのは、なんとも胸糞の悪くなる内容だった。

曰く、事の始まりは今から七年前。K市が打ち出した移住促進施策により、霜里にも何人かの移住者が立て続けに移り住んだ時期があったという。しかし、元来そこは「移住断固反対」を声高に唱える住民が多く、それからというもの移住者と旧住民間での小競り合いが相次ぐようになったのだとか。ゴミ出しを巡るトラブル、破壊された農機具、玄関に貼られた脅迫めいた文書、挙句はペット殺し――いまだ山言葉などの風習・因習が残るとされる寒村の閉鎖性やおどろおどろしさも相俟って、終始何とも言えない陰惨さが誌面からは迸《ほとばし》っていた。

とはいえ、多分に眉唾な部分があるのも間違いない。どこまでが旧住民の手で実際に行われたことなのか、今となっては証明も難しいだろう。しかし、そういった事情を承知のうえで、それでも見過ごすわけにはいかない〝ある事実〟が記事には書かれていた。というのも、その「移住反対運動」の急先鋒こそが、まさに任意同行を求められた例の七十代男性だというのだ。

これを受け、今まで燻っていた国民感情の一部が爆発したのは言うまでもない。

――神楽零士を殺したのは、そいつで決まりだろうが。

――警察は何やってんだ、即刻逮捕しろって。

ただ、いっぽうでそれに疑問を呈する声があるのもまた事実。

――《パトリシア》が七十代男性？　さすがにないでしょ。

――たしかに、動画をネットに上げられるとは思えないよな。

――いや、そもそもネットが何かすら知らないんじゃないの。

かなりの偏見であることは否めないが、中津瀬としても後者の意見には賛成だった。雨宮が疑問を呈してみせはしたものの、やはり本件は「共犯」で、奥霜里に潜む「もう一人」こそが主犯格であり《パトリシア》なのだろう。そう考えれば納得がいくし、ほかにありえないと思う。

だがここで問題なのは、その程度の次元の話で騒ぎが済まなかったことだ。

──そんな旧態依然とした集落なんか、滅びて当然では？

──〝彼女〟の言う通り、さっさと地方なんか見捨てたほうがいい。

例の宣戦布告以来、既に萌芽の兆しが見え隠れしていた《パトリシア》の思想に賛同する者たちの声。それらがたちまち、濁流のごとく世論を席巻したのだ。

──あたくし、ずっと疑問だったんでござんす。

──どうして東京など〝中央〟がお稼ぎになった大事な大事なお金を、この国は鄙びた場末の〝地方〟へせっせと注ぎ込んでおられるんだろうって。

雨宮が指摘した通り、おそらく〝彼女〟の最終目的が「地方交付税制度の撤廃」であろうことは、週刊誌やワイドショー、新聞の社説でも論じられ始めているし、その考えに諸手を上げて賛同を示す国民が現れるのはしごく当然と言えるだろう。年間十五兆円もの莫大な資金を、どうして復活の兆候が見えない地方へ投じ続けなければならないのか──その問いに対し、皆が納得する明快な答えを打ち出せた者は、いまだ誰一人として存在しないのだから。

そうして火が付きかけていた国民感情に、霜里の〝悪行〟という「油」が注がれてしまったことが、これほどの業火として燃え広がった最大の要因だろう。しかも、本件には「ドローンによる無差別攻撃」という要素すら加わっているのだ。これにより、本来であればわざわざ声を上げなかったであろう人々にも「攻撃の阻止」──つまり「人命の尊重」という〝大義名分〟が与えられてしまったことになる。

『国民の生命が最優先！』

『完全撤廃賛成！　完全撤廃賛成！』

『谷田部政権は、一刻も早く《パトリシア》の要求に応じよ！』

その結果、一部の国民はこうして官邸や国会前にて「過疎対策関連予算・施策の完全撤廃」を正面から求めるデモ活動へと至っているが、それとは異なる動きも別にある。

『これまでに〝彼女〟ほどこの国の未来を真剣に考えていた者はいたでしょうか』

『国民の皆さん、これは祖国を救う最後のチャンスなのかもしれません』

『救世主万歳！　愛国者万歳！　《パトリシア》万歳！』

SNS上で自然発生的に組織された『亡国教団』を名乗る団体——彼らは《パトリシア》のことを、あたかも〝真の救世主〟であるかのごとく信奉し始めたのだ。

ふざけやがって。

上昇するエレベーターの片隅で、中津瀬はぎりぎりと拳を握り締める。

とはいえ、これらに与する者の間にある主だった差異は「神楽零士殺害」を〝必要な犠牲〟として是認するかどうかだけで、当然ながらその思想の源流は一致していると見るべきだろう。

それは無論、国家の存続——すなわち、すべての地方都市の〝殲滅〟だ。

どうしたらいいのか、まるでわからなかった。

今でこそ、たしかに彼らの「刃」は〝諸悪の根源〟たる霜里へと集中している。が、その「切っ先」が自分の地元を含む全地方都市の喉元に突きつけられるのは、もはや時間の問題だろう。ましてや「次号にてさらなる衝撃の事実が⁉」なる煽情的な宣伝文句を『週刊スクープ』は謳っているのだ。どんな内容かはもちろん想像もつかないが、それが詳らかになったときに生じる混乱は、たぶん今回の比ではない気がする。

「おはようございます」

中津瀬が自席に鞄を置くと、正面の麻生が「おはよー」と返し、左前の上村が「うぃっす」と手を挙げた。左隣のあの男はというと、何やら腕組みの姿勢で目を閉じたままバランスボールの上にて静止している。

「どう、ちょっとはゆっくりできた？」

伸びをしながら、麻生が尋ねてくる。

――明日は、社長出勤でいいよ。

昨夜、思いがけずこんなことを言って寄越したのは雨宮だった。

気遣い、などという発想を持ち合わせている人間だとは思っていなかったのでかなり面食らったが、その言葉が大変にありがたかったのは間違いない。というのも、既にその時点で十一連勤――しかも、連日深夜まで残業した挙句のタクシー帰りとあっては、もはやまともに業務をこなせる状態ではなかったから。

「ええ、助かりました。雨宮さんのおかげで――」

そう中津瀬が口にした瞬間だった。

ワイヤレスイヤホンを耳から外したその雨宮が、不意にデスクの電話の受話器を取り上げる。なんだろう。

咄嗟に麻生と顔を見合わせるが、彼は「さあ」と肩をすくめてみせるばかり。

「たぶんわかった」

名乗りもせずにいきなり本題へ入る雨宮――ということは、おそらく向こうの携帯にかけているのだろう。となると、相手は一人しか思いつかないが。

「ああ、まず間違いない」

間違いない？　何が？

眉間に皺を寄せようとした中津瀬は次の瞬間、彼の放った言葉に絶句する。

「犯人は中井。その確率、およそ九十五パーセント」

7

「それでは、雨宮くんが言い当ててみせた中井佑こと《パトリシア》の最有力候補に関する情報を整理しましょうか」

そう言うと、馬場園はいつもの黒革の手帳を取り出す。

十一月十一日、十七時三十五分。場所とメンツはこれまで通り。あいつから「犯人は中井」なる衝撃の電話をもらったのが、今から四時間半ほど前のこと。

――は、どうして？

当然の疑問としてまっさきに問うてみたが、あいつは特に理由も言わず「あの記者に確認してみてくれ」の一点張り。指示通りしぶしぶ馬場園に連絡したところ、たまげたように「夕方には向かいます」と言われ、そのまま今に至るというわけだ。でも――

いったい、何が決め手だったのだろう。

翌日以降も住民への聞き込みを続けた結果、不在だった黒飛寿さんと門前払いを食らった末宗さんを除く全員から話を聞くことができたし、そのときの模様はすべて録音のうえあいつと共有している。聞いて回った印象として、もっとも「何か」を感じさせたのが中井さんだったのは間違いないものの、特に何か嘘をついている様子もなかったのは事実だ。念のため確認してみたが、たしかに事件当日の午前四時ごろ、彼の動画投稿チャンネルのコメント欄に彼本人のものと見られる書き込みがあったし、午後になって長良尾川の中流域を目指したというのもたぶん本当だろう。

そういうわけで、何度そのときのやりとりを聴き返してみても、あいつがこのような断定に至った根拠は何一つわからなかった。彼がドローンに詳しいからだろうか、と一瞬よぎったりもしたが、そんなのは話を聞く前からわかっていたことでもある。

つまり、あいつはあの日の会話だけから何かを察知したのだ。

「中井佑、三十二歳。東京都出身。都内の私立男子校である開嶺《かいれい》学園中学・高等学校を卒業した後、東京大学理科三類に現役合格。進学振り分けを経て同医学部へ進むも、三年次の途中で工学部へと転学。よって、最終学歴は東京大学大学院工学系機械工学修士課程修了ということになります」

『医学部から転学？　変わってますね』

「ええ、珍しいパターンなのは間違いないでしょう」

馬場園とあいつのやりとりを聴きながら、たしかに、と私も頷く。

東京大学理科三類——言わずと知れた、我が国の大学受験における理系の最高峰。そこに合格した者は、二年間の教養課程を経た後に実施される進学振り分けにて医学部へと駒を進めるのが一般的だ。つまり、三年次の途中で転学となると、医学部には数か月しか籍を置いていなかったことになる。

「そんな彼ですが、研究室からそのままスピンアウトした大学発ベンチャー『アビオット』の代表取締役ＣＥＯを院生時代から務め、同社を帝国電気へと売却したのが今から五年前のこと。そのときの価格や条件などはいっさい非公開ですが、おそらく二桁億円以上の金を手にしているのはまず間違いないかと」

「え、帝国電気？」

「そうなんです。奥霜里にてドローン事業を運営し、かの『フライヤー６』の製造元でもある帝国電気――何か臭いますよね」

具体的にどう、と問われると返す言葉はないが、文字通り「何か臭う」気がしたのは事実だ。

『その大学発ベンチャーとやらは、主に何を研究していたんでしょう?』

「大雑把に言えばドローンにまつわる技術全般となりましょうが、中でも最大の強みとされているのは、どうやら『飛翔体の姿勢制御』に関する研究だったようです。詳細は調査中なので、何かわかったら追ってお伝えします」

そう言われても、わかったような、わからないような、という感じだ。それが「頭部の空輪」に際して必要となる技術なのかどうかも、今はまだ何とも言えない。

「彼の言っていた『バトル・オブ・ドローンズ』についても調べてみましたが、なるほどたしかにエンタメとしてかなり面白いのは事実ながら、今回の事件との関連性という意味では保留、とするべきかと」

そこまでいっきに捲し立てた後、さて、と馬場園が居住まいを正す。

「ここからは、ネタバラシ――つまり、なぜ警察が彼を『殺害の実行犯』にして《パトリシア》であると断定していたかの論拠に移りますね」

「お願いします」

「まず、神楽零士の死亡推定時刻とされる十時から十一時までの間にアリバイがない、というのも当然あります。が、それは別に中井だけに限った話じゃない。となると、最大のポイントはやはりそれ以降の彼の動きです。つまり」

十三時半前に家を出て長良尾川の中流域を目指したという、あの行動のことだ。

「そもそも事件の日、集落の外へと出る行動をとっていたのが彼だけという点は、何を差し置いても注目に値するでしょう。以前お伝えの通り、奥霜里に居ながらにしてドローンを霜里へと飛ばすのが現実的に困難と思われる以上、犯人はどこかの時点で必ず集落の外に足を運ぶ必要があったことになりますから」

「だけど――」

「言いたいことはわかりますよ。だとしても、霜里周辺の雪上半径二キロにわたって人のいた痕跡がなかったうえ、ドローンの目撃情報が皆無――これらについては、いまだに謎と言うべきです。ただ、他の住民が誰一人として集落を出ていないことを踏まえると、まずもってこの点だけで彼が容疑者候補として一歩リードなのも間違いありません」

　しかも、と馬場園はページをめくる。

「他の住民の供述と、若干の食い違いがあります」

『食い違い？』

「中井が長良尾川へ出る際に通ったと主張するルート沿いには、うなぎ養殖用のビニールハウスが並んでいるんです。彼が当日履いていたとされる靴と同一の足跡が雪上に残されていたことから、この道を通ったのは間違いないものの、いっぽうで十三時四十五分頃までビニールハウスで作業中だった我妻進は誰の姿も目撃していない」

　なるほど、たしかに。

　ここから長良尾川へ出るには、集落の中ほどから森へと伸びる「獣道」とでもいうべき未舗装の道を下っていくのが自然な経路だ。そして、その途中の空き地には馬場園の言う通り、進さんが手塩にかけて育てるうなぎたちの寝床が並んでいる。道から五メートルほどの位置だろうか。いずれにせよ、かなりの至近距離には違いない。

「もちろん、作業中ずっと道に目をやっていたわけではないでしょうし、単に見逃しただけという可能性は多分にあります。とはいえ、現地でも確認しましたが、ハウスに使用されているビニールは割と透明度が高い。少なくとも、誰かが近くを通りかかったとしたら人影くらいは目にしていると考えたほうが自然なのも事実です」

『つまり、中井は行動時刻について嘘の供述をしている可能性がある』

その通り、と馬場園が頷く。

「しかし警察が確認したところ、たしかに事件当日、彼が長良尾川の中流域付近にいたことも疑いの余地はない。というのも、その日撮影された動画に炎上した『スマイリー』のもとへ急行する消防車のサイレン音が入り込んでいるからです。時刻にすると、およそ十六時半前後ということになるでしょうか」

「いや、待ってください。だとしたら、おかしくないですか？」

なぜなら、あの日『スマイリー』が緊急停車した位置は、白穂町から奥霜里へと続く山道のちょうど真ん中あたりのはずだから。ここから直線でもたぶん五キロちかくあるし、まして山道と並行に流れる長良尾川沿いに移動したとなると、それ以上の距離を歩いたことになってしまう。サイレンの音がどこまで聞こえるかという問題はあるものの、少なくとも奥霜里へはまったく届かなかったと断言できる。よって、彼がその時点で『スマイリー』の停車位置からそう遠くない場所にいたのは間違いない。

いっぽうで、神楽零士の胴体を搭載した『スマイリー』が奥霜里を発ったのは十四時五十分過ぎ。そして、その際に犯人は現場でアプリから発車指示を出しているはずなのだ。つまり先の中井さんの供述が虚偽で、実際は『スマイリー』を発車させた十四時五十分以降に集落を後にしていたとしても、たった一時間半やそこらで撮影ポイント、それもサイレン音が動画に混じってしまうほどの地点まで移動できたとは、にわかに信じがたい気がするのだが。

私がそう力説し終えた瞬間、すぐさま口を開いたのはあいつだった。

『いや、そうとは限らない』

くそ。マジか。

本来、犯行が可能である方向へと話が進むのは喜ぶべき話であるはずなのに、ここでも「それならよかった」と素直に思えないのが情けない。

「どうして？」

『中学受験でやっただろ』

「は？」

『時速八キロで進む船が、時速四キロで流れる川を三十六キロ下るのに何時間かかるか。まさか解けないなんて言わないだろうな？』

一言余計なんだよこいつは、と胸の内で毒づきつつも、なるほど意味は分かった。

今回使うのは「流水算」――つまり「ゴムボートか何かに乗ったのでは」とあいつは言いたいのだ。そうすれば「移動速度＝川の流速以上」ということになる。長良尾川を「激流」と表現する者はいないだろうが、かといって決して緩やかな「大河」というわけでもない。その流速なんぞもちろん知る由もないが、もし流れにただ身を任せるだけだったとしても、当然のごとく人の足の何倍もの速さにはなりそうに思える。

「雨宮くんの言う通り、そうすれば可能だというのが警察の見解になります。また、過去に投稿されていた動画から、中井がアウトドア用のゴムボートを所持していることもわかっている。彼の供述によると『撮影地点までは雪の積もっていない川の浅瀬に沿って徒歩で向かった』とのことですが、当然鵜呑みにはできません」

『だとしても、変ですけどね』

「変？」

『ボートに乗ればその行程が物理的に可能ってことくらい、少し考えれば誰でも思いつくじゃないですか。ならば、それはアリバイを作ることに何ら寄与しない』

思いつかなくて悪かったですね。

とはいえ、やはりあいつの指摘はここでも的確だった。

だとしたら、なぜ中井さんは川を下ったのだろう。まさか、本当にヤマメの群れを撮影するためだったとでも言うつもりか。

『それに、もう一つ確認しておきたいことがあります』

「なんでしょう？」

あいつがそう言ってのけた瞬間、馬場園が「ほう」と眉をあげてみせる。

『ということは事件当日、奥霜里と集落の外を行き来する足跡は合計二本残されていたということでよろしいですか？』

何やら推理小説じみてきているが、残念ながらここでもその質問の意図がわからなかったと白状するしかない。

さすがですね、と呟きながらページを戻った馬場園は、その問いにすぐさま答えてみせる。

「残念ながら、違います。残されていたのは往復一本ずつです。前回は言いませんでしたが、奥霜里も霜里とほぼ同様、周辺の半径二キロにわたって人が出入りしたと思しき痕跡は、その一往復以外にいっさいありません」

『それはおかしいですね。だって――』

そうすると、中井はドローンの空輸のために集落を出ていないことになるから。

「おっしゃる通り。警察が頭を抱えているのはまさにそこです。つまり、ドローンの空輸のために集落を出るとしたら、頭部が霜里にてボックスに搭載された十三時十三分より絶対に前でなきゃならない。しかしそうすると、その後いったん集落へ舞い戻って『スマイリー』を発車させる必要が出てきてしまう。そして、再び長良尾川沿いを下流に向かったのだとすれば――」

『足跡は、往復で二本ずつ必要になる』

なるほど。たしかに、言われてみればもっともだ。そもそもそんな手間をかけてまで集落と外界を往復するのも違和感はあるが、仮にそれを認めるとしたら、あいつの言う通り足跡は往復で二本ずつ無ければ計算が合わない。

「さらに付け加えるなら、白穂町から奥霜里に至るまでのどの地点においても、除雪済みの山道から雪の降り積もる山中へと誰かが分け入ったような形跡は、ただの一つもなかったとのこと。つまり、一度目と二度目で経路を変えたという可能性もこれで完全に否定されてしまう」

まさに指摘しようと思った点を即座に却下され、開きかけた口を閉じる。馬場園が言及したのはあくまで奥霜里周辺二キロ圏内なので、その範囲外の山道上から霜里なり長良尾川なりを目指した可能性もあるのではと思ったのだが、残念ながら違うみたいだ。そうなると、やはり中井さんが集落の外へ出たのは一度だけだったと考えるしか――

いや、違う。

もう一つだけ、可能性があるじゃないか。

「その浮かない顔を見るに、晴山さんはご懸念をお持ちのようですね」

問いかけで我に返った私は、思わず言葉に詰まらざるを得なかった。

「ここ奥霜里に、もう一人『共犯』がいたら可能だと言いたいのでしょう？」

「その通りです」

そうすれば、足跡の件にも何ら問題なく説明がついてしまう。

「でも、ご安心を。当然その点は警察も考慮していますが、そのうえで中井の単独犯だという見方が圧倒的優勢とのことですから」

「といいますと？」

「大前提として、仮に『共犯』がいるとしたら、彼もしくは彼女が担ったのはドローンによる空輪ではなく『スマイリー』の発車のほうとなる。この点についてはご同意いただけますね？」

「ええ、もちろん」

仮に「共犯」がいたとしても、集落を出る必要があるのはドローンによる空輸のほうなので、こちらが中井さんの「担当」になることは論を俟たない。

「そこで効いてくるのがお待ちかねのアリバイ——十四時五十分の『スマイリー』発車時刻は、例の特番のおかげで所在が明確な人物が多いんです。例えば、黒飛佳奈美と稲村節子、我妻進の三者は一緒にテレビを観ていたことがわかっています。同じ理由から、南光院夫妻とそこのお嬢ちゃんも候補から外れる。また、こちらは後できちんと説明しますが黒飛寿だって対象外。つまり——」

「あとは私と琴畑くん、そして末宗さん」

「なのですが、晴山さんと琴畑直人もありえないんです」

「どうして？」とその私が聞くのも変な話だが、疑問なのは間違いなかった。あの日は誰にも会っていないし、アリバイの証明など不可能なはずだが。

困惑を愉しむかのようにしばし間を置いた後、おもむろに馬場園は答えを口にする。

「雪です」

それを聞いた瞬間、あまりのあっけなさに肩の力が抜けてしまった。

「今のお二方に関しては、自宅から外に出た形跡がいっさいなかった。もちろん、晴山さんに関しては『フライヤー6』から荷物を受領する際に庭へ出ておいでですが、自宅周辺に残っていたのはそのときの足跡のみ。よって、この二人も対象から除外されます」

危なかった。

というのも、熱を出していなければ玄関前の雪かきをしていたはずだから。そうしたらずっと自宅にいたことの証明ができなくなり、この時点で「共犯」の最右翼とされていた可能性すらあったことになる。

「末宗清に関しては自宅前の雪かきが為されていたため、この点をもってしても候補から外せないのですが、それでも警察はまずありえないと踏んでいます」

「なぜ？」

「頑なに『フライヤー6』も『スマイリー』も利用しない彼が、アプリから発車指示を出せたとは思えないから」

「ああ……それは、そうでしょうね」

「よって、単独犯であることはほぼ確実と言えます」

そこまで言い切った後、では、と馬場園は画面に向き直る。

「やや話が逸れたので元に戻しましょう。先の『足跡の本数』など諸々の疑問はありつつも、それでもやはり中井が限りなくクロに近いという点は動かない」

『同感です』

「前回のミーティングで『事件発生以降に集落の外にいた瞬間がある人間は住民のうちたった二人』とお伝えしたかと思いますが、そのうちの一人は当然のように中井です。事件の二日後である十一月二日から動画が投稿された四日まで、関東地方に滞在していたことがわかっています」

「何のために？」

「中高時代の友人に会うのと、千葉の幕張メッセにて開催されていたドローン関連の展示会に足を運ぶためです。どちらについても裏付けはとれているものの、当然ながら足取りが不透明な時間帯もある」

「つまり、そのときに撮影を行った?」

「そう考えるのが妥当でしょう。なお、先ほど『後で説明する』と申し上げましたが、中井以外に集落の外にいた瞬間があるもう一人というのが黒飛寿です。ただ、彼は十月二十九日、すなわち事件の二日前から十一月五日まで大阪周辺にいたことがわかっている。要するに――」

「そんな寿さんが、殺害を実行するのは絶対に不可能」

「これこそ、警察が〝最重要人物〟として中井をマークする最大の理由になります」

違和感はない。

それどころか、もはや確定としか思えなかった。事件当日の不可解な行動に加え、事件後に関東地方にいたという事実まであるのだ。つまり、あとは彼が犯行を行ったという確たる証拠を挙げるだけ。そして、それこそが立ちはだかる最大の障壁――

「だけど、動機は?」ここだけがどうしても腑に落ちなかった。

奥霜里の〝復活劇〟において「右腕」と呼ばれるほど尽力してきたはずの男が、いったいどうして、すべての地方都市殲滅という過激思想を持つに至ってしまったのか。そして何より、そのために大学時代からの親友を殺害などするだろうか。

「たしかに、そこは気になるポイントですね」

とはいえ、動機の解明よりも今この瞬間、最優先すべきは犯人の身柄確保――やや煮え切らないながらも、それについて異論などあるわけがなかった。

すると、画面のあいつが痺れを切らしたように口を開く。

『時間もないので、二点だけ。まず、一点は馬場園さんへのお願いです』

「なんでしょう?」

『例の特番とドローンのデモ飛行が行われる日時は、いつの時点で決まっていたのか――これについて調べていただけませんか』

まったくもって意味がわからなかったが、それを聞いた馬場園は愉快そうに眼鏡のフレームを押し上げてみせた。

「いやはや、さすがの着眼点ですね。そして、それについては既に調査済みです」

話が飛躍しすぎていて、まるで理解が追い付かない。

「半年以上前から、十月三十一日というセンで調整されていたと聞いています。というのも、その日は『フライヤー6』のサービス開始三周年に当たるから。番組内でも、その旨の紹介があったかと思いますが？」

そう水を向けられた瞬間、はたと思い出す。たしかに番組が生中継へと遷移した際、現場入りしていたリポーターがそんなことを口にしていたが、それがいったいどうしたというのだ。

「ええ、たしかにあった気がします」

ですよね、と頷いた馬場園はこう続ける。

「なお、デモ飛行をその〝記念日〟に実施することを提案したのも、その模様を番組で中継するよう進言したのも、いずれも神楽零士と共に打ち合わせへ出席していた中井とのことです」

『なら、なおさら決まりですね。彼は早い段階でそれらの日時を知っていたんだから、そこから逆算して六十一日前に動画を投稿することができたことになる』

なるほど、そういうことか。

あいつが言っているのは、一つ前の動画――つまり、最初に《パトリシア》が政府へと要求を突き付けたときのことなのだ。

「おっしゃる通り。それも、警察が彼をマークする所以の一つです」

『よくできてますよ。つまり、これによって中井は二つのことに成功してみせたわけですから』

「二つのこと？」

『要求からちょうど六十一日目に、ありえないほど猟奇的で不可解な殺され方をした神楽零士の遺体が発見されるというセンセーショナルな演出と、その他の住民を番組放映時刻にテレビの前へ釘付けにする、という二つです』

納得すると同時に、背筋がうすら寒くなる。

どれだけ周到だというのだ。それも、たった一人の命を奪うためだけに。

そんな私をよそに「ところで」と馬場園が小首を傾げる。

「時間もないので二点とおっしゃいましたが、もう一点は？」

『例の、霜里付近の雪上に人がいた痕跡がないという件についてです』

「というと？」

『いっさいの痕跡を残さずに霜里に接近する方法が一つあるじゃないですか』

なんだと？

「なるほど、そっちも気付いていましたか」

『ええ、地図を眺めていたらわかりました』

「どうやって？」と堪らず口を挟む。

「晴山さんは、先日の簡易地図を覚えておいでで？」

「ええ、もちろん」

「それを思い出せばわかりますよ。たった一つだけ方法があることに」

「どんな？」

「ヒントは、長良尾川の本流と支流——例の『奥霜里ルート』と『霜里ルート』にパラレルで流れている、あれです」

その瞬間、脳内でパッと電球が灯る。

「まさか、川の中を移動したとでもいうんですか？」

イエス、と馬場園は手帳を閉じる。

「もちろん、両者は川幅が極めて狭いうえ、そこかしこに大きな岩が転がっているためボートは使えません。なので『岸辺沿いの浅瀬を歩いて』ということになるでしょうが、それなら理屈上は可能なんです。なぜって、川の流れがあるせいでそこには雪が積もっていないから。だとすれば、たしかに雪上には何ら痕跡が残らないことになります。そして川底は砂利なので、当然こちらにも足跡など残りようがない」

『しかも、地図で見る限りもっとも支流と霜里が近接する地点で、その距離およそ三百メートルといったところでしょうか』

「それもおっしゃる通り。十分にドローンを飛ばせる距離と言えます」

「でも、そんなこと――」

時間的に可能だろうか。

つまりこの説でいくと、神楽零士の頭部と輸送用のドローンを持参した中井さんは、次のような行動をとったことになる。

まず、例の「獣道」を通って「奥霜里ルート」と並行に流れる本流へと出ると、そのまま「県道」の分岐点まで下った後、今度は「霜里ルート」に沿って流れる支流を一路上流へ。そして、霜里付近の川べりからドローンを集落へと飛ばすのだ。奥霜里・霜里間は道沿いにおよそ五キロなので、移動距離はそれとほぼ同じとみていいだろう。すると、往復で十キロ。彼がどれほどの健脚の持ち主か知らないが、少なく見積もっても二時間は絶対にかかるはず。いや、浅瀬とはいえ水中を行くわけだから、たぶんそれでは済まないに違いない。でも、たしかに――

『足跡の問題など諸々の件を忘れるとすれば、物理的には不可能じゃない。仮に往復で三時間と仮定しよう。神楽零士の死亡推定時刻は、早くて十時頃。頭部の切断に三十分、その後三時間かけて奥霜里・霜里間を往復。途中、ドローンによる空輸に準備を含め三十分かかったとしても』

十四時五十分の『スマイリー』発車時刻までには、余裕をもって集落へと帰ってこられる計算になる。

「ですが、残念ながらそうは問屋が卸さない」

ここで思いがけず冷や水を浴びせてきたのは馬場園だった。

『なぜ?』

「その日、中井は十三時十一分に自宅の庭で『フライヤー6』から荷物を受領しているからです。つまり、いまの一連の行動を三時間以内でこなす必要がでてくる」

『なるほど、でも――』

「絶対に不可能とは、たしかに言い切れませんね」

馬場園の歯切れが悪くなると同時に、部屋には沈黙が降りてくる。

と、その瞬間。

「なら、やってみようよ!」

そう声を上げたのは、これまで地蔵のごとく黙《だんま》りを決め込んでいた凪咲だった。

「やってみる?」と不審そうに馬場園が首を捻る。

「本当に無理なのかどうか。もちろんドローンとか頭の切断とかは試せないけど、霜里まで行って帰って来るだけなら私たちにもできるわけだし」

能天気ながらも本質を突いてみせるその提案が、やや膠着しかけていた場の空気に再び火をつけたのは間違いなかった。

「なるほど、それは面白いかもしれませんね。いや、どうせならボートのほうも試してみましょうか。それでこそ、まさに〝足で稼ぐ取材〟です」

でしょ、でしょ、と得意げに舌先のピアスをちらつかせる凪咲へ微笑んでみせた後、馬場園は「さて」と言って背筋を伸ばす。

「とはいえ、もちろんまだまだ越えるべきハードルは多い。これまでに挙げたことのほかにも、例えば安地和夫に関する問題だってあります」

「安地和夫の問題？」気を取り直した私に、馬場園は「ええ」と顎を引く。

「事件当日、彼が『フライヤー6』から荷物を受領するほんの数分前――頭部をボックスに投げ込んだとされる時刻の直前まで、隣家の雪かきを手伝っていたことがわかっていますし、それとは別に、どうやって事前に中井と連絡を取り合ったかという疑問もある。というのも、彼は携帯電話を所持していないうえ、自宅の固定電話の通話記録も家族とのものしかないためです」

「そうなんですか⁉」

「加えて、霜里で中井の姿を見かけたことがある住民も皆無。なのに、いかにして『頭部の受け渡し』を実現したのか。これらが謎として立ちはだかっているうえ、当然のごとく本人も事件への関与を否定しているため、警察はいまだ逮捕に踏み切れない」

なんてこった。

これまで完全に意識の外にあったが、当然そちらの件だって考えないわけにはいかないのだ。言う通り、越えるべきハードルは多い。いや、気が遠くなるほどに多すぎるというべきだろう。

だけど――

やるしかない。

そして、それはもはや〝晴山陽菜子〟としての箔がどうこうとか、そんなくだらない矮小な次元を優に超越していた。

『国民の生命が最優先！』『完全撤廃賛成！　完全撤廃賛成！』『谷田部政権は、一刻も早く《パトリシア》の要求に応じよ！』――昼のワイドショーで報じられた官邸前のデモの模様は、まざまざとこの目に焼き付いている。各所で掲げられたプラカード、がなり立てる拡声器、そして歩道に並ぶ「若女」の妖しげな微笑。国家の辺境で《パトリシア》が熾してみせた〝火種〟は、いまや全国へ刻一刻と燃え広がりつつあるのだ。このまま放置したら、やがてすべての地方都市を遍《あまね》く焼き尽くさんばかりの勢いで。

「覚えていらっしゃいますか？　以前、この部屋で『この事件には国の未来が懸かっている』と申し上げたことを」

「もちろんです」

「ああ言ったのは、あの時点で今回の黒幕が《パトリシア》だと予想できていたからなんです。記事には書きませんでしたが、メッセージに残されていたのが〝必要な犠牲〟という文言だと知った時点で、確信しました。その意味も、何もかも」

「そうだったんですね」

「結果的にそれは的中していましたが、予想外だったのは激烈さと深刻さです。というのも、一昨日『週刊スクープ』が報じた例の記事により、いっきに世論の一部が《パトリシア》支持へと傾こうとしている。もちろん、そこには『ドローンによる無差別攻撃』という目先の危機に対する問題意識があるのも事実でしょうが、いっぽうで、我々が思っている以上に〝彼女〟の思想そのものへ賛同を示す国民は少なくない」

そして、それについては頷ける部分もあった。なぜなら、私も含め誰もが「答え」を見つけられていないはずだから。その証拠に、いまだ誰一人として〝彼女〟へ有効な反論を叩きつけることができた者はいない。となると、そうこうしているうちに「むしろ《パトリシア》は正しい」という方向へ主義主張の舵を切る者が現れるのも、ある意味当然の流れと言えるだろう。

「おそらく『週刊スクープ』としては、ライバルである我々『週刊真実』に事件の詳細報道で水をあけられ、忸怩たる思いがあったはずです。だからこそ、それとは違った切り口で事件を報じることにしたんでしょうが――」

　まあそれはいいとして、と馬場園は眉を顰める。

「まず間違いなく、次号で報じられるのは例の『小火騒ぎ』についてかと思われます。そうなったら、どれほどの〝敵意〟が霜里――いや、すべての地方都市に向けられることになるかは、はっきり言って想像がつかない」

　生唾を呑み込み、手のひらに滲み始めた汗をズボンで拭う。

　これも馬場園の言う通りだった。もしも来週あの件が世に出てしまったら、きっと騒ぎはこの程度じゃ済まなくなる。

「加えて、今や『亡国教団』なる不穏な連中まで現れる始末なんです。もちろん、現時点では何も具体的な行動を起こしていませんが、その過激化した一部が〝彼女〟に追従する形でテロ行為に及ぶ可能性だって否定できないと、個人的には危惧しています」

「そんな――」

「まさに、我が国始まって以来となる前代未聞の有事と言うべきでしょう」

　だからこそ、と馬場園は私たちと画面を交互に見やる。

「あらためてお伝えします。この国の未来――この事件には、それが懸かっていると」

　すべての国民が、好きな場所で思うままに生きる。そんな豊かな国家を維持すべく、神楽零士はここ奥霜里の地から〝希望の灯〟を灯してみせた。

けれどもいまこの瞬間、私たちの眼前に突きつけられているのは、彼が思い描いていたものとは真逆の未来なのだ。

「たしかに、〝彼女〟の主張がまったくの見当外れとも言えません。このまま無策に地方への予算投入を続けても遠からずして限界が来るのは明らかですし、そのこと自体は残念ながら認めざるを得ないでしょう。でも――」

『その動機はさておき、神楽零士を殺害のうえドローンによる無差別攻撃を予告してみせた時点で、やつは過激な〝思想家〟から、ただの卑劣な殺人者でありテロリストへと成り下がった』

おもむろに続きを引き取ったあいつへ向け、馬場園はこの日一番の首肯をしてみせる。

「その通り。だから、いっさい躊躇う必要はありません」

死に物狂いで、何としてでも無差別攻撃のタイムリミットまでに中井さん、いや、中井こと《パトリシア》の犯行を証明する。

すべては、この国の未来のために。

犯人の独白（3）

「そういや、きっかけはなんだったの？」

夜行バスの窓側のシートに腰を落ち着けると、おもむろに神楽零士は質問を投げかけてきた。

「きっかけ？」

「医者を志そうと思った、最初の」

彼の右隣、つまり通路側の座席に陣取ったわたしはふと、たしかにその話をしたことはなかったなと気付かされる。アメフト部の新歓パーティーで出会い、かれこれ二年の歳月が流れようとしているというのに。

二月下旬、大学二年の春休み。この日わたしたちは、秋田県中部の山中にある南栗津田村《みなみあわつだ》という集落を目指すべく、夜行バスに乗車していた。その地を訪れるのは、今回で三度目になる。

――なあ、これ見てよ。

大学の食堂で、そう言って神楽零士がスマホの画面を向けてきたのは、およそ一年半前のこと。そこに表示されていたのは「ＮＰＯ法人むらおこし」なる団体のＨＰだった。

――限界集落の支援をしてるんだとさ。

限界集落――人口の五十パーセント以上が六十五歳以上の高齢者になり、冠婚葬祭などを含む社会的共同生活や集落の維持が困難になりつつある集落、というのがその定義になる。ＨＰの説明に目を通した限り、どうやらこの団体はそういった集落を対象に年間を通じてボランティア派遣を行っているようだった。道普請や夏場の草刈り、そして冬場の雪下ろし。ただし、その目的は単に

「手伝い」をすることではなく、こうした活動を通じて地域社会への興味・理解を深めた若者の地方移住を促すことにあるらしい。

——知っておくべきだと思わない？

それはもちろん、この国の未来のために、という意味だろう。

サークルや部活へ所属するでもなく、もっぱら彼とつるんでばかりいたわたしに断る理由などあるはずもなかった。自分が地方へ移住している将来像なんてまったく想像がつかなかったし、たぶんそんな未来は来ないだろうと確信もしていたが、生まれて此の方東京の暮らし以外知らないとあって、なんとなく面白そうに思えたから——そう、要はただの〝暇つぶし〟だ。

そんなわけで昨年の夏、わたしたちは初めて南栗津田村の地を踏むことになった。そして、なんだかんだそのときの経験に魅せられてしまった結果、こうして同団体のプログラムを利用して三度その場所を訪れようとしている。

「きっかけは小学三年生のとき。ばあちゃんが癌で亡くなったんだ」

わたしがそう答えると、神楽零士は「ああ」と目を伏せた。

「ありがちと言えばありがちだけど。でも、亡くなる一か月くらい前に病室で交わした会話が、いまだに忘れられなくてさ」

「会話？　どんな？」

掻い摘んで説明すると、しばし腕組みの姿勢を貫いた後、やがてポツリと神楽零士は呟いた。

「そのおばあちゃんの言葉、深いね」

「深い？」

「つまり、それはこんなふうに換言できると思うんだ。〝生死が懸かった場面では、それ以外のことは些事に過ぎない〟——客室のシャワーの不具合も、味に改善の余地がある宇宙食も、腐りかけた足の爪も」

「まあ、そうだな」

「そしてそれは、限界集落もまた然り」

始まったぞ。

そう思ったものの、特にあの日のような驚きや困惑はなかった。出会いから二年――幾度となくこうした場面に出くわしてきたが、彼の口から語られる話はいつだって示唆に富んでいるうえ、それに耳を傾けていると彼の目に映る〝世界〟の一端が自分にも垣間見える気がして、いつしか胸が躍るようにすらなってしまっていたから。

「だって、そうなるよね？　国家そのものの〝生死〟が懸かっているというのに、どうして限界集落ごときを救う必要があるんだって」

「たしかに」

「しかもここで問題なのは、国のほうの〝癌〟にはいまだ有効な治療法がないこと」

「さらに言えば、それが〝癌〟であることにさえほとんどの国民は気付いていない」

それもその通りだね、と頷きながら神楽零士は窓外に視線を向ける。

「だけど、欲張りかな？」

「欲張り？」

「癌の治療をしながら足の爪も一緒に治せたら、なんて思ってしまうのは」

どうなんだろう。

わからない、でも。

「その方法を探すために俺たちはいま、こうしてバスに乗ってるわけだ」

思いがけずこぼれ落ちたその言葉に、我ながら苦笑しそうになる。元はと言えば〝暇つぶし〟程度に参加しただけで、その思いが特段変わったわけでもなかったが、なぜかこの男の傍にいると、こんなきざな台詞が勝手に口を衝いて出てしまう。そしてそんな自分のことが、実を言うとそれほど嫌いでもなかった。わたしもまた、大勢の人が行き交うスクランブル交差点の中心で、彼と一緒になって空を見上げている気になれるから。

「たまにはいいこと言うね」

「たまには、ってなんだよ」

顔を見合わせて笑うわたしたち。

特有の倦怠感で満ちた夜行バスに、まだまだ発車する気配はない。

「逆に、零士は？」

それから少しして、わたしは尋ねてみることにした。

「初めて東京に出てきて、どう思った？」

深い意味を込めたつもりはなかったが、なぜかこの問いに対し、神楽零士は唇を噛みしめたまま沈黙してしまう。それも、これまでに一度たりとも見せたことのない険しい表情を滲ませながら。

戸惑うわたしの気配を察したのだろう、やがて彼はこんなことを口にする。

「実は、初めてじゃないんだよね」

「初めてじゃない？」

「東京で暮らすのが、さ」

なんだって？

小さい頃に住んでいた、という意味だろうか。

「いい機会だし、話そうか。僕の家族のことについて」

「家族のこと？」

「僕らは捨てられたんだ」

「は？」

「父――なんて呼ぶつもりはないけど、まあ、生物学上の父親に当たる人間に」

予想外の告白に、わたしは何一つ気の利いた言葉を返せない。

「詳しくは知らないし、知りたくもないけど、だから母さんは僕らを連れて地元に帰るしかなかったんだ」

「島根の？」

「そう。何もない、ただ寂れた小さな漁村に。僕が小学三年生で、妹はまだ幼稚園。当時は何が起きたのか、全然わからなかったよ。でもさ――」

年金で細々と暮らす両親には意地でも迷惑かけまいと、二人の子供を女手一つで養うべく、彼の母親は死力を尽くしたという。昼は隣町にある唯一のスーパーまで片道二時間かけて通い、夜は村に一軒だけの居酒屋で日付が変わる頃まで村の衆の相手をする。そんな生活を、かれこれ十年以上も続けているのだとか。

「とはいえ、裕福とは程遠い暮らしでさ。兄妹ともに高校までは何とか行かせてもらえたけど、妹は大学を諦めてそのまま働くって言ってるんだ」

――私のことは気にしないで。

――だって、お兄ちゃんはいつかこの国を変える人なんだから。

――だから、ここにも自然と名前が轟いてくるくらい頑張ってよ。

「母さんの口癖だったんだよね」

「口癖？」

「『零士は誰よりも優秀だから、いずれこの国を変える日が来る』っていうのが」

「なるほど」

「別に僕自身、誰よりも優秀だなんてこれっぽっちも思ってないし、妹だって同じか、たぶんそれ以上に優秀なんじゃないかと感じることは多々あってさ。でも、だからこそ、この言葉はいつだって心の支えであり原動力なんだ。この言葉を信じて、妹が自分の人生に自ら線を引いてしまったと思うと、なおさら」

――ただ飯にありつくため。なんてったって、貧乏学生だからさ。

新歓パーティーで彼が口にしたこの言葉。当時は気にも留めていなかったが、その背後にこんな過去が隠されていたとは。

あまりに違いすぎる。

育ってきた境遇も、背負っているものも、それに対する覚悟も、自分とは何もかも。

「で、それを踏まえたうえで質問に答えると」

「質問？」今しがたの告白が衝撃的すぎて、いったい何のことかわからなくなる。

「東京に出てきてどう思ったか、について」

「ああ」

「一言でいうなら、格差だね」

「格差？」

「東京と、自分の地元の」

働き口の数などは言うに及ばず、何より驚いたのはその「教育と文化の格差」だったという。大卒はおろか、短大や専門学校の出身者すら地元にはただの一人もおらず、中卒、高卒で就職するのが当たり前。ライブやコンサート、美術館へ足を運ぶ経験なんてほとんどなく、もっぱら若者が集う場所といえば近所のゲーセンか、せいぜい隣町にある少し大きめの複合商業施設くらい。外国人なんてもちろん異世界の存在だし、それどころか他の地域に住む同じ日本人と顔を合わせる機会すらない。そうして「外の世界」をただの一度も見ることなく、その大多数が生まれ育った地で生涯を終えることになる。

「それがいけないことだ、なんて言うつもりはないよ。でも、数ある選択肢の中からあえてその道を選んだのか、それともそもそもその道しか知りえなかったのかは、決定的な違いだと思う」

「いや、でも」

「言いたいことはわかる。これだけネットやスマホが普及したおかげで、誰でも情報へアクセスできる時代になったんだから、少なくとも『選択肢があること』くらい、知ろうと思えば知れるじゃないかって、そう言いたいんだろ？」

「まあ、そうだな」

「違うんだ。どれだけ情報が転がっていようが、そもそも発想を持ち合わせていない人間は、そこに手を伸ばそうとすら思い至れないから」

　宇宙の存在を知らなければ、誰もロケットに乗ろうとは――いや、そもそもそんなものを作ろうとすらするはずがない。

「それでいくと、母さんは極めて珍しいケースだろうね。別に名の知れた大学の出というわけじゃないけど、それでもその〝万有引力〟を振り切って、ただ一人〝大気圏外〟まで飛び出してみせたんだから。当時は親にも大反対――というか、端から理解すらされなかったらしい」

　そうして周囲から白い目を向けられたまま地元を去ったはぐれ者が、半ば〝都落ち〟でもするかのごとく帰ってきた。旦那に捨てられ、二人の子供を引き連れて。それを地元の人たちが「あらあらお帰り」と手放しで迎え入れたわけでは、おそらくないだろう。無遠慮に注がれる好奇の視線、そして、駆け巡る根も葉もない噂話。

「たぶん、その意味でも母さんはそうとう苦労したと思う。今思えば、当時毎晩のように隠れて泣いていたのは、そういう事情もあったんだろうな」

しかし外の世界を知る彼女は、それでも口を酸っぱくして彼に言い続けたという。

――大学に行きなさい。

――そして、世界がどれだけ広いものかその目で見てくるの。

「とはいえ、近所に塾はおろか本屋すらない。あったとしても隣町だし、その本屋にだって参考書や受験情報誌なんて皆無。加えて、相談できる身近な先輩はただの一人もいないときた。東京の進学校出身者からしたら、考えられない環境だろ？」

絶句しつつも、頷くほかなかった。わたしの出身高校では東大――とまではいかなくても、少なくとも大学に進むのが当たり前で、誰もそのことに疑問すら持たない。周りを見渡せば主要な各駅にいくつもの予備校が軒を連ね、ひとたび書店へ足を踏み入れれば参考書、各大学別の過去問集に広大なスペースが割り当てられているではないか。

あまりに違いすぎる。

あらためて、そう思わざるを得なかった。

そして、そんな世界に身を置きながら「東大模試」で全国一位を取り続けてきたこの男は、いったいどれほどの逆境を跳ね返してきたんだ、とも。

「だから、あらためて納得したよ。これだけ何もかも違ったらそりゃ、一度東京に出て来た人は地元に帰ろうなんて思わないだろうなって」

そうして、東京は旺盛に地方出身の若者を飲み込み続けている。

肥えていくいっぽうの大都市圏と、痩せ細っていくばかりの地方――その格差は埋まるどころか、むしろ開いていると言うべきかもしれない。

「でも、だからと言って『それでいいじゃん』とも割り切れないんだ。これはもはや、理屈を超えた〝感傷〟に近いものかもしれないけど。だって――」

経緯はどうあれ、あの寂れた漁村が自分にとっての〝ふるさと〟であることは、やはり疑う余地のない事実だから。友達と野山に繰り出しへとへとになるまで遊んだ日々、漁師のおっちゃんに捌いてもらった獲れたての魚、そして、日本海の大海原へと沈んでいく真っ赤な夕陽。

「それらを失くしたくないって、そう願ってしまうのはやっぱり欲張りで、ただのエゴなんだろうか」

どうなんだろう――ここでも、わたしはわからなかった。

しかしあえて一つだけ、踏み込んで聞いてみることにする。

「零士は、地元に帰りたいと思う？」

「え？」

「その東京を、もう一度こうして目の当たりにしてみて」

「極めて難しい質問だね」

そう呟くと、再び彼は窓外に目をやった。

車内アナウンスが、そろそろ発車する旨を告げている。

「でも、たった一つだけ揺るがないことはあるかな」

「揺るがないこと？」

「もし母さんと妹に何かあったら、僕はすべてをなげうってでも飛んで帰る」

「ああ――」

「だって今の僕がこうしていられるのは、全部あの二人のおかげなんだから」

頷きつつも、わかったつもりになっている自分が情けなかった。

もし本当にそんなことになったら、彼はどんな思いでその決断を下すのか。想像なんて及びようがなかったし、そんな日が来てはならないと心の底から願いもした。こんな陳腐な相槌ではとうてい足りないくらい、彼の背負っている十字架は重い。そして、そのせいで彼がこの国の〝表舞台〟から姿を消すようなことがあったとしたら、あまりに計り知れない損失のように思えてしまうのも事実だったから。

「――なんて湿っぽくなっちゃったけど、ひとまず寝ようか」

長旅になるし、と笑う彼の表情はいつも通りに戻っていた。

「そうだな。寝不足の顔なんか見せたら愛さんも悲しむよ」

「うるさいって」

愛《あい》さんこと、橋爪《はしづめ》愛――二十四歳。大学時代から「NPO法人むらおこし」の活動に参画し、卒業後も決まっていた就職先の内定を蹴ってまで集落再生の〝夜明け〟を信じて日夜汗をかく。そんな彼女に出会ったのは昨年の夏、わたしたちが初めて南栗津田村の大地を踏みしめた日のことだ。

――お、新顔の若造発見！

――なんだ二人してそのひょろっちい身体は！

――草刈りは思ってるより大変だぞー、弱音吐くなよ？

いつも潑剌としていて、周囲に元気と愛嬌を振りまきまくるタイプの彼女は、村人からの人気も絶大だった。考えるより先に行動を起こしてしまうようないささか思慮に欠ける部分もあってか、自分とはまったく合わないと感じつつ、それでもなお〝魅力的な人〟と言えるのは事実だと思う。

――おい零士！　あれこれ難しいことごちゃごちゃ考えんなって。

――こういう場所を一つでも多く未来に残す。

——それが間違いだなんてこと、あるわけないんだから。絶対に！

いつかの宴席で、何の流れか「この国の未来」について話が及んだとき、赤ら顔の彼女は神楽零士にこう声を張り上げた。頬なんか膨らませちゃって子供っぽいなと呆れつつ、彼女が断言すると「そうなのかも」と信じ込みそうになる迫力がある。

——え、零士も島根の出身なの？　偶然！　私もなんだよね。

——いま、ここ以外にもう一か所、蓑辺《みのべ》村ってところの村おこしも手伝っててさ。

——マジ？　零士のふるさとのすぐ隣じゃん！　縁があるねえ！

いつからだろう。

きっと愛さんは神楽零士に惹かれているに違いない、とわたしが察するようになったのは。そして、彼もまたそれほどまんざらでもないのでは、とわたしが勘繰り始めたのは。

「ってなわけで、おやすみ」

「ほんじゃ、次は南粟津田村で会おう」

それからしばらくして、消灯時刻を迎える車内。

しかし——

その愛さんが今どこで何をしているのか、わたしには知る由もない。

あの日を境に〝袂を分かつ道〟を選んだからだ。

そして。

今にして思えばこのとき既に出揃っていたのだ。

この日からおよそ十二年後。

わたしが神楽零士の頭部を鋸で切り落とすことになる、すべての条件が。

第三章　絶望の新証言

1

「ねえねえ、なんで『委員長』なの？」

背後からの問いかけに、まあそうなるよな、と私はため息をつく。

「高校二年のとき、私が学級委員長だったから。ちなみに、あいつはそのときの学級副委員長」

とはいえ私は立候補で、あいつはクジで当たっただけ。その点だけは断固として強調しておくべきだが、それを凪咲に言ってみたところで詮無い話だ。

「縁があるんだね」

「さあ、どうだか」

十一月十四日。ドローン攻撃まで残り十九日。この日私たちは、先日凪咲が提案した通り、長良川の本流と支流に沿った〝小遠足〟を敢行していた。

——必要な装備は一式、お二人分を買ってきます。

——お嬢ちゃんの〝価値ある提案〟に免じて、ね。

宣言通り、週末を利用して東京へ取材出張のため帰っていた馬場園は、その土産として長靴など必要となりそうなものを買い揃えてきた。もちろん、白穂町まで出ればそれくらい自分たちでも買えるのだが、山道で燃え落ちた『スマイリー』は利用不可、加えて『フライヤー6』を呼び出すのも心的な抵抗がある状況とあっては、かなりの手間になると慮《おもんぱか》ってくれたのだろう。なかなかどうして、意外と気が利く。

——とはいえ、危ないと思ったらただちに中止する。これだけは約束してください。

——何か事故があっても、すぐに救急車は来ないんですから。

出発前、神妙な面持ちでこんなことを馬場園は口にしていたが、この言葉にはずしりとくるものがあった。というのも、そもそも川沿いでは携帯の電波すら入らないはずだからだ。ここで思い出すべきは、胴体の第一発見者となった大学生二人組——彼らは通報のためだけに来た道を三十分も引き返す羽目となり、結果的に『スマイリー』の鎮火には出火から九十分以上も要することになったではないか。それとまったく同じで、何か重大事故が起きたとしても、ここではすぐに救援を呼ぶことすらできないのだ。

「でも、どうしてひなちゃんはそんなに雨宮さんのこと嫌いなの？」

別に悪い人じゃないでしょー、と凪咲が間延びした声を投げて寄越す。

「嫌いっていうか——」

とにかく、何から何まで普通じゃないのだ。

人の血が通っているとは思えない言動をとる点は言うまでもなく、机の周囲は書籍や雑誌で埋め尽くされ、教室の電源から勝手にタコ足コンセントを引いてくるわ、授業中の居眠りを注意されれば「瞼の裏を観察していただけです」と真顔でのたまうわ、常にやりたい放題。居眠りについては一度こっぴどく絞られた後さすがに反省したのか、椅子代わりのバランスボールを導入してみせたこともあるが、そのくせしばらくするとその上で再び器用に眠り出すのだから呆れるほかない。

マラソンの授業など言うに及ばず、およそ普段からやる気なるものを持ち合わせているようには見えないし、しかもそれは、思春期の男子にありがちな「頑張っちゃうのはダサい」みたいな謎の価値観に依るものでも、たぶんない。そんな寝惚けたやつなのに、あろうことか成績はいつも学年トップ――そして、それを見た同級生たちは決まってこう面白がるのだ。ああ、また晴山は雨宮に勝てなかった、と。こんなふうに言われたら嫌でも意識せざるを得ないし、何事にも全力投球で必死に〝晴山陽菜子〟であろうともがいているこっちが馬鹿みたいじゃないか。

――特に意見がなければ群馬でいいだろ。海外みたいなもんだし。

――「合法ＪＫリフレ」は？　これなら他のクラスを圧倒できる。

修学旅行の行き先案をまとめるときも、文化祭のクラスの催しを決めるときも、お年頃のクラスメイトたちが牽制し合うように沈黙を貫いていると、当たり前みたいな顔してこんな戯言《たわごと》を抜かすのはいつもあいつだった。

――ふざけてんの？　いいわけないでしょ。

――その発言、すべての群馬県民に謝罪すべきだな。

黒板の前でこんな掛け合いを繰り広げているうち、いつしかその模様は「晴攻雨毒」なんてみんなから揶揄されるまでに。しかし何より許しがたいのは、あいつがこうやってふざけた口火を切ることによって、いつもそこから議論が活性化することなのだ。

――委員長は何もわかってないな。

――ああいうとき、大切なのは〝議論の最低ライン〟を示してやること。

――そうすりゃ「さすがにそれはないだろ」ってみんな意見を出し始める。

――お陰様で、不毛な時間をさっさと終わらせられるってわけだ。

だとしたらお前も即刻すべての群馬県民に謝罪しろ、とは思いつつ、無関心な顔して意外といろいろ考えているところとか、そうして結果的に私なんかよりよほどうまく場を回してしまうところとか、それを見たみんなが「こういう場面でもやっぱり雨宮のほうが一枚上手だな」と思っていそうなところとか、それらすべてがなおのこと癪に障る。

とはいえ、たしかに外見は悪くないし、見ようによってはその鬱々とした〝脱力系〟な雰囲気が魅力的に見えないこともないような気がしないでもないかもしれないので、一部の稀有な女子たちからカルト的な人気があるにはあったのも事実。そういうところを全部ひっくるめて――

「いや、やっぱり嫌いだわ」

卒業から十年が経った今となっては、変に私が劣等感を抱いていただけにも思えるし、気に食わない、や、納得がいかない、のほうがより適切な気もしたが、あえて訂正するような話ではない。

「でも、ヤバ頭切れるよね」

「まあ、それはそうだけど」

一を聞いて十を知るというのは、間違いなくあいつのような人間を指す言葉だろう。それどころか、あの男の思考はそんなところで止まらず「それなら当然『マイナス一』もあるよな」という発想に至り、人知れず「じゃあ二乗して『マイナス一』にするには」なんて余計なことを思い付き、そのまま「それには虚数『i』が必要だ」という結論まで勝手に辿り着いてしまう。そして、教師に当てられたら途中の思考過程を何もかもすっ飛ばして「たぶん『i』が必要です」なんて口に出すもんだから、聞いているこっちは「愛？」と首を傾げるしかない。そういうことが在学中から何度もあったし、今でもそこはまったく変わっていないと言うべきだろう。

そんなあいつと、まさかね。

頭上の青空は、川の両岸に迫った鬱蒼とした森によって細長く切り取られている。木々が身を揺らす音、時折響き渡る野鳥たちの合唱、ひんやり頬を撫でるそよ風、リズミカルな川のせせらぎ。ロケーションとしては迷わず抜群と言えるが。

しんどい。

馬場園は「岸辺沿いの浅瀬を歩いて移動するならば理屈のうえでは可能」と言っていたが、思った以上にその道のりは険しく、重労働になりそうな予感がした。というのも、そこかしこで流木を跨いだり、飛沫で濡れた岩を伝って段差を降りたりする必要があるからだ。川幅はだいたい二メートルといったところ。水深は一番深いところでも目測数十センチ――それがわかるくらいに澄み切った美しい清流ながら、これではたしかにゴムボートは使えないだろう。そうなると、やはり歩くしかないのだ。

出発からおよそ二十分。いまここが全行程の何割にあたる場所なのかまるで見当もつかなかったが、少なくとも依然として「県道」の分岐点、つまり本流と支流の合流地点には辿り着いていない。ということは、まだまだその道のりは果てしないことになる。

はたして、可能だろうか。

にわかに雲行きが怪しくなってきている気がする。

「ってかさ、ひなちゃんはそもそもどうして移住しようと思ったの？」

それからしばらくして、この日何本目かになる太くて歪《いびつ》にひん曲がった流木を跨いだところで、不意にそんな質問を投げかけられた。

「どうしたの、急に」

「いや、なんとなく」

どうして、か。

瞬間、私はいつかの自分の台詞を思い出す。

――私もこの国の未来のために、一肌脱ぎたいと思ったんです。

もちろんまったくの嘘というわけではないし、だからこそブログの開設にあたって一つだけ決めていたルールがある。それは〝ありのままの暮らしぶりを綴る〟ということ――裏を返せば、〝綺麗事や田舎暮らしの良い側面だけを書いたりしない〟とでもなるだろうか。死ぬほど虫が多い、気を抜くと家の周囲は草ぼうぼう、秋から冬は凍えそうなくらい部屋が寒い、カラオケや映画館なんて行きたくても行けない、薪割りをしたら手はマメだらけ――そういった不平不満の類いだって、なんでも感じたことを徒然《つれづれ》なるままにしたためる。そして、それでもなお「そういう暮らしがしてみたい」という人がいるのであれば、親身になって相談に乗り、アドバイスし、必要に応じて背中を押してあげればいい。それこそ、理想的で優等生な〝晴山陽菜子〟としてのあるべき振る舞いであるように思えたから。

蓋を開けてみればその〝赤裸々ぶり〟が世間の話題を呼んだ側面はあるし、そこに自分のルックスや経歴が少なからず寄与している点も否定しない。都会的で洗練された高学歴の美女が、なりふり構わず田舎の小集落で泥臭く生きる。こんな「エンタメ」が注目を集めるのは、ある種必然と言えるだろう。

ただ、それでもかまわない――そう割り切っていた。

学歴や容姿も含め、なりふり構わずなんでも利用するというのが、移住を決めた時点で私のポリシーになったのだから。

しかし。

今回の「捜査」を通じて、初めて知り得た住民たちの「声」――移住者たちはどんな想いを胸にこの地へ集ったのか。旧住民は〝奇跡の復活劇〟を前にして何を感じたのか。そして大黒柱を失ったいま、彼らの目には何が映っているのか。それらを目の当たりにすると、そう簡単に割り切ってしまえない自分がいるのも事実だった。

ましてや、例の宣戦布告によって「地方の存在意義」そのものが問われているいま、嫌でも迷いは増幅されてしまう。こんな私が、このままこの地に身を置いていていいのだろうか、と。そして、自分本位の嘘をつき通してまで、この国の未来のために一肌脱ぐ必要があるのだろうか、と。

そんなことを考えながら黙り込んでいると、不意に凪咲はこんなことを言いだした。

「私が移住しようって思ったのは、ひなちゃんのブログを見たからなんだ」

「え？」思いがけない言葉に足を止め、背後を振り返る。

「照れくさいから言ってなかったけど」

視線に気づいた凪咲が、へへっと舌を出す。

「知ったきっかけは忘れちゃったけど、記事を読んでて『そうか、こういうのもありだなー』って思って。というのもさ」

疲れちゃったんだよね――そう彼女は言った。

「スケジュールの余白を必死に埋めては、SNSで『見て見て、私こんなヤバ充実した毎日を送ってるの』って周りに見せびらかすだけの生活に」

「そんなタイプに見えないけど」と返しつつ、思い出したようにまたざぶざぶと歩を進める。

「それは、今の私しか知らないからなんだなー」

曰く、移住前の凪咲はどこにでもいる〝普通の女子大生〟だったという。明るく染めた巻き髪ロングに愛されメイク、コテコテのゆるふわコーデ。話題のカフェやレストラン、ナイトプール、誕生日会、旅行先の写真をバンバンSNSに上げ、誘われればいくらでも飲み会に顔を出す。そうやって、回遊魚のようにひたすら泳ぎ続ける充実した毎日を送っていたのだとか。

「でもさ、そうしてるうちにわかんなくなっちゃったんだ。毎日が煌《きら》びやかに、華やかになればなるほど、私自身はどんどん空っぽに思えてきて――」

疲れちゃったんだよね、ともう一度凪咲は繰り返す。

ただ、その気持ちはわからないでもなかった。というのも、たしかに大学一、二年生のとき、それと似たような時期が自分にもあったから。

「だから、逃げてきたの」

「逃げてきた？」

「この場所に。ひなちゃんを頼って。本当の自分とかさ、そういうのはよくわかんないけど、とにかく今とは違うどこかに行って、しがらみとか、世間体とか、そういうのを全部振り払った、まったく別の自分になってみたいなって」

だけど、とどこか物憂げな声色。

「それって、ヤバ失礼なことだよね」

「失礼？」

「だって、みんなはここを〝逃げ場〟だと思って集まってきたわけじゃないでしょ？」

まったく、この子は。

奇妙奇天烈摩訶不思議のくせに、時としてこういう核心をついてくる。

私だって、同じだよ——こんなときでも、喉元までせり上がってきていたこの言葉を飲み込まざるを得ない自分が情けなかった。おそらく誰にも吐露したことのない本心をこうして彼女が晒してみせたというのに、それでもなお〝晴山陽菜子〟を貫こうとしてしまう自分が。

——実は、仕事辞めて移住しようと思ってるんだ。

——西表島に。

——去年初めて行ったんだけど、すっかり惚れこんじゃってさ。

脳裏に甦る、あの日の結花の憑き物が落ちたような表情。

そして。

——晴山さんがどんな理由で移住を決めたかなんてどうでもいいです。

——好きな場所で思うままに生きる。

——それはすべての国民に与えられた当然の権利ですから。

耳元で聴こえてくる、あの日の彼の言葉。

逃げ場でもいい。なんだっていい。どんな想いを胸の内に秘めていたとしても、それを無条件で受け入れてくれる場所がこの国のどこかにあること。それこそが一番大切なのだと、あの日の神楽零士は言いたかったのかもしれない。

「盛り上がってらっしゃるところすいませんが」

我に返ると、やや息が上がった様子の馬場園が前方で立ち止まっていた。

「着きましたよ、第一チェックポイントに」

目をやると、たしかに数メートル先の地点で二本の川が合流している。

「ここまでの所要時間は三十五分。いいペース——というわけではありませんが、決して悪くもないでしょう。どうしますか？　お二人さん、体力のほうは？」

振り返ると、流れに足を取られつつ凪咲はグッと親指を立ててきた。

「もちろん、行きましょう」

「さすが、その意気ですね」

瞬間、なにかの川魚がぱしゃりと一度跳ねた。

◇

「おやおや、雨宮氏。ちょっと痩せたんでは？」

「お前がまたさらに太ったんだよ」

十一月十五日。ドローン攻撃まで残り十八日。時刻は、十一時五十五分。

眼前で繰り広げられるやりとりに、中津瀬はただただ呆気にとられるしかなかった。

――気分転換に、昼飯でも食いに行こう。

こんな誘いを受けたのが、五分ほど前のこと。断る理由などなかったし、どこかいい店でも知っているのだろうか、と少なからぬ期待をしたのは事実だったが、何のことはない、連れて行かれた先は二階の食堂――おまけに初めて見る小太りの男と合流ときた。守衛からアポの存否を確認する電話がかかってきた記憶はないので、おそらく雨宮が事前に来館登録を済ませておいたのだろう。

「こいつは本庄。中高時代の同級生で、生粋のラジコンオタク」

「ども、はじめまして。えーっと」

「中津瀬です」

「よろしく、中津瀬氏」

「ちなみに、こいつはいまだ大学院生。一浪三留という稀代の親不孝者だ」

「おい、雨宮氏。余計なこと言うなって」

そんな自己紹介を経た後、三人で丸テーブルを囲むことに。

「――で、中井先輩のことを訊きたいとか？」

着席するなり、そう切り出したのはその親不孝者こと本庄だ。

「ああ。あと、最新のドローン事情についても」

「それくらいお安い御用だけど、どうしてまた急に？」

「その中井先輩が《パトリシア》だから」

一瞬にして凍り付く本庄の表情――先日の自分もこんな顔をしていたのだろうなと、中津瀬は苦笑してしまう。

――犯人は中井。その確率、およそ九十五パーセント。

そんな衝撃的すぎる発言を終え、受話器を置いた雨宮にその意味を尋ねてみると、当たり前みたいな顔して「中井が《パトリシア》だ」なんて言い出すもんだから、驚きを通り越してもはや呆然とするほかなかった。

――どうして？

そう尋ねても雨宮は面倒くさそうに首を振るばかりで、取りつく島もない。その後なんとか粘って聴き出した話によると、なんでも彼は中高時代の「知人」である晴山陽菜子の救援要請に応じて、今回の事件の「犯人捜し」を手伝っているのだとか。なるほど、彼女から頻繁に電話がかかってきて時折十五分ほど離席しがちになったのはそのせいか、と納得はしたものの、だからと言って当然すべての疑念を払拭できたわけではない。

――役人の仕事を回すコツは、余計なものを背負いこまないこと。

――関係ない話は鉄の意志で跳ね返す。これさえ覚えておけば問題ない。

そう言っていたはずのこの男は、どうしてそんな〝関係ない話〟に首を突っ込むことにしたのか。もちろん、今やこの件がすべての国民にとって「無関係」で済まされなくなっているのは事実ながら、それでもやはり「犯人捜し」は警察に任せればいいこと――一介の役人風情にとって〝関係ない話〟なのは変わりなしと言うべきだろう。だからこそ、心のどこかで「自分ばっかりそんな楽しそうな話に加わって」と思ってしまうし、今日こうして誘われたのだって、そういう批判の目を少しでも和らげるための〝罪滅ぼし〟なのでは、と勘繰らざるを得なかった。

「――どういう意味？」

「そのままさ。神楽零士を殺害し、ドローンによる無差別攻撃を予告したのは、お前の研究室のOBである中井だ」

「嘘だろ」としばし呆けたように口を開けていた本庄は、やがて「まあでも」と椅子に座り直す。

「たしかに、中井先輩ならできる気もするな」

「できる気もする？」

「これくらい大それたことをさ。なんせ、あの人は天才だから」

「そこのところを、もっと詳しく教えてくれ」

「『バトル・オブ・ドローンズ』の世界チャンピオンになった話は知ってる？」

「話には聞いたし、触りの部分だけは軽く調べた」

バトル……何だって？

こちらの表情から察したのか、待ってましたとばかりに本庄が身を乗り出してくる。

「知らない？　そういう競技があるんだ。ざっくり言うと、ドローンを使った『玉入れ』とでもなるかな」

「玉入れ？」

「大会のレギュレーションにも依るんだけど、概ねフィールドになるのは屋内競技場に設営された直径五十メートルから百メートルの円内で」

そのフィールド内にはいろんな仕掛けが施されているという。川が流れていたり、雑木林があったり、小屋が建っていたり。最近あった凄いのだと、定期的に火が噴き出すなんていうギミックもあったのだとか。

ほんでね、と本庄の説明は続く。

「ルールは二チーム による対戦形式、用いるドローンは各チーム三機。それを三名の操縦者が円周上から操り、フィールド各所に散らばった〝エッグ〟――要はただのカラーボールだけど、とにかくそれを自陣の〝ネスト〟と呼ばれる直径三メートルの籠へと持ち帰るってわけ」

こんな子たちを使って、と向けられたスマホの画面には、機体底面からクレーンゲームのキャッチャーハンドのようなものが伸びた、ごく一般的な小型のドローンが映し出されていた。

「ちなみに、設置場所の難度に応じて〝エッグ〟は十ポイントから八十ポイントまで十ポイント刻みに八種類。そして、試合終了時点で〝ネスト〟内にある〝エッグ〟の合計ポイントが高いチームの勝ち」

　たしかに説明を聴く限りは、やや変則的な「玉入れ」と言えそうだ。

「ただし、いわゆる『玉入れ』とは大きく異なる点が一つ」

「異なる点？」

「相手の〝ネスト〟から〝エッグ〟を奪取するのもありなんだ。よって、基本的な布陣は三機のうち二機が〝エッグ〟の捜索・回収、残る一機が自陣の〝ネスト〟の哨戒・防衛、となるかな」

「で、中井の何が凄かったんだ？」と痺れを切らして割り込んでくる雨宮に対し、焦るなって、とでも言いたげに本庄が唇の端をニヤッと持ち上げる。

「さて、そうなるとひたすら高ポイント〝エッグ〟を狙うのが定石になりそうなんだけど、そうもいかない事情がある。なぜなら、三機のドローンがすべて飛行不能――要するに墜落してしまったら、その時点で試合終了。そこまでに獲得している得点如何に依らず、そのチームは敗北になってしまうから」

「そうか、つまり――」

「中津瀬氏お察しの通り、難度の高い〝エッグ〟を狙うと墜落の可能性が飛躍的に上がってしまうため、迂闊に手を出すわけにもいかないってわけ。もちろん、三機すべてが墜落ってよほどのことだけど、たとえ一機でも失ったら圧倒的に不利になるのは間違いないでしょ？　ここが、この競技の面白いところなんだ」

「で、中井の何が凄かったんだ？」いよいよ雨宮は苛立ちを隠そうともしない。

そこでお待ちかね、と本庄が咳払いをする。

「中井先輩の凄かったところは、この競技のゲーム性を根底から革命的にひっくり返してしまったこと。チーム名は『プレデターズ』——安直といえば安直だけど、実に言い得て妙だと思う」

言い得て妙？

「彼らは〝エッグ〟の捜索・回収を放棄したんだ」

まったく意味がわからない中津瀬をよそに、雨宮は「なるほど」と頷いてみせる。

「つまり、中井たちは相手の機体を撃墜することだけを狙ったってわけか」

イエス、と本庄は指を鳴らした。

「端からポイントを捨て、相手のドローンがすべて飛行不能になることによる試合の強制終了だけをひたすら狙う。この衝撃的な新戦術によって、彼らは世界王者まで登り詰めたってわけさ」

「でも、撃墜って——」

そんな簡単にできるものだろうか？

思わず口を挟むと、本庄は「ナイスな疑問だよ、中津瀬氏」と笑った。

「ルール上、飛び道具の利用——つまり、何かを発射するってのは許されないし、仮に許されていたとしても、さすがにホーミングミサイルを搭載したドローンなんか作れっこない。そうなると、取り得る手段は一つ」

意味深な笑みを湛えながら、何やらフリック操作を繰り返した後、本庄は再びスマホの画面を向けてきた。

「これが、中井先輩たちの用いた機体」

思わず息を呑んだのも無理はない。というのも、そこに写っていたのはいわゆるドローンのイメージとはあまりにかけ離れたものだったからだ。機体の底面や側面から無数に伸びた細長いアーム状のもの――さながら「クラゲ」とでも言えようか。しかも、そのアームの先端は、どこからどう見ても〝人の手〟としか思えない形をしている。

「これで敵機を摑み、木や壁、地面に叩きつける。どう？　まさに『プレデターズ』――〝捕食者〟の名にふさわしいでしょ？」

自分の事のように嬉しそうな本庄に向け、あくまで無表情を貫く雨宮はすぐさまこんな質問を繰り出す。

「それは、例の『アビオット』が研究していた技術とも関係が？」

「もちろん。使われた主な先端技術は『自動追尾』と『姿勢制御』の二つ――前者に関してはわかるよな？　要するに、一度ロックオンした相手の機体をどこまでも追い続けるんだ。プレーヤーが操縦しないでも勝手にね。そうすることで、両機体の相対速度を自動的にゼロに近づけられるってのがミソ」

「『姿勢制御』は？」

「これもそのまま。つまり、並大抵のことじゃ機体の姿勢が崩れないってこと。そもそもこれだけの数のアームをぶら下げた状態で正常に飛行すること自体難しい、というのもあるけど、もっとも驚くべきは、動き回る相手の機体を摑んだとしても自分自身は墜落しないってことかな」

「それは言うほど凄いことなのか？」

そんな素朴な疑問を「これだから文系は」と鼻で笑い飛ばす本庄。なるほど、雨宮は文系の出身なのか。初めて知った。

「あのな、思っている以上にドローンちゃんはか弱くて繊細なんだ。強風やちょっとした気流の乱れでもすぐ制御不能になるし、雨や雪なんてもってのほか。だからさっき言った通り、そういう気候要因をできるだけ排除すべく、屋内競技場での開催が基本中の基本なわけ」

　それに、と本庄は畳みかける。

「静止状態の〝エッグ〟を摑み取る程度であれば今の技術レベルでも余裕だけど、これが動いているとなると途端に話は変わる。少なくとも、得点区分で言えば七十点から八十点の最高難度になるのは間違いない。それなのに、中井先輩の開発した二つの技術――『自動追尾』と『姿勢制御』を組み合わせれば、必死に魔の手から逃れようと飛び回る敵機を捕捉したうえ、なおかつ自分自身は墜落しないという無敵の機体が完成するんだぜ？　桁違いだよ、はっきり言って」

「そして、それに目を付けたのが帝国電気？」

「そう。だからこそ彼らは『アビオット』を買収し、結果、その『姿勢制御』技術なんかをフルに活用することで、たいていの風雨や降雪などものともせずに飛行できる『フライヤー6』の開発に成功したわけさ」

　なるほど、そこに話は繫がってくるのか。

　彼らがしきりに口にする「アビオット」なるものが何なのかよくわからないが、いちおうの納得を得た中津瀬をよそに、いつものごとく二、三度乱れ髪を掻き上げた雨宮は、続けてこんな問いを投げかける。

「だいたいわかった。そのうえで教えてくれ。これから言うようなことが、現在の最新技術で可能かどうか」

「というと？」

「まず一つは、飛行中の『フライヤー6』に接近し、ボックスの扉を開けたうえ、その内部に頭部を投げ込むことができるかってこと」

　なんだって？

狂気の沙汰としか思えない発想に全身が怖気立つ。

「もう一つは、いっさいの操縦を不要とする完全自律飛行で、奥霜里と霜里の両集落をドローンが往復することができるかってこと。というのもだな――」

そのまま雨宮の口から語られた事件の詳細、そして立ちはだかる謎の数々に、中津瀬は眩暈《めまい》がする思いだった。

ありえない。

どれほどこの事件は周到に仕組まれているというのだ。

そして、どれほどの難題にこの男は首を突っ込んでいるというのだ。

「だが、いま言った二つが可能だとしたら大きく話は変わってくる」

しかし、これもまた正しいように思えたのは事実だった。たしかに、いま雨宮が口にした二つのうちいずれかが技術的に可能だとしたら、中井が一度しか集落を出ていないことにも説明がつけられるような気がする。

しばらく思案するように天井を見上げていた本庄は、やがてゆっくりと口を開いた。

「結論から言おう。前者は技術的には可能だが、本件では不可能。後者は技術的には不確実ながら可能性はゼロじゃない」

「詳しく説明を」

「まず、前者について。今の話によれば、事件の日に中井先輩が長良尾川の中流域を目指したのは、上流から飛来する『フライヤー6』を待ち構え、そこでボックス内に頭部を投げ入れるためだった、と雨宮氏は考えているわけだな？」

「その通り」

「扉のロックをいかに解除するのか、とか、仮に開けられたとしてなぜログデータが残っていないのか、といった問題に目を瞑りさえするのなら、技術的には容易だろう。いやむしろ、中井先輩くらいのプログラミングスキルと操縦の腕があれば、お茶の子さいさいと言うべきだな」

しかし、本件では絶対に不可能。なぜなら、件の『フライヤー6』には障害物などを検知するために機体前方と下方を撮影するカメラが搭載されているから。

「まったく死角がないか、と言われたら正直わからないけど、だとしても今回はまず無理だよ」

「なぜ？」

「逆に、どうやったら三機分のカメラを掻いくぐれると思う？」

事件の日に行われたのは『三機のドローンによる協調飛行』——それぞれの機体から伸びた三本の鋼鉄製ワイヤーにより、冷蔵庫らしき大型家電製品が吊り下げられている様子を何度もニュースで目にしたのは記憶に新しい。

「これまで見てきた映像から言って、飛行中、それぞれの機体は五、六メートルほどの間隔を維持していたように思うけど、搭載されたカメラの画角なんかを加味すると、それらいっさいに映り込まず機体下部へと潜り込むのはまず不可能だろう」

「なるほど。二つ目については？」

「二つ目については、そういう自律飛行プログラムを組むこと自体は容易——それこそ十万ちょいのパソコンさえあれば、俺にだってできると思う」

「なのに不確実なのか？」

「うん。というのも、ハード面が耐えられないはずだから」

「ハード面が耐えられない？」

「機体の性能、とも言い換えられるかな？　つまりね、どれだけ精緻な飛行経路を事前にプログラミングしてようと、突発的に起こる気象条件その他の変化に、普通の機体じゃ対応しきれないはずなんだ。ましてや現場は入り組んだ山奥で、その山々を最短で四キロも越える必要があるんだろ？気流の乱れでイチコロさ、そんなの」

「いや、それはおかしいだろ。だって――」

そういった外的要因などものともしない〝桁違いの姿勢制御技術〟を中井は開発したのではなかったか。これについては中津瀬も全面的に同意だったが、本庄の煮え切らない表情を見るに、そう簡単な話でもないようだ。

「さっきの説明は少し言葉が足りなかったな。つまり、それを実現するには各パーツの精密性やら出力可能な最大馬力やら、ハードのほうにも桁違いの水準が求められるんだ。それこそ市販のドローンを改造した程度じゃ、とうてい実現不可能なレベルの」

「でも、例の大会ではそれをやってのけたわけだろ？」

「なぜなら、バックに帝国電気がスポンサーとしてついていたから。おそらくだけど、あの機体の製造コストは大会の優勝賞金より高いはずだよ。それを帝国電気が無償で提供したからこそ成し得たことさ」

いやいや、と雨宮が呆れたように顔の前で手を振る。

「だとしたら、どうしてそんな馬鹿げた金の使い方を帝国電気は許容したんだよ」

「あれだ、マグロの初競りと同じ」

何を言い出すんだ、この親不孝者は。

「ほら、毎年あるじゃん。マグロをどこぞの寿司チェーンが何億円で落札したとか。あれって、マグロそのものは当然赤字だけど――」

「なるほど、広告宣伝効果」

「そう。つまり中井先輩たちが『バトル・オブ・ドローンズ』に出場した時点で買収の話はほぼ既定路線になっていて、あの大会は恐るべき先端技術の〝お披露目の場〟だったってカラクリさ。ちなみに、当時は大会黎明期だったからそこまで厳しいルール上の制限はなかったけど、こういう事情もあってか、以降の大会では機体製造費に上限が設けられるようになったんだ」

そうひと息に捲し立てた後、でだ、と本庄は眉を寄せる。

「話を戻すと、いくら中井先輩といえども、自前でその要求水準を満たす機体なんか作れっこない。それは市販のドローンを改造したとて同じ。だけど、もちろん運さえよければ行って帰ってくる可能性がないわけじゃない。というか、頭部を届けるだけが目的なのだとしたら、最悪往路さえ無事であればいいんだろ？　だからさっき『不確実ながら可能性はゼロじゃない』って言ったわけ。とはいえ、伝書鳩レースの帰還率に毛が生えた程度の確率だろうし」

そんな大博打を、その状況下で打てるとは思えない。

それについては中津瀬も納得だったし、雨宮だって同意見かと思いきや――

「逆に言えば、そういう機体があればいいんだな？」

この男に諦めた様子は微塵もなかった。

「まあ、そうなるね」

「『フライヤー6』だ」

「は？」

「個人的に中井が『フライヤー6』を所持していて、それを完全自律飛行の輸送に使ったのだとすれば――」

その瞬間、中津瀬はハッとする。

だとしたら、事件当日に霜里周辺で『フライヤー6』以外の目撃例が一件もないことに説明がつく。なぜなら、おそらく外見だけではそれが普段飛来している機体かどうかなんて、一般人には区別がつくはずなどないから。

「でも、あのサイズだぜ？　どうやって集落まで運んで、どこに保管しとくんだよ？」

「そんなのこっちが気にする話じゃない」

「それに――」

「金ならいくらでもあるんだ、中井なら余裕で発注できる」

「あ、だとすれば」思わず声を上げると、二人の視線がたちまち集中する。

「銀行口座の出金記録を辿れば、何か摑めるかもしれない」

それを聞いた雨宮は、無表情を貫きながらもどこか満足げに頷いてみせた。

「ナイスだ。さすが元銀行員」

「え、中津瀬氏は官僚じゃないの？」

そこからやや話は脇に逸れ、そうこうしているうちに中津瀬のスマホに執務室の麻生から呼び出しがかかった。

「雨宮さん、麻生さんから議員レクの対応依頼が来たって連絡が――」

「わかった。すぐ戻ろう」

「おいおい、雨宮氏。待てって」

話が違うだろ、と本庄は何やらにやけ顔だ。

既に椅子から立ち上がっていた雨宮は、その言葉にちっと舌打ちする。

「覚えてやがったか」

「もちろん。というか、そもそもそれ目的さ」

おもむろに財布を取り出した雨宮は、千円札を本庄へ突き出す。

「これで好きなもん食え」

「あざーっす」

なるほど、そういう買収工作が裏にあったのか。

慇懃にそれを受け取った本庄は、しかしなぜかそのまま遠い目をしてみせる。

「でも、雨宮氏。なんか、昔を思い出すな」

「昔？」

「『あの女はろくでもない男と外泊するような火遊び系女子だ』――忘れちゃった？」

何の話だろう。

「覚えてるけど」

「あのときと、ちょっと似てるなって」

「似てねえだろ」

懐かしむようにしばし目を細めていた本庄は、やがて意を決したように「ただ さ」とまっすぐな視線を雨宮に注ぐ。

「本音を言えば、中井先輩が《パトリシア》なんかであって欲しくない」

「気持ちはわかる」

「それに、あの人がこんなことを目論むとも思えない。だって、中井先輩がドローンの研究に没頭していたのは、まさに奥霜里みたいな過疎集落を〝救う〟ためだったからと聞いてるし――」

そんな切実な訴えにも、雨宮は沈黙を守っている。

「でも」そこでいったん言葉を切ると、本庄は今日一番の真剣な表情を浮かべてみせた。

「やっぱり、雨宮氏にも負けて欲しくない。だって、俺――いや、俺たちにとってのナンバーワンは、いつだって雨宮氏なんだから」

しばしその場で佇んでいた雨宮は、すぐさま何事もなかったかのように「行こう」と声をかけてきた。

二人がどれほどの関係で、中高時代にどんな逸話があったのか――中津瀬には当然知る由もないが、その言葉に揺るぎない〝信頼〟が滲んでいたのは事実だった。それを裏付けるかのように、電話の口ぶりからしてどう考えても負けん気の強そうなあの晴山陽菜子ですら、まっさきにこの男を頼ってきたではないか。そういった諸々の事情を全部ひっくるめて「なんかいいな」と、素直にそう思えたのだが――

どうやら、昼飯は食べ損ねることになりそうだ。

2

「こいつは、たまげましたね」

あいつの説明を聴き終えるや否や、そう馬場園は唸ってみせた。

十一月十八日。ドローン攻撃まで残り十五日。時刻は十一時二十五分。場所とメンツについては、もはや言うまでもないだろう。

「つまり、中井が特注のドローン――それこそ『フライヤー6』を所持していれば、例の足跡問題は解決。そしてその尻尾を摑む手立ての一つとして、銀行口座の支払い記録を追うという方法が考えられる、と。いやはや、これは誠に恐れ入りました」

そんな手放しの賛辞にも、あいつの表情はピクリとも動かない。

『もちろん、海外の隠し口座なんかを経由された場合、完璧に追うのは困難だと思いますが、少なくともそんな〝特注機〟を発注していたら、生産工場などどこかにその痕跡が確実に残っているはずです。しかも――』

「そんな機体を作れる工場なんて、数が知れている。よって、カネの流れとモノの流れの両面から攻めることができる、というわけですな」

『ただ、いっぽうで危機感も強まりましたけどね』

「危機感？」

『中井が有しているドローンの技術は、たしかに桁違いです。だからこそ、無差別攻撃の現実味がよりいっそう増したとも言えるかと』

「それは、おっしゃる通りです」

『もちろん、爆弾を積んで原発に突っ込むとか、市街地で機関銃を一斉掃射するとか、そんなレベルは想定し難いですが、単なるはったりとはとうてい思えません』

この点については、私もまったくの同意見だった。

ここ何日かで漁りまくった『プレデターズ』の動画を観る限り、世間で噂される毒薬の散布や自爆テロなど、あまりにも容易く実行できるだろう。それどころか、こちらの想像を遥かに凌駕する規模・手段に訴える攻撃が展開されたとしても、何ら不思議ではないと思えてしまう。

「とはいえ、今のアイデアはおそらく警察も盲点でしょう。少なくとも、そういった観点で捜査が進んでいるという話は漏れ聞こえてきませんので、これは突破口と成り得る重要な一歩です」

『ぜひ、仲良しの警察の方にも教えてやってください。さすがに我々の力で銀行口座を洗うのは不可能ですし』

含みのあるあいつの言葉に苦笑を滲ませつつ、さて、と馬場園は居住まいを正す。

「では、こちらの調査結果も共有といきましょうか。結論から申し上げると」

例の〝小遠足〟は、不可能とは言えないが、極めて困難——それが私たちの出した結論だった。

「往復に要した時間は三時間二十五分。とはいえ、こちらは四十を過ぎた不摂生のおっさんと可憐な淑女お二人の足ですから、もっと巻くことは可能でしょう。さらに言えば我々は初見だったので、何度か下見をしているなら、二時間半程度での往復も現実的にはギリギリあり得るセンかと」

『ということは』

「前回、雨宮くんは頭部の切断とドローンによる空輸をそれぞれ三十分と仮定してくれましたが、こちらもいくばくか縮められれば射程圏内ですね」

しかしながら、実際にやってみた身としては「ほぼ不可能では」と思えてしまうのも事実だった。というのも、想像以上に「霜里ルート」沿いの支流は「激流」で、幾度となく〝滝〟と称して差し支えないレベルの難所を越える必要があったからだ。三人いたので上から引っ張り上げたり下から手を差し伸べたり、協力体制でどうにか乗り切ることができたものの、いくら長身痩軀の中井とはいえ、単身だとかなりの労力を要することになるのは間違いない。

「また、ボートによる川下りも実践してみましたが、本流と支流の合流地点から撮影ポイントと思しき中流域までおよそ三十分。また、ここからその合流地点までは三十五分なので、仮に十四時五十分の『スマイリー』発車後に集落を出たとしても、十六時半時点で撮影ポイントに到達するのは比較的容易かと」

いっぽう、こちらについては全面的に同意だった。午前中から昼過ぎまでかけて両集落間の往復を試した私たちは、しばしの休憩を挟んだ後、ゴムボートによる川下りのほうも試してみたわけだが、想像以上に川の流れが速く、何度も危うく転覆しかけたという点を除けば、他にさしたる問題はなかったと言える。

「よって、現時点では完全自律飛行ドローンを利用したパターンと、従来通り霜里付近からドローンを飛ばしたパターンの、いずれもあり得ると言えるでしょう」

そう締め括る馬場園へ水を差す形にはなるが、それでも私にはどうしても一つ指摘しておかねばならない点があった。

「ただ、後者についてはやはり疑問符を打たざるを得ないと思います」

「はて、その心は？」

「だって、既にその日は例の電磁マーカーの破壊工作のために、少なくとも片道五キロ以上の道のりを往復してるわけですよね？」

　しかも、そのあと神楽零士を殺害のうえ、頭部の切断まで行っているのだ。そんな〝大仕事〟を終えてなお、二時間半で往復する体力が残っているだろうか。もちろん「絶対ありえない」とは言えないが、早朝まで雪が降るほど寒い一日だったのも事実で、だとしたら平時以上の消耗を考慮しないわけにはいかない。そうなるとやはり、先の強行軍の実現性については懐疑的にならざるを得ないように思えてしまう。

　私がそう力説し終えた瞬間、例によってすぐさま口を開いたのはあいつだった。

『いや、そうとは限らない』

　またか。

「なんでよ？」

『マーカーの破壊工作については、歩く必要がないから』

　首を傾げる私に、今回は馬場園が加勢してくれた。

「いえ雨宮くん、この点に関しては晴山さんの言う通りかと。なぜなら事件当日、彼の所有する軽自動車は雪が積もった状態で家の前に停められていたんです。加えて、車の周辺は雪かきがなされておらず、轍の類いもいっさいなし。これについては、その日のうちに警察が確認しています。となると、やはり歩くしかなかったと言うべきでしょう」

『軽自動車？』

「へ？」

『その情報は初耳でしたが、だとしても可能ですよ』

「なぜ？」

『除雪作業車が往復しているから。それがどんなものかは知りませんが、どこかに飛び乗ることくらいできるのでは？』

思わず馬場園と顔を見交わす。

『もちろん、どれだけ防寒対策を施していようが、著しく体力を消耗するのは間違いありません。とはいえ、歩くよりはずっとマシなはずです』

これは盲点だった。

ここに配備されている除雪作業車は、普通の軽トラックに除雪用設備を後付けしただけのもの。当然、荷台などに乗車することは可能とみるべきだろう。つまり、奥霜里を出発する作業車に乗り込み、問題の地点にて降車、折り返して戻ってきた作業車が通過した後破壊工作を施し、そのまま追いかけて再び乗り込めば、あいつの言う通りほとんど歩くことなく往復できてしまう。

「なるほど。これで一つ謎が解けました」

『謎？』

「ええ。本質的ではないうえ細かい話なので割愛していましたが、実は『マーカー破壊工作』の実施時刻についても疑問があったんです。というのも」

事件当日の朝、集落の出入り口付近には常に人の目があったから。

「まず、前提となる事実についておさらいしましょう。破壊工作が行われたのは、除雪作業車が同地点を通過した午前四時以降。そして、ここから現場まではおよそ道なりに六キロ弱——除雪されているとはいえ、足元の悪い中でこの距離を移動するには、少なくとも片道一時間半以上はかかると見るべきかと。それこそ、復路は疲労が蓄積しているうえ、ずっと上り坂なわけですから」

『異論ありません』

「しかし事件当日、集落の入り口すぐのところに位置する『桃源』本館前、および道を挟んでその反対側にある宿泊客用の駐車場を、南光院銀二とお嬢ちゃんが二人で雪かきしているんです。だいたい朝の五時半から九時前まで」

その説明に対し、そうそう、と凪咲が補足してみせる。

「私はちょっぴり寝坊したのと、お客さんのところに朝食を届ける仕事があったから、六時から七時半頃までですけど」

そう聞いています、と馬場園が頷く。

「しかし、その間にお二人は集落と外とを行き来する人影を誰一人目撃していない。無論、目を離していたタイミングもおありでしょうが、いっぽうで集落の入り口からしばらくは見通しの良い道が続いているのも事実。距離にして六、七十メートルほどでしょうか。たとえ雪かき中とはいえ、それだけの道のりをいっさいこの二人から目撃されずに移動できるかは、やや怪しい」

「いや、でも」口を開きかけた私は、そこではたと気付く。

「除雪されていたその道以外、中井は通っていませんよ。なぜなら、雪が降り止んだのは朝の五時頃だから。つまり、別ルートを利用していたとしたら、集落の周辺なり集落内なり、どこかにそのときの痕跡が残っているはずなんです。しかし、不審な足跡は例の一往復分以外にない」

そうだった。

「さて、そうなると問題になるのが、いつ破壊工作を行ったかです。お伝えの通り、現場から集落までは歩いて片道一時間半強。つまり、集落に戻って来られるのは徒歩だと最速でも五時半以降になってしまう。が、その時間帯には雪かきが行われており――」

『いっぽうで人目の無くなった九時以降に集落を出ていたとしたら、神楽零士の死亡推定時刻までに帰って来ることができない。もちろん、理屈のうえでは五時半頃に集落入り口付近まで帰ってきていた中井が、人目のなくなるまで三時間半ちかく身を潜めていたという可能性はありますが、さすがに屁理屈と言うべきでしょうね』

その通りです、と馬場園の説明は続く。

「よって、中井には工作を施せる時間がなかったことになってしまう。お嬢ちゃんには申し訳ないですが、そういう事情もあって、警察は二人が見逃していただけという方向で結論付けています。しかし、除雪作業車に乗り込んでいたのであれば、すべてに合理的な説明がつけられるんです」

本筋からはやや離れるとは言え、またしてもあいつのおかげで謎の一つが解けてしまったことになる。つまり、破壊工作を施したのは午前四時頃でほぼ確定。そして、そのまま復路の除雪作業車に乗り込むことで中井は集落まで帰還したのだ。

唇を嚙みしめる私をよそに、あいつは『ところで』と話を変えてみせる。

『この際ついでに聞いておきたいことがあります』

「ほう、なんでしょう?」

『殺害時の状況です。何かご存じなら、知っておいても損はないかと。もちろんそんなのまっさきに警察が調べているはずですし、それでも逮捕に至れていない以上、あまり見るべきものはないのかも知れませんが』

「たしかに、言われてみればその話をしていませんでしたね」

そう頷くと馬場園はいつもの手帳を取り出し、ページを遡り始める。

「とはいえ、雨宮くんのおっしゃる通り、こちらにほぼ手掛かりはありません。胴体は身元の判別が困難なほど焼却されていますし、頭部のほうは吉川線――絞殺時に被害者の首に残るとされるひっかき傷があったこと以外、特徴的な点はなかったと聞いています。また、自宅前は雪かき済みだったため足跡の類いも確認できず、室内にも犯人特定へ繋がる遺留物は特に残っていなかったとのことですから」

その説明を聴き終えたあいつは一度頷き、続けざまにこんなことを言いだす。

『それでは、もともと気になっていた二点について教えてください』

「二点？」馬場園の手が止まる。

『一つは、絞殺時の角度について』

あいつがそう口にした瞬間、馬場園は「む」と片眉をあげた。

「なるほど。これまたいい着眼点ですが、残念ながらこれだけでは何とも言えないというのが正直なところでしょう。というのも、神楽零士の身長は百七十二センチ――索状痕から判定するに、おそらく背後から上方およそ五十度の角度で引っ張り上げられていたようですが、殺害時に彼が座っていたとしたら集落に住むどなたの手でもいちおう実行可能となります」

『わかりました』

「もう一つは？」

『もう一つは、黒飛佳奈美から貸与され、頭部の切断に使用された例の鋸――これは事件当日、もともとどこにあったものなんですか？』

その瞬間、馬場園が息を呑んだのがわかった。

『どうも腑に落ちないんですよね、これだけがどうしても』

なぜなら、日曜大工用に借り受けた鋸は作業場――おそらく庭か、家の裏か、いずれにしても戸外に置きっぱなしだった可能性が高い気がするから。

『もちろん、何かの事情で家の中にあったのかもしれません。そして、それを偶然にも見つけた中井は、そのまま犯行に利用することにした。その可能性はどこまでいっても否定できないですが、それを承知のうえで、やはりここだけがあまりに場当たり的すぎるように見えてしまうんです。これほど綿密に、おそらく気象条件なども含め、事前に何パターンものシナリオを用意していたはずなのに』

気象条件？

「どういうこと？」堪らず口を差し挟む。

私の茶々入れに対し、察しが悪いな、とでも言いたげにあいつは頭を掻いた。

『事件の日は例年より一か月以上早い初雪だったんだろ？』

「ああ」その通りだ。完全に失念していた。

『事前に想定していなければ、雪が降り積もる中でこれだけの移動を伴う犯行なんて実行できっこない。足跡の問題なんかも含め、どこで〝ぼろ〟が出るか知れたもんじゃないんだから、普通は延期してもいいくらいの劣悪な環境だろう』

「それなのに、中井はやり遂げてみせた」

『だからこそおかしいんだ。そこまで想定している人間が、現場に頭部切断用の凶器を持参していないはずがない。にもかかわらず、たまたまその場にあった鋸を利用したときている。ましてや、それがどれほどの切れ味か試してみるまでわからないはず。これだけ時間的にタイトな計画を構築しておきながら、そんな不確定要素を土壇場で犯行に組み込む理由なんて何一つない』

「借りたことを知ってたんじゃないの？」

『だから？　仮に知っていたとして、じゃあそれを使おうとなるか？　もちろん借り物である以上、疑惑の目を黒飛佳奈美へ向けさせることに一役買う可能性はある。が、本件はそんな事実ごとき軽く吹き飛ばすほど中井へ疑いの目が向く要素が多すぎるし、おそらくやつはそれすら覚悟のうえで犯行に及んでいるはずだ』
ぐうの音も出ないとはこのことだった。
『いずれにせよ、これでだいたい謎は出揃った感じですかね』
そう言うと、あいつは何やら画面共有を始める。
『まとめたんです。今回の事件で解き明かすべき謎の一覧を』
次の瞬間、画面からあいつの顔が消え、ワードファイルと思しきものが投影された。

○神楽零士殺害にまつわる疑問・一覧
1．頭部について
・どうやって霜里まで輸送したのか
仮説①：長良尾川の本流と支流に沿って移動した後、霜里付近からドローンを飛ばした
仮説②：奥霜里から完全自律飛行のドローン（『フライヤー6』？）を飛ばした
・どうやって安地和夫と事前に連絡を取り合ったのか（本当に共犯なのか）
・なぜこのようなことをする必要があったのか
2．胴体について
・いつ、どうやってマーカーの破壊工作を施したのか　↓解決◎
・なぜその場所で『スマイリー』を停め、燃やす必要があったのか
3．殺害時の状況について
・なぜその場にたまたまあった鋸を使用したのか
4．その他
・なぜ中井は長良尾川の中流域を目指したのか（足跡問題を含む）

・なぜ『スマイリー』配車時刻の都合がいいのか
・なぜ動画の撮影場所を集落外にしたのか

『ざっと、こんなところでしょうか』

画面を見つめながら、私は吐き気がする思いだった。

これらすべてに合理的な説明なんて、本当に付けられるのだろうか。

「ありがとうございます。特に異論はありません」

『ところで、これを眺めていて一つ思い至ったことがあります』

思わぬ発言に、ここでも馬場園と顔を見合わせる。

『どうしてこれほどの〝不可解状況〟を作り上げて事件を長引かせたうえ、さらに霜里を頭部の格納地点とする必要があったのか。それも、まっさきに自分が容疑者候補としてマークされるというリスクを冒してまで』

「続けてください」

『世論の誘導です』

なんだそれは。

『事件が長引けば、痺れを切らしたマスコミが周辺情報に探りを入れ始めることくらい、誰だって容易に想像がつく。事件に直接関係することから、そうでないことまで。ですよね、馬場園さん?』

そう水を向けられた馬場園は、苦虫を噛み潰したような表情を浮かべながら卓袱台の上に一冊の週刊誌を放り出す。

「おっしゃる通り。そして、その意味がようやく自分にもわかりました」

『霜里を巻き込むことで小火騒ぎの件を、事件を長期化させることで本件の被害者にして〝国民的大スター〟である神楽零士の過去を、それぞれマスコミの手で自発的に暴かせたんです。世論を《パトリシア》支持へと傾けるための〝時限爆弾〟を仕掛けたと言ってもいいかもしれません』

そういうことか、と納得しつつ、馬場園が放り出した週刊誌へと視線を落とす。

一昨日発売となった『週刊スクープ』最新号――そこには予想通り、例の小火騒ぎに至るまでの一連の経緯が克明に記載されていた。

曰く、最初の「通報案件」は今から七年前の八月十二日。とある移住者の飼い猫が、自宅前の路上で無残な遺体となって発見されたのがきっかけだった。現場検証の結果、おそらく自動車に撥ねられたのだろうとの結論に至るが、かねてより旧住民と移住者間でのトラブルが頻発していたこともあって、これをきっかけに霜里はたちまち〝一触即発〟ムードへと切り替わる。

その七日後。今度は別の移住者の自宅玄関扉に、脅迫めいた文書が貼られていることが発覚。これを受け、再度警察が出動――本件の被害者は筆跡鑑定による犯人特定を声高に求めたが、その主張は駆け付けた警官によって退けられてしまう。これに関しては直接的な犯罪行為があったわけではない以上、警察としても及び腰にならざるを得なかったのだとか。

しかし、さらにその五日後の二十三時過ぎ。ついに神楽零士邸の納屋にて小火騒ぎが発生。しかも、彼の家の玄関扉には五日前のように脅迫状が貼られていたという。

『よそ者を　へだりで染めん　夏の夜』――〝へだり〟とは、山言葉で「血」を意味しているらしい。意訳すれば「夏の夜に移住者を血祭りにあげてやる」とでもなるだろうか。

火の手に気付き現場へと駆け付けた移住者たちは、口を揃えてこう叫んだ。

――さすがに、我慢の限界だ。

ところが、血気盛んな彼らを神楽零士はこう言って宥《なだ》めたという。

――通報するのは消防だけ、警察には連絡しないでおきましょう。

――自然発火だと思います。今回だけは、そう信じてみませんか。

そして、そのままその脅迫状を破り捨ててしまったのだとか。

しかし、現場にいた移住者の一人が「何かの証拠になるかも」と咄嗟に脅迫状をスマホで撮影しており、それが今回の情報の出処となったようだ。

――私は、今でも旧住民の手によるものだと確信しています。

――だって、示し合わせたかのように誰一人現場へ姿を見せなかったんですから。

――消防車が駆け付けるような騒ぎなのに、ですよ？ ありえますか？

なお、この情報提供者はそれからすぐに霜里を離れ、現在は故郷の広島で暮らしているとダメ押しのように書かれていた。

「小火騒ぎの件を聞かされてから私も独自に調べていましたが、この記事の内容に嘘はないと思われます。時系列は警察や消防に残っていたデータと齟齬がありませんし、コンタクトが取れた当時の移住者たちの話も、これとほぼ同じでしたので」

ただ、と馬場園は『週刊スクープ』を摘まみ上げる。

「だからと言って、このタイミングでのこの記事はさすがに許し難い」

そこに掲載されていた、誰も予想していなかったもう一つの特報――なんと、今回の『週刊スクープ』には神楽零士の「知られざる過去」についても大々的な特集が組まれていたのだ。

家族を捨てた父、女手一つで兄妹を育てた母、極貧だった幼少時代と〝神童〟と崇められていた学生時代、そして交通事故による最愛の母と妹との死別。これら事件とは無関係のプライベートな事柄によって「同情票」が集まり、いよいよ国民感情は大炎上へと至っている。

――神楽零士はかなりの苦労人だったんだな、かわいそうに。

――こんな〝聖人〟に対して、霜里のバカどもは放火なんてしやがったのか。

読者がこのような感情に駆られるのも当然だろう。

なぜって、そうなるように『週刊スクープ』が仕向けたのだから。

「たしかに、小火騒ぎの件だけならば理解できないこともありません。こういったある種の〝蛮行〟が閉鎖的な集落でまかり通っているという事実を世に示すことに、まったく意味がないとは言えませんし、そういった報道こそが〝週刊誌ジャーナリズム〟の真髄であることも否定はできませんからね。だけど――」

それらと一緒に、神楽零士の過去を報じる必要性はまったくない。

「こんなことをしたら世の中がどうなるか――それを顧みず、こいつらはただただ話題性のみを追い求めたんだ。いくらスクープ至上主義とはいえ、テロリストが掲げる思想信条への賛同すら促しかねない並びで記事を掲載するなんて、絶対に許されないことです」

今回の報道を受け、SNSや匿名掲示板は見るに堪えない罵詈雑言で溢れ返り、官邸や国会前のデモはかつてない人数を動員しているという。それどころか、この記事を呼び水に各地の「移住者・余所者に対する嫌がらせ」の実態が、我も我もと告発される始末ときている。「自分はこんなひどい目に遭いました」「これと似たような〝村八分〟は現に存在します」「もう二度と、移住しようなんて思いません」などなど――

もちろん、同時に〝苦労人〟こと神楽零士を殺害した《パトリシア》への反感が強まった側面もあるにはあるが、やはりそれ以上に「閉鎖的な地方集落の殲滅」を叫ぶ主張のほうが世間で幅を利かせ始めているのは間違いないだろう。これらの動きも相俟って、いまだ《パトリシア》逮捕へ至れない警察や、沈黙を守り続ける政府に対する批判の声は、もはや〝臨界点〟に達していると言っていい。

とはいえ、神楽零士殺害と例の宣戦布告以外に、何か〝彼女〟が直接手を下したわけではない。

にもかかわらずここまでの騒ぎへと発展してしまったのは、こういったマスコミによる勝手な後押しがあったからと言うべきだろう。

しかし、それすら読み切っていたのだ。

そこまで含め、すべてが《パトリシア》の描いたシナリオなのだ。

「まさに〝時限爆弾〟とでも言うべきですね」

独り言のように呟く馬場園の虚ろな目が、開け放たれた襖の先へと向けられる。

『そして、その総仕上げは――』

「十五日後に敢行される無差別攻撃。これによって、いよいよこの国は未だかつてない致命傷を負うことになる。だからこそ」

食い止めなきゃいけない。なにがなんでも、タイムリミットまでに。

3

「お二人は、さぞご両親も心配しとるんやないか?」

運転席の銀二さんからの問いに、隣に座る上下ジャージ姿の琴畑くんと顔を見合わせる。

十一月二十日。ドローン攻撃まで残り十三日。時刻は十四時三十分すぎ。

――また町へ出るけど、必要なもんはあるか?

銀二さんからそんな電話を貰ったのが、今から十五分ほど前のこと。

――ありますけど、それなら私も手伝います。

――おお、ほんまか？　それだと助かるなぁ。

事件発生以降、彼のこうした厚意に幾度となく与ってきたが、当然いつまでも甘え続けるわけにはいかない。なぜって「ここではなんでも助け合い」だからだ。

——なんや、困ってはるようやな。

——ここでは、なんでも助け合いやで。

あのときの恩返しというには全然足りないけれど、こういう状況だからこそ、この言葉はことさら大切な意味を持つ気がする。

そうしていざ、家の前に停められたミニバンの後部座席へ乗り込むと、そこには思わぬ先客がいた。

琴畑直人くん、二十七歳——奥霜里のプロモーションHP制作なども手掛けた、フリーのエンジニア兼ｗｅｂデザイナー。歳は一つ下ながら、ここでの暮らしという意味では私の先輩に当たる。何を隠そう、移住したてほやほやの私に「刈払い機」——先端に高速回転する円盤状の刃が付いた棒状の農機具の使い方を教えてくれたのが彼だった。

——いや、別に僕もただの素人っすよ。

なんて明らかに迷惑そうな顔をしてみせつつ、粘り強く頼み込んだ結果、最終的に快諾してくれるような気のいいやつだ。

——刃が左回転なんで、右から左に刈るのが基本っすね。

そう言って、しゃりしゃりしゃりしゃりと軽快に雑草を吹き飛ばしていく姿は、なかなかどうして様になっていた。普段はひょろっと貧弱そうな色白メガネ男のくせして、長袖長ズボンに長靴、軍手、ゴーグルという〃野良仕事スタイル〃だと、そこはかとなく頼り甲斐がありそうに見えてくるから不思議だ。

そんな彼は普段から専ら家に籠りきりなのだが、今日に限ってはふと気が向いたので銀二さんと一緒に町へ繰り出すことにしたという。

「私の親は、特に何も」

そう返しつつ、そろそろ何か言われそうな予感はしていた。

――そんなところにいて大丈夫なの？

――落ち着くまででいいから、こっちに帰ってらっしゃい。

こんな類いのことを電話口で捲し立てられる様が、容易に想像できる。

「僕は既に一度言われましたよ。念のため、いったん戻って来いって。まあ、当然のごとく無視しましたけど」

飄々とそう言ってのける彼の隣で、私は先日の「事情聴取」の模様を思い出す。

――移住を決めた理由？　ないっすよ、そんなの。

――強いて言えば、親がいろいろ口うるさくてダルかったってのはありますけど。

これを最初に聞いたときは、正直「随分軽いな」と思ってしまった。というのも、普通は「田舎のスローライフに憧れて」とか「都会が煩わしくなって」とか、何かしらの理由があるはずだと信じていたから。

堪らずそう口に出してみると、すぐさま返ってきたのはこんな言葉だった。

――スローライフとか「別に？」って感じっすね。

――ってか、そもそも田舎暮らしってスローじゃないですし。

彼の言うことはもっともで、実際の田舎暮らしは決して「スロー」ではない。満員電車に押し込められるとか、分単位のスケジュールに追われるとか、そういった窮屈さや忙しなさとは無縁ながら、先の草刈りをはじめ、薪割りやら何やら、日々やるべきことは目白押しだからだ。

――別に、みんながみんな何らかの理由を携えて移住する必要なくないすか？

――そういうのって、なんか後付けっぽいっていうか嘘くさいっていうか。

――僕みたいに「なんとなく、ノリで」って人がいても別にいいっすよね。

そして、実はこのお気楽な姿勢こそが神楽零士の考えに一番近いのかもしれない、と思えてくるのも事実だった。

「それより、銀二さんと晴山さんはどう思います？」

そんな私の回想は、琴畑くんのひと言で強制終了を迎える。

「何のことや？」

「誰が《パトリシア》なのかってことです」

その瞬間、車内の空気がいっきに張り詰めたのがわかった。集落で顔を合わせても、皆が意図的に避ける話題――それが、このタイミングで無造作に放り込まれる。

「おいおい、よそうやそんな話」

「でも、ここに住む誰かなのは間違いないですよね？」

「可能性が高いっちゅうだけや」

「僕は、中井さんだと思ってますけど」

「こら、滅多なこと言うもんやないぞ」

そんなやりとりに耳を傾けながら、私はそっと取り出したスマホで録音を始める。事件から早三週間――その間に醸成されたリアルな住民の「声」を逃さないためだ。

「どうしてそう思うの？」

素知らぬ顔で尋ねると、琴畑くんは「いや、だって」と小さく笑ってみせる。

「中井さん以外にこんなことできる人、います？」

まあそうだよね、と尋ねた自分があほらしく思えてくる。

馬場園の記事を皮切りに、次々と明らかになった事件の〝異常性〟――彼がその詳細を私ほど知っているとは思えないが、報道内容からだけでも十分にその不可解さは理解できるはずだ。そして、こんなことができそうなのは中井だけという結論に至るのは、ここに住む者ならある意味必定だろう。現に、バックミラー越しにいまだ険しい表情を貫く銀二さんも特段の反論を寄越さない。

「とはいえ、中井さんが神楽さんを殺すようにも思えないいんですよね」

琴畑くんはそう言うと、意味深な微笑を口元に浮かべた。

どういうことだろう。

私ですら知らない、何らかの〝秘密〟を彼は握っているのだろうか。

「実を言うと、僕は佳奈美さんも怪しいと睨んでいます」

予想だにし得なかったその発言に「は？」と身が強張った。見ると、バックミラーに映る銀二さんの視線にも叱責を上塗りする好奇の色が混じっている。

「どうして？」

「いわゆる〝痴情のもつれ〟ってやつですよ。ｗｅｂ系の仕事をしてるって言うと『人に興味なんてないいんでしょ』って勝手に誤解されがちですが、意外と僕はそういうのを見てるんで」

そのまま彼は、何度か偶然目にしたことがあるんです、と声を落とした。

「佳奈美さんが、神楽さんの自宅を訪ねるのを。ほら、うちから一番近いのは神楽さんの家ですし。それはしかも、決まって夫の寿さんが不在にしている日なんですよ。ここは住民全員が顔馴染みの、ある意味〝閉鎖環境〟――ありそうな話じゃないですか？」

なんということだ。

もちろん、これをもって中井の容疑が薄くなるわけではないが、頭部の切断に利用されたのが佳奈美さんの貸した鋸であることを踏まえると、鼻で笑い飛ばせるような類いの話でもない。今まで一度も考えたことはなかったが、もしかするとこんな可能性だってあるのだろうか。何らかの〝利害〟が一致した二人が、実は裏で手を組んでいるなんてことが――

「あくまで想像ですけど、ちょっと誰かにこの話を聞いてもらいたくて」

だから、今日に限って銀二さんと町へ繰り出すことにしたわけか。

「ただ、いずれにせよ気になってるのが『スマイリー』の件なんですよね」

「どういうこと？」嫌な予感を薙《な》ぎ払いつつ、首を傾げる。

「恥ずかしながらほとんど利用したことがなくて知らないんですけど、あれって対向車が来たらどうなるんですか？」

質問の意図がよくわからないが、私はその状況を経験したことがあったので、すかさず答えて差し上げる。

「その場合すぐに停車して、道幅が広い地点まで『スマイリー』が引き返すの」

たぶん対向車を検知するセンサーが搭載されているのだろう。そうして、二台がすれ違える地点まで『スマイリー』が下がることで事なきを得るのだ。現実にはこの道で対向車に出くわすことなど滅多にないが、備えておくべき当然の機能と言える。

「そうなるとやっぱり、緊急停車するまでは死体が乗っていることに誰も気付きようがないってことですね」

何の躊躇いもなく「死体」などと口にできる神経を若干疑いはしたものの、たしかにそういうことになる。例の大学生二人組だって、特に問題なく『スマイリー』とすれ違ってさえいれば、不運な第一発見者にならずに済んだはずだ。

「というのも、発見させる必要があったんじゃないかな、って思って」

なんだと。

「ちょっと待って、どういう意味？」

「足止めですよ。死体を乗せた自動運転車両が止まってたら、絶対そこで警察は釘付けになるじゃないですか。そうして何らかの証拠隠滅の時間を稼いだ、とか」

なるほど、あり得ない話ではない気がしてくる。もちろん「だったらもっと集落に近い位置でもよかったはずだろ」とすぐさまあいつなら指摘してきそうだが、わざわざ燃やしたことにもこれなら説明がつけられるように思う。

「ここが、その問題の場所や」

それまで沈黙を守っていた銀二さんが、おもむろにミニバンを停める。

「ひどいもんやで、路面とか」

「降りてもいいですか?」

「もちろん」

車外に出るとひんやりとした冬の冷気が身に染みたが、それ以上に寒気を呼んだのは現場のあまりに生々しい焼け跡だった。車一台分の幅しかない道路は広範囲にわたって真っ黒く焼け焦げ、すぐ近くのガードレールは高熱にあおられたのか、身悶えするようにひしゃげている。

「たしかに、これはひどいですね」

そう呟きながら、あらためて周囲を見渡す。

どこまでも続く鬱蒼とした森——落葉樹林なので日の光が地上に届いており、薄暗いどころかどちらかというと明るいくらいだ。が、それでもやはりどこか陰気なのは間違いなく、おまけに道が急カーブを描いているため、見通しはかなり悪い。こんな場所でよもや〝首無し死体〟を見つけ、ましてやそれを乗せた車両が突如炎上したらと思うと、さすがに身の毛もよだつが——

まず確認したのは、例の電磁マーカーだ。見ると、たしかにアスファルトの路面中央に、直径十五センチほどの円形をした物体が数メートルおきに埋まっているのが視認できた。ただし焼け跡付近の三つに限って言うと、一部が溶けているうえ、中心にひびが入り、大きな穴が空いてしまっている。おそらく、つるはしか何かが振り下ろされたのだろう。雪の降りしきる夜明け前の午前四時に、この場所で何者かがそんな破壊工作に及んでいたと思うと、あらためてその並々ならぬ執念に恐れ戦《おのの》かずにはいられない。

「こんな素晴らしい場所なのにな」

その声に振り返ると、焼け跡の端のほうで銀二さんが佇んでいた。

訝しみつつ琴畑くんとともに彼の隣へ立つと、すぐにその意味がわかる。

「わあ、凄い眺め――」

「この道で、ここだけなんや。こんなにも見渡せるのは」

くり抜かれたかのように木立がひらけた一角――そこからは激しく蛇行する長良尾川の雄大な流れ、そしてそのすぐ両脇に迫る険しい山々が一望できた。まるで手付かずの、たかが人間ごときの力ではどうにも抗えない圧倒的な自然。自分たちやこの国が置かれている今の状況など、何もかも吹き飛ばしてみせる途方もない懐の深さ。

しばし景色に見惚れていると、やがて銀二さんが「悔しいけども」と口を開く。

「やつの主張に頷けてしまう部分はある。なんせこの道路も、上下水道も、結局は何もかも税金に頼らんとこの場所は続かんわけやからな。逆に言うなら、綺麗さっぱりここが消え失せちまえば、今後そういった維持コストはいっさいなくなるわけやろ？」

「まあ、それはそうですけど――」

「もちろん、そんなことがあっちゃならんとは思う。せやけど、それはなぜかと問われると、馬鹿な俺にはどうしても答えが見つからないんや」

瞬間、いつものごとく脳裏をよぎるあの言葉。

――好きな場所で思うままに生きる。

――それはすべての国民に与えられた当然の権利ですから。

はたして、これはその「答え」として太刀打ちできるものなのだろうか。

「例の大学生二人組がおったやろ？」

「第一発見者の？」

せや、と銀二さんは頷く。

「二人は、あの日うちに宿泊予定やったんや」

「あ、だからその時間にこの道を」

話を聞いたときは「物好きな大学生もいたものだ」と正直思ったが、それなら納得がいく。たしか『桃源』のチェックインは十四時からだったはずなので、時間帯としても違和感はない。

「なんでも彼らは零士くんの大ファンで、大学でも『過疎問題』にまつわるゼミに入っとるらしい。せやから、実際にこの場所を自分たちの目で見てみようって思たんやて。若ぇのにいろいろ考えて、ほんま頭が下がる思いやわ」

「詳しいですね」

「事情聴取に来た刑事さんから教えて貰たんや。ひどいもん見ちまって、あまりにも不憫やから『二人は大丈夫そうか』って尋ねたらな」

頷く私に、でも、と銀二さんは自嘲気味に笑ってみせる。

「むしろよかったのかもしれん」

「何が？」

「頭がついてなくて。たしかに〝首無し死体〟もそうとうなインパクトやけど、それが憧れの零士くんっちゅうことに、彼らはその場では気付かんかったわけやから」

どうなんだろう。

身元不明の〝首無し死体〟と、神楽零士とわかる状態の死体。どちらを発見するほうが彼らにとってよりショックだったのか。考えてもわからないし、こんなことを考えてしまう状況になっていること自体が、そもそも異常なのだ。

「そろそろ、行きません？」

「せやな」

そうして琴畑くんと銀二さんがミニバンのほうへ歩き始めても、しばしの間、私はその場から動くことができなかった。

4

「問題の機体は、こいつ。通称、レッドウィングです」

上下グレーの作業着姿の男が、私たちを『フライヤー6』の前へと誘う。

三十過ぎと思しき、若々しい快活な青年——彼の名は欅田《けやきだ》。白穂町のドローンポートにて機体の保守管理を行う帝国電気の社員だ。

十一月二十一日。ドローン攻撃まで残り十二日。時刻は十時十五分。

——ドローンポートの作業員から話を聞けませんかね。

先日の会議の場で、終わりしなにあいつはこんなことを言いだした。

——いくつか確認したいこともあるので。

その求めに応じ、馬場園が手筈を整えてくれた結果、いつものメンツおよび遠隔地のあいつを含めた計四人でドローンポートを訪れることに。もちろん『スマイリー』は使えないので、ここまでは馬場園の運転するレンタカーでやってきた形だ。

――何か気になることがあれば、適宜指示を出す。

そうして今、私はワイヤレスイヤホンを片耳にはめ、開襟シャツの胸ポケットから動画撮影モードにしたスマホの先端を覗かせている。まったく、どこの諜報部員だ。

ドローンポートが設営されているのは、白穂町で唯一となるスーパーの敷地内、駐車場の片隅にある一角だった。一見ただの倉庫のようにも見える平屋の中には、例の『フライヤー6』三機が整然と並んでいるほか、管制室と思しきガラス張りの小部屋が用意されている。なお、注文が入るとスーパーから積み荷がこの建屋へと持ち込まれ、段ボールに箱詰めされた後、ボックスへ格納されるのだとか。

「レッドウィング?」

「僕がそう呼んでいるだけですけど」

機体上部にちょこんと乗る赤い円筒形の物体を、欅田は顎でしゃくってみせる。

「ああ、それの色」

「ちなみに、他の二機はブルーウィングとイエローウィング――まあ、ちょっとした遊び心ですよ」

目をやると、たしかに他の二機の機体上部にも青と黄の同じ物体が乗っている。

「レッドウィングと言うと、『レッド5、スタンバイ』のあれですか?」

「なんと! お分かりですか。ちなみに、僕はやっぱりヤヴィンの戦いが一番好きです」

何やら勝手に意気投合し始める欅田と馬場園――どうやら有名な映画に関する話のようだ。

ひとしきりの盛り上がりを見せた後、欅田は「それにしても」と眉を寄せる。

「矢萩《やはぎ》くんは、実に気の毒でした」

彼が口にした「矢萩くん」とは、ボックスの中に鎮座する神楽零士の頭部を最初に発見した作業員の名だ。事件当日、ここへ帰還した三機を順に点検していた彼は、問題のボックスを覗き込むや腰砕けになって絶叫——そのまま気を失い、現在は静養のため無期限休職中だという。

「そのとき、何か機体に不審な点などは？」

そう問いかけると、欅田は「不審な点？」と首を傾げた。

「ボックスがこじ開けられていた形跡とか」

こう尋ねたのは、事前にあいつから指示を受けていたからだ。事件当日、中井が長良尾川の中流域を目指したのは、上流から飛来する『フライヤー6』を待ち構え、ボックスに頭部を投げ込むためだったのではないか——狂気の沙汰としか思えないアイデアに慄然とはしたものの、なるほどそれなら例の足跡問題に説明がつけられる。

質問の趣旨を説明すると、欅田は「ああ」と苦笑いを浮かべた。

「それはさすがにありえないですよ。そもそも飛行中は厳重なロックがかけられていますし、無理にこじ開けようとしたら、その形跡が絶対に残っているはずですから」

それに、と欅田はそのボックスへと目をやる。

「ここへと帰還したら、自動的にボックスから開閉時刻のデータが管制ルームに飛ばされてくるようになっているんですが、それを確認しても扉が開いたのは一度だけ。記事にもあったように、それが十三時十三分から十五分までの二分間です。もちろん、スパイ映画みたいにハッキングを受けてデータが改竄された形跡も皆無でした」

「なるほど」

「そして何より、カメラに映り込まずそんなことできっこありません」

そのまま画角や死角の有無などに関する詳細な説明を受けたが、これも事前にあいつから聞かされていた通りで、やはりこの方法は不可能としか思えなかった。

「すみません。一点、よろしいでしょうか？」

手帳を片手に、続いて口を開いたのは馬場園だ。

「これら『フライヤー6』は、ここから操縦しているんですか？」

その質問に欅田は一瞬ぽかんと口を開けていたが、すぐに「はは」と笑った。

「普通はそう思われますよね。結論から言うと、違います」

「違う？」

「完全自律飛行です。ＧＰＳで自己位置を推定しながら、高度などを適宜自動調整することによる。要は、いっさい操縦しません」

『それだ。その話をもっと掘り下げてくれ』

すかさず、あいつから指示が飛んでくる。

はいはい、仰せの通りに。

「今の話、もう少し詳しく教えていただけますか？」

私の申し出に対し「もちろん」と欅田は嬉しそうに頷いてみせる。

「どこからお話しすべきですかね。えーっとつまり、この『フライヤー6』に標準搭載されている通信機器だと、操縦や位置情報の捕捉は五キロまでが限界なんです」

「え、そうなんですか？」

「はい。というのも、もともとこいつはここで行われているような長距離物流サービスへの利用だけを目的に作られたものじゃないから」

例えば他にもですね、と欅田は得意満面で続ける。

「山中にある送電用鉄塔の保守点検作業とか、災害時における住民の捜索活動とか。いずれにせよ、我々が目指したのは汎用機としての量産なので、機体を〝お手頃価格〟に抑えるべく過剰な機能は極力排除しているんです」

「だから、十キロ先の『霜里地区』に物資を送り届けるには自律飛行が必要になると」

その通りです、と欅田は胸を張る。

「それに、飛行の都度ここから操縦するにはマンパワーが足りませんしね。とはいえ、今申し上げた完全自律飛行だって並大抵の話じゃないんです。あらゆるパターンを想定した飛行ルートの設定はもちろんのこと、安全面でのハードルも急激に上がってしまいますから」

「安全面でのハードル？」

「先ほどお伝えした通り、通信機器による捕捉が可能な限界距離は約五キロ――つまり、それ以上離れると現在地を追えなくなるんです」

「ああ。それなのに、もし――」

私が咄嗟に言い淀んだ理由を察したのだろう、すかさず彼は後を引き取ってくれた。

「ご懸念の通り、もし墜落事故が起きたとき現場がどこかすぐにわからないようじゃ、とても商用サービスとしての展開なんてできませんからね」

たしかに、これほど巨大な機体がある意味〝野放し〟とも言える状態で集落へ飛来しているとしたら、恐ろしいことこのうえない話だ。となると、安全確保の観点からいってもやはり「位置情報の捕捉」はサービス開始における絶対条件となるだろう。

「じゃあ、どうやって？」

当然の疑問として投げかけると、欅田はにやりと口の端を持ち上げながら、先ほどの円筒形の物体を機体から引っこ抜いた。

「こういった後付けのアタッチメントによって、それぞれの利用環境に合うよう機能を拡張できるようになっているんです。それこそ、このボックスだってそうですよ。物資の輸送を行わないのであれば、こんなもの不要ですから」

「機能を拡張？」

「ええ」と頷きながら、欅田が手招きを寄越す。

　三人で歩み寄り、促されるまま機体の上部を覗き込むと、ＵＳＢポートのような差込口がいくつも並んでいるのが確認できた。

「ここに、必要な後付けアタッチメントを挿入するだけ。その際、機体とのペアリング作業は不要というお手軽さが最大の売りですかね」

「ペアリング不要？」

「ほら、ワイヤレスイヤホンとかって、スマホとペアリング設定をしないと使えないじゃないですか。でも、有線のイヤホンならジャックさえ一致していれば相手を選ぶことなくすぐさま利用できる。我が社が追求しているのは後者の手軽さってことです」

　ワイヤレスイヤホンと言われ一瞬どきりとしたが、彼の無邪気な表情を見るに、諜報部員としての私の一面がバレているわけではなさそうだった。

「何かあった時――それこそ災害対応なんかの際は、余計な手続きなくさっさと飛ばせるに越したことはありませんから」

　そこでひと息ついた後、欅田は「そんで」と円筒形の物体を元の位置へ嵌めこむ。

「こいつの役割は位置情報の長距離発信――つまり、機体が受信したＧＰＳ情報に個別の識別ＩＤを付与のうえ、ここまで届けているんです。ちなみにやや専門的にはなってしまいますが、使用しているのは特殊な長波で、乗せられる情報量は少ないながら入り組んだ地形を物ともしないという特徴があります」

『ストップ。だとしても、長良尾川中流域ではＧＰＳが受信不能な一帯があるはずだ』

そう言われ、はたと私は思い出す。

そのせいで『スマイリー』はその一帯を走行する際、電磁マーカーによる誘導方式に切り替わるようになっているではないか。あいつの疑問をそのままぶつけると、欅田は「よくご存じですね」と目を丸くした。

まあ、当然だろう。

「実はそれこそが、サービス導入に際して最大の難関だったんです。というのも、国の安全基準では、位置情報を捕捉できない中でのサービス運用は禁止されているから」

「しかし、長良尾川中流域における特定区間を飛行する際、時間にして約三分——その間だけはＧＰＳが受信できなくなってしまうため、たとえこのアタッチメントを付けていたとしても、機体の位置情報がこちらでいっさい取得できなくなってしまうんです」

「でも、なんとかして克服したわけですよね？」

そう水を向けると、欅田はややバツが悪そうに頭を掻く。

「割と力技ですけどね」

「力技？」

「神楽さんと中井さん、それからうちのプロジェクトメンバーがタッグを組んで、国に直談判したんですよ。その一帯だけをある種の『戦略特区』に指定することで、安全基準を緩和するように。かなり難航したと聞いていますが、侃々諤々《かんかんがくがく》の議論を経た末なんとか認められ、その区間だけは位置情報が未取得のままで飛行が許可されたんです。まあ、彼ら二人のネームバリューやらを加味した特例中の特例措置でしょうけど」

そこまでひと息に言った後、とはいえ、と欅田は弁明するように肩をすくめた。

「もちろん、安全面には最大限気を遣っているのでご安心を。仮に制御不能となっても墜落範囲を限定できるよう、基本的に川面から数メートル程度の上空を飛ぶようにしていますし、そのために別のアタッチメントも搭載しているので」

「別のアタッチメント？」

「これです」と、機体上部に乗っている直方体の物体を彼は引っこ抜く。

「最先端のＡＩ技術による画像処理用ＣＰＵ、とでも言えましょうか。先ほども述べた通り、ＧＰＳが受信できない以上、その区間を飛ぶ時だけは別のものを頼りに飛行するしかありません。そこで出てくるのがこいつ――つまり、カメラの映像を解析して『川面』を判別し、その上空を正確に飛行するよう制御しているんです」

へえ、すごい。

素直に感心を顔に出すと、その反応に気をよくしたのか欅田はさらに饒舌になる。

「例の『協調飛行』だって、実はかなりすごいことなんですよ。巡航速度をいつもの半分――時速十二キロ程度まで落としているとは言え、ちょっとした重心やバランスの乱れで三機もろとも墜落してしまいますし、機体間の距離を一定に保つのだって至難の業なんです」

「それを可能にしたのが、中井さんの開発した『姿勢制御』と『自動追尾』だと？」

これには欅田もいたく感激した様子で、目を爛々と輝かせながらマシンガントークはさらに加速していく。

「そうなんですよ！　特に『自動追尾』をここで活用できたのは嬉しかったですね。当日の映像はご覧になりました？　三機がちょうど正三角形を形作り、それぞれ六メートルの間隔を維持しながら飛行する。その際、センチ単位の狂いも生じません。まさに、帝国軍の宇宙戦闘機『ＴＩＥファイター』を彷彿とさせる動き！」

最後の喩えはよくわからなかったが、たぶん先の映画に関する何かだろう。

「で、おっしゃっていただいた通り、これは後続の二機が先頭の一機を『自動追尾』しているからできたことなんです。無事にここへ帰ってきたのをこの目で確認したときは、思わず快哉を叫んじゃいましたね」

やってしまった。

こういうある種の〝職人気質〟を持った人間は、自分の専門分野の話になると往々にしてこうなりがちだ。別にそれ自体悪いことだとはまったく思わないが、今はこんなことに時間を割いている暇もない。なんせ、遠隔地から参加しているあいつはたいそうお忙しい人種なのだから。

彼を調子に乗らせてしまったことに後悔を覚え始めたタイミングで、思いがけずそれを断ち切ってみせたのは凪咲だった。

「あの、それはそんな簡単に引っこ抜いて大丈夫なんですか？」

彼女がしげしげと見つめる「それ」というのは、先ほど欅田が機体から外してみせた直方体の物体だ。

そりゃ、今は飛んでないんだから平気でしょ。

見当違いの質問に思わず笑ってしまうが、欅田青年は実によく出来た人だった。

「ええ、もちろん今は電源が入っていませんので大丈夫ですよ。ちなみに飛行中もできるだけ余計な電力を消費しないよう、これらのアタッチメントは使用時以外、自動的に電源がオフになるようになっている優れものなんです」

著しく会話の水準が異なる気はしたものの、いったんは彼の説明を中断させることに成功したので、まあいいだろう。

『当日の飛行ログデータを出せるか聞いてくれ』

ここで、あいつからの指示。

「当日の飛行ログデータとか、見せていただくことは可能ですか？」

その申し出に対し、欅田は一瞬困ったように表情を曇らせる。

そりゃそうだ。見せて困るようなものでもないだろうが、どうしてこんな一般人相手にそこまで、とは当然のように思うだろう。

『いざとなれば〝泣き落とし〟も覚悟しろ』

黙れ。

結果的にその必要もなく「まあ、別にいいか」と自己解決した様子の欅田は、そのまま私たちを管制室と思しき部屋へ案内してくれた。

「こちらへどうぞ」

部屋に立ち入るや「うわ、ヤバかっこいい！」と歓声を上げる凪咲だったが、たしかにその気持ちはわからないでもなかった。いくつものモニターや計器類がひしめき合うように並び、壁一面のガラス窓からは建屋内に鎮座する三機の『フライヤー６』を見渡せるようになっている。これぞまさに、管制司令室だ。

「ご要望のログデータは先ほどのアタッチメントから飛行中、ＧＰＳが受信不能となる例の三分間を除き、随時こちらに届けられるようになっているんです。それこそ、コンマ何秒単位で。まあ、そこまで精緻なものは必要ないっちゃないんですけどね」

訊いてもいないことをこれほどべらべらと喋ってくれるのは、きっと興味を示されるのが嬉しいからなんだろうな、とふと思った。たとえそれが〝凄惨な事件〟をきっかけにしていたとしても。

「えーっと、十月三十一日なので……これですね」

何やらモニター画面と睨めっこしていた欅田は、すぐさま手招きを寄越す。

「飛行ログデータも、ボックスの開閉時刻も、全部ここにまとまっています。もし見方がわからなければ言ってください」

「わかりません」

「ですよね」

もちろん、ある程度までならわかる。画面が縦に三分割されているのは、おそらく三機分の情報がいっぺんに表示されているからで、モニターの外枠に三色――赤・青・黄のシールが貼られているのは、機体との対応関係が一目でわかるようにするためだろう。

「口頭で申し上げると、こんな感じです」

事件当日、それぞれ物資を積んだ三機は十二時四十分にここを出発。問題の機体に限って言うと、十三時十三分に個人宅――安地和夫邸に着陸し、二分後の十三時十五分に離陸。そのまま他の二機との合流地点である空き地へと向かった。そこで現場入りしていた作業員の手によりワイヤーの取り付け作業などが行われた後、例の『協調飛行』のため霜里を発ったのが、十五時二十五分。そして長良尾川上空を飛行し、ここへは十六時十九分に帰還しているという。

『他の二機は？』

何を気にしているのかわからないが、これもそのまま欅田に尋ねる。

「他の二機については、ブルーウィングが奥霜里へ飛行。個人宅に着陸したのが十三時十一分で、その三分後に離陸。そのまま先の空き地へ向かっています」

『それが、中井に荷物を届けたほうだな』

そうなる。

「イエローウィングは、同じく奥霜里へ飛行。個人宅に着陸したのが、十三時九分。その後すぐに離陸し、同十五分に別の個人宅へ着陸。そしてその二分後に離陸し、今度は霜里の個人宅へ。このときの着陸が十三時三十一分で、離陸が三十三分。そのまま、先の空き地に向かっています」

『そいつだけ、やけにあちこち行ってるな』

無論、このイエローウィングが事件当日に我が家の庭へとやって来た機体である。説明にあった「十三時九分に個人宅へ着陸」というのは、他でもない私のことだ。たしかにあの日、ボックスの中には私の注文物の他にもいくつか段ボールが入っていたと記憶しているが――

あいつと同じ印象を受けたのは事実なので、この点についても訊いてみる。

「それはですね」と欅田が続けて口にしたのは、概ね以下のような内容だった。

曰く、安地邸および中井邸に直接向かった二機は、事件当日、積載可能重量ぎりぎりの物資を積んでいたという。そのため、私が急遽注文した市販の風邪薬とレトルト食品を含む、その他の細々とした物資たちについては、このイエローウィングへと寄せ集めるしかなかったのだとか。

「ああ、言われてみればそうでしたね」

事件当日の朝、時刻はだいたい八時半すぎだったろうか。起き抜けかつ熱のある頭をふらつかせながらアプリを起動すると、二機については『満載』という表示が出ていたのを覚えている。一機は余裕があってよかった、と安堵したようにも思う。

「まあ、こんなこと滅多にないんですけどね。機体に負担をかけすぎないため、基本は霜里なら霜里、奥霜里なら奥霜里だけに配達すればいいよう、こちらで積み荷を割り振っているので。できれば『満載』も避けたいところですが、霜里は住民が多いこともあって、結果的にほぼ毎日その状態で飛ばしちゃってますけど」

「たしかに、いつも霜里行きは埋まっているイメージです」

アプリを起動すると、たいてい一機は『満載』の表示になっており、その行き先は毎度のごとく『霜里』となっていたような気がしてくる。そして、少なくとも自分の家に飛んでくる機体が『満載』だったことはほとんどない。

『で、委員長に届けた後に向かった奥霜里の個人宅ってのは誰だ？』

そんなの教えてくれるわけないでしょ、と声に出して言いそうになったが、ここで馬場園が思わぬ横槍を入れてくる。

「一点付け加えると、晴山さんへ届けた後に向かった先は中井の家です」

『なんだと？』

なんだと？

あいつと心の声が被ったことを恥じつつ、それでもこの発言は聞き捨てならなかった。

「先日は詳細をお伝えしませんでしたが、事件当日、中井は二機の『フライヤー6』から荷物を受領しているんです」

「よね？」と馬場園が視線を向けると、気圧《けお》されたように欅田は頷いた。

「え、まあ、はい……。ご存じなのでしたら、隠すことでもありませんが」

たぶん、これで私たちが中井を疑っていることはバレただろう。

『ちなみに、中井が注文を入れた時刻は？』

なぜそれを、と訝しんだものの、きっとあいつは何かを察知したに違いない。

「ちなみに、中井さんがそれらの注文を入れたのはいつですか？」

「えーっとですね……少々お待ちを」

にわかに色めき立つ私たちの異様とも言える熱量に押し切られる形で、再び欅田がモニターへと視線を送る。

「最初の注文が前日の夕方、十六時二十分頃。次いで、当日の朝九時すぎにもう一件」

「はい？　もう一件？」

「後から注文されたのが、例のイエローウィングに搭載した小物のほうですね」

もちろん、急遽何かが入り用となった可能性は否定できないが、それにしてもあまりに不自然と言うべきではなかろうか。

『他の利用者が注文した時刻は？』

もはや考えることを放棄し、伝令係に成り下がることを甘んじて受け入れる。

「他の方たちが注文を入れたのは何時ですか？」

「は？」と明らかに怪訝そうな面持ちの欅田だったが、乗り掛かった舟と腹を括ったのだろう、そのままますんなり教えてくれた。

「他の方たちは、いずれも前日の昼から夕方ですね。あ、一件だけ当日の朝ですが――」

「それが私です。たしか、八時半すぎだったかと」

「おっしゃる通り。晴山さんからの注文が、朝の八時三十三分です」

それがどうしたんですか、と尋ねたいのを必死に堪えている様子の欅田に向かって、実は私もよくわかりません、と顔を顰めてやる。

『念のため、一連の飛行ログを写真に収めてくれ』

はいよ。

いちおう許可をもらい、モニターの画面をスマホで何枚か撮影する。

そのままそれをあいつに送ると、最後の一枚だけピントがボケているとの指摘が即座に入ったので、再度その部分――帰路につく三機の飛行ログデータに関する個所をあらためて接写することにした。

きちんと時刻表示まで読み取れることを確認し、スマホを再度胸ポケットに収めたところで、おずおずと口を開いたのは欅田だった。

機体 1 FLYER6 FXP-192877 ※レッドウィング		機体 2 FLYER6 FXP-194785 ※ブルーウィング		機体 3 FLYER6 FXP-200882 ※イエローウィング	
離　陸	15:25:12.24	離　陸	15:25:12.56	離　陸	15:25:12.63
通信途絶	15:51:14.28	通信途絶	15:51:15.87	通信途絶	15:51:15.89
通信復活	15:54:20.60	通信復活	15:54:19.04	通信復活	15:54:20.63
着　陸	16:19:49.88	着　陸	16:19:50.32	着　陸	16:19:49.98

「ちなみに、参考になるかわかりませんが」

そう口走ったきり、なぜか押し黙ってしまう彼――言うべきことは決まっていて、あとはそれをどう口に出すべきか思案している、といった感じだ。

「なんでしょう？」と促すと、ついに決心したのか、おもむろに欅田はこう言った。

「事件の二日後に、中井さんがここへやって来たんです」

即座に馬場園と目配せを交わす。

事件の二日後――つまり、十一月二日だ。この日、中井は関東地方を目指したと聞いている。おそらく、その道すがら立ち寄ったのだろう。

「何の用で？」

「いや、特にはおっしゃってなかったですが」

――ちょっと、機体を見ていいかな？

ふらっと姿をみせた中井はたった一言、こう口にしたという。

「前からよくここへは来ていましたし、それこそ誰よりも『フライヤー6』には詳しいので、変に触って壊してしまうこともないでしょうから特段断らず――」

そうしてひとしきり機体周辺をうろうろした後、そのまま彼は立ち去ったという。

「そのことは、警察にお伝えしましたか？」

もはや中井を疑っていることなど隠す気もなく、私はそう急き込む。

「ええ、訊かれたのでそう答えました」

しかし、まったくもってその行動の意図がわからない。

なぜ、中井はこの場所を訪れたのだろうか。それも事件発生後に。

それからすぐにあいつは『緊急対応が入った』と言い残して接続を切り、そのまま場はお開きとなった。

「お忙しいところ、ありがとうございました」

三人で頭を下げ、ドローンポートを後にする。

鳩が豆鉄砲――いや、豆機関銃で蜂の巣にされたかのような表情の欅田に見送られながら、私もまた何一つとして意味がわからなかった。たぶん、他二人も同じ気持ちだろう。

「とりあえず、お疲れさまでした。家の前までお送りしますね」

馬場園がエンジンをかけたのは、それからすぐのことだった。

◇

「あれ、雨っち少し痩せたんじゃない？」

「相変わらず激務なもんで」

十一月二十二日。ドローン攻撃まで残り十一日。時刻は、十一時五十五分。

眼前で繰り広げられるやりとりに、中津瀬は再び呆気にとられるしかなかった。

――気分転換に、昼飯でも食いに行こう。

こんな誘いを受けたのが、十五分ほど前のこと。どうせまた二階の食堂だろうと思っていたら、連れて行かれたのは「溜池山王」駅前のビル地下にある某カフェチェーンだった。今回合流したのは、すらっと背の高い女性――歳は、三十をちょっとすぎた頃合いか。黒のチェスターコートにモノトーンのカットソー、そしてタイトなデニムパンツ。服装はシンプルかつ化粧も薄めだが、そこはかとなく〝できる女〟っぽく見えるのは、たぶんはきはきした喋り方と意志の強そうな顔立ちのせいだろう。顎ラインにかかる程度のショートヘアーも、それに一役買っているかもしれない。

「この方は、石渡《いしわたり》さん。経産省で官房総務課にいたとき、お世話になった先輩だ」

「まあ、身体壊して去年辞めちゃったんだけどね。えーっと」

「中津瀬です」

「よろしく、中津瀬くん」

本庄のときとは場所のチョイスも物腰もえらい違いだな、と苦笑しつつ、なるほどこの人もかつて役人だったのかと納得する。ちなみに、雨宮が「経産省にいたとき」と言ったのは、何を隠そう彼はもともと経産省の人間だからだ。つまり、内閣官房まち・ひと・しごと創生本部へは、彼もまた出向で来ていることになる。ついでに言えば、デスクの対面に並ぶ麻生と上村は厚労省からの出向者だ。なんでも、中央省庁間でのこうした人の行き来はよくあることらしい。

そのまま適当に注文を済ませると、三人で店内の隅にある丸テーブルに陣取る。

「――で、零士と中井くんのことが訊きたいとか？」

着席するなり、そう切り出したのは石渡さんだ。

「ええ」と頷いた雨宮は、続けてこんな補足を口にする。

「ちなみに、石渡さんは神楽零士と経産省の入省同期、そして、大学時代に同じクラスの中井と交際していた時期がある」

「まあ、二年くらいで別れちゃったけどね」

「その情報を仕入れたから、今日こうして話を聞かせてもらうことにしたわけだ」

マジで言っているのか。

中井のクラスメイトということは、当然この人も東大卒なのだろう。こんな人がそこら中にゴロゴロいて、まったく東京の街はどうなっているというのだ。そして、この男は業務の合間を縫ってどんな色恋事情を収集していたというのだ。

「で、まず何から話せば?」

「中井と付き合っていた頃の話をお願いします」

仮にも人の元カレを呼び捨てとはいただけないが、特に彼女自身は気にしていなさそうなので、まあよしとすべきか。

「といっても、別に大した話はないけど」

「交際していたのは、いつからいつまでなんでしょうか?」

ああ、と小さく微笑み、彼女はそれに答える。

「付き合ってたのは、大学一年の春から大学三年の秋頃までかな」

「大学三年――というと、中井が医学部から転学した年ですね?」

「そうそう、よく知ってるね。実を言うと、それをきっかけに別れたの」

「それをきっかけに?」

あ、勘違いしないで、と石渡さんはおどけたように肩をすくめる。

「彼が〝医者の卵〟じゃなくなったから別れたみたいに聞こえたかもしれないけど、そうじゃないの。そうじゃなくて」

なんか人が変わっちゃって——遠い目をしながら、彼女はそう呟いた。

「人が変わった？」

「強いて言うなら、何かに取り憑かれた感じ。特に相談もなく転学届を出しちゃうし、毎日のように扇橋公園まで行ってドローンを飛ばし始めるし、だんだんすれ違い始めたんだよね。私のこと——いや、ドローン以外の何もかもが眼中になくなったというか」

「扇橋公園？」何かに引っ掛かりを覚えた様子の雨宮が繰り返す。

「うん、荒川沿いの。ただのだだっ広いグラウンドだけどね。ほら、彼って開嶺出身でしょ？　学校が西日暮里で荒川は比較的近いから、高校時代、放課後よくそこで友達とラジコンヘリを飛ばしてたんだとさ。いわゆる、青春時代の思い出の場所ってやつ？」

すかさずスマホを取り出し、何やら調べ始める雨宮——横から覗き込むと、どうやら地図アプリで公園の所在地を確認しているようだ。

と、次の瞬間。

「ここかもしれない」

なんのことだ、と首を傾げていると、雨宮がこちらにスマホの画面を向けてくる。

「何か気付かないか？」

それを見て、すぐさま中津瀬はその意味を理解した。

荒川を挟んで公園の対岸を走る首都高速中央環状線——例の宣戦布告動画と、ロケーションはたしかに一致しているようにも見える。

その様子を面白そうに眺めていた石渡さんは「やっぱりね」と笑った。

「何がですか？」あくまで雨宮は素知らぬ顔だ。

「つまり、雨っちは中井くんが《パトリシア》だと疑ってるんでしょ？」

今の行動からそう思われても無理はないし、実際そうなので言い逃れもできまい。

事実、雨宮は「まあ、そうです」とあっさり頷いてみせる。

「珍しくいきなり連絡してくるし、タイミング的にもばっちりだったから、すぐさまピンときたよ。たぶん、そういうことなんだろうなって」

そう言うと、彼女は自分のアイスコーヒーに手を伸ばす。

「その点について、石渡さんはどう思われます？」

雨宮の単刀直入な物言いに対し、しばしストローでグラスの中をかき回した後、慎重に言葉を選ぶようにしながら彼女はこう口を開いた。

「犯人像としてはしっくりくるし、こんなとんでもないことをやってのけられるのは中井くんくらいだろうな、とも思う」

でも、と彼女はその手を止める。

「彼が零士を殺すとは思えない」

「気持ちはわかりますが――」

「だって、彼は大学時代に零士の命を救ってるから」

雨宮の反論を封じる形で、そんな聞き捨てならない台詞を彼女は言い放った。

「比喩じゃないよ。文字通り、彼は零士の命を救ったの」

「どういうことですか？」と珍しく雨宮がテーブルの上にやや身を乗り出す。

打って変わって険しい表情を浮かべる彼女は、どこまで言うべきか思案するように口をつぐんでいたが、もはや後に引けないと思ったのだろう、くどいくらいに「ここだけの話だから」と釘を刺した後、その経緯を語り始める。

「記事にも出てたし、たぶん知ってるよね？　大学三年の時、零士がお母さんと妹さんを交通事故で亡くしてるって」

「ええ、知ってます」

「それからすぐに、彼は首吊り自殺を図ったの。アパートの自室で」

まさか！

「たぶん、どの週刊誌もまだこの情報には辿り着いてない。というのも、このことを知っているのは当時仲良くしていたごく限られた人間だけだから」

テレビや雑誌で幾度となく目にしてきた神楽零士の眩しい笑顔――「自殺」という文言は彼からもっとも遠い位置にある言葉のように思えてならないだけに、今の話には少なからぬ衝撃があった。

「ただ、幸いなことに一命を取りとめた。なぜなら、たまたま彼の部屋を訪ねた中井くんがそれを発見し、すぐに首からロープを外したうえ、救急車を呼んだから」

「なるほど、それで命を救ったと」

でもね、と石渡さんは不自然に頬を強張らせる。

「これには、まだ裏があるの」

にわかに漂い始めた不穏な空気に、思わず中津瀬は生唾を呑み込む。

「たぶんこの話になると思ったから、道すがら図書館でコピーしてきたんだ」

脇に置いていたハンドバッグから彼女が取り出したのは、一枚の紙きれだった。

「これは『島根日報』っていう地方紙の社会面。見てごらん」

はやる胸の鼓動を抑えつつ、雨宮と頭を突き合わせるようにして差し出された紙を覗き込む。紙面を賑わす数々の記事――贈賄による市議会議員の辞職、市内で頻発する空き巣被害。その中でやや気になったのは「開村式の懇親パーティーで集団食中毒発生」という記事だった。市内のとある集落に集った移住者たちが主催した会――そこで振舞われた特産品のキノコの中に、見た目の似通った、毒性の強い別種が混入していたという。地元の人間なら間違えるはずもないが、移住者である彼らはその見分けがつかぬまままそれを調理し、提供してしまったのだとか。こういう職場にいることもあってか、文中の「移住者」という文字列に自然と身体が反応してしまったのだろう。

それはさておき。

これらに紛れるようにして、その記事は小さく掲載されていた。

『市内で発生の交通事故で二名死亡』――こんな見出しが付けられた数行程度の記事の内容は、概ね次のようなものだった。

今から十一年前の八月七日、十三時四十五分ごろ。市内の農道を走行していた二台の乗用車が十字路で衝突。うち一台は大きく道を逸れ、そばに立っていた電信柱へ正面から突っ込むという大惨事に。死亡したのは、その車を運転していた神楽麗子《れいこ》・四十四歳と、同乗者の神楽玲奈《れいな》・十八歳の二名。両者は事故から数時間後、市内の病院へと緊急搬送されたが、まもなく死亡が確認されたという。

これが神楽零士の母と妹であることに疑いの余地はないが、それ以上に目を引くのは記事を締め括る最後の一文だった。

『なお、同乗の男性（21）は意識不明の重体で、現在も病院で治療が続いている』

「その同乗者が、中井くんなの」

「なんですって⁉」

動揺を隠せない様子の雨宮――このような彼の生々しい反応を目にするのは初めてだったが、今の追加情報がそれだけの破壊力を持っていたことも間違いない。

「二人ともこの件に関してはいっさい語りたがらないし、こちらから根掘り葉掘り訊くことでもないから、これ以上のことは何も知らない」

でも、と石渡さんはコピー用紙をバッグにしまい込む。

「中井くんの人が変わってしまったのは、この事故から少ししてのこと」

「つまり――」

「たぶん何か秘密が隠されているはず」

5

「急に押しかけちゃってごめんね」

「いえ、全然構いませんけど――」

そう言って、卓袱台を挟む形で座るニットセーター姿の彼女をまじまじと見やる。

黒飛佳奈美さん、三十四歳――浮世の不条理を知り尽くしたかのように冷めた切れ長の目、決して多くを語るまいという決意表明のごとく引き結ばれた薄い唇。初めて彼女を見たとき、まっさきに「美しい人だな」と思ったことを覚えている。それは薔薇のように圧倒的な存在感と同居する美ではなく、どちらかというと風に舞う桜の花びらのような可憐で脆い、滅びゆくものが纏う美だ。

十一月二十三日。ドローン攻撃まで残り十日。時刻は、十六時二十分。

――ちょっと、いい？

そんな佳奈美さんが我が家にやって来たのは、つい数分前のこと。

いつものように野菜のお裾分けかなと思いきや彼女は手ぶらで、何やら思いつめたような表情をしているときた。

――実を言うと、僕は佳奈美さんも怪しいと睨んでいます。

先日の琴畑くんの発言もあってか「なんだろう」と訝しんだものの、とりあえず家に上がってもらい、こうして今、卓袱台越しに向き合って座っている。が、目の前の湯飲みには口を付けないし、両手はずっと膝の上に置かれたまま——何やら込み入った事情があるのは間違いなさそうだ。

しばし重苦しい沈黙が流れ、さすがにもう耐えられないと口を開こうとした瞬間、おもむろに佳奈美さんはこう切り出した。

「この前、うちに来てくれたでしょ。何とかさんっていう記者の人と一緒に」

「馬場園？」

「そう、その人」

それがどうしたというのか。

そのときのやりとりを思い返してみるが、特におかしな点はなかったはずだ。

「あの日、私はいくつか嘘をついたの」

「はい？」

「でも、世の中がこんな状況になってるし、もう黙っていられないって思って。それでまず、陽菜子ちゃんに聞いてもらいたいなって——」

こんな状況というのは、おそらく例の『週刊スクープ』が巻き起こした国家規模の〝狂乱〟のことを指しているのだろう。発売から既に一週間が経過したものの、国民の熱は冷めやらぬどころか過激化の一途を辿っており、あろうことか一部の地方民が実際に大都市圏への移住を開始したという衝撃の報道までなされ始めている。しかもそれは、ドローン攻撃を回避するための避難行動ではなく、どちらかというと《パトリシア》の思想に対する賛同表明に近いというのだから驚きだ。

『たしかに《パトリシア》の言う通りだと思い直しました』

『この国の未来のために、いま自分たちにもできることをすべきかと』

『地方在住のみなさん、いまいちど何が〝正しいこと〟なのか考えてみませんか』

そして何を隠そう、こうした働きかけをネット上で率先して行っているのが、例の『亡国教団』の連中だという。

――十五日後に敢行される無差別攻撃。

――これによって、いよいよこの国は未だかつてない致命傷を負うことになる。

それを前にして来るところまで来てしまったな、というのが率直な感想だ。

とはいえ、彼女の「もう黙っていられない」という言葉もいささか不可解ではある。それが今のこういった時勢と、どう関係してくるのだろうか。

「どこから話せばいいのかな」としばし卓袱台を睨みつけていた佳奈美さんは、やがて意を決したように顔を上げ、こんなふうに口を切る。

「私ね、正直言うと移住なんてしたくなかったんだ」

「え？」

「でも、結局主人に押し切られちゃって」

そうして納得のいかぬまま、ここでの暮らしを始めたという。

「もちろん、こういう暮らしに憧れていたのは本当なの。でもね、それは今じゃないって思ってた。だって――」

ここじゃ子育てなんて、とてもできないでしょ。

その言葉を聞いたとき、私は自らの不明を恥じずにはいられなかった。

白状すれば、私にはまったくその視点が欠如していたと言わざるを得ない。

「環境としてはたしかに素晴らしいけど、もし熱を出したってすぐに病院に駆け込むこともできないし、それに小学生になったらどうするの？　白穂町まで毎日送迎する？　もちろん不可能ではないけど、さすがに非現実的だと思わない？」

かつては霜里に分校があったと聞くが、当然今は廃校になっている。そうなると彼女の言うように、子供が成長したら白穂町にある小学校まで毎日送迎するか、もしくは『スマイリー』を酷使するしか手立てはない。

「主人がどう思ってるかはわからないけど、私はまだ子供を諦めてなかった。だから、ここへの移住の話を聞かされたとき、決定的な〝溝〟を感じてしまったの。あ、この人はもしかして、もう子供とかいらないのかなって」

夫婦のかなりプライベートな領域へと話題が立ち入っているだけに、迂闊な相槌を打てたもんじゃないが、逆に言うとそれくらいの覚悟を決めて彼女はこの件を語っているということだ。それにしては、話の着地点がまったく見えてこないけれど。

「もちろん、東京の一戸建ても手放してないから、帰ろうと思えばいつでも帰れるんだけど」

――ただ、そんな簡単に帰れる距離でもないでしょ？

――だから、結局私はここに張り付きっぱなしで、東京の家は主人が仕事で使うだけ。

――なんだかなぁ、って思わない？

先日の「事情聴取」の場で、彼女が恨めしそうにこう漏らしていたことを思い出す。

たしかに、彼らは東京の郊外とここの二か所に居を構える「二拠点居住者」として雑誌などで紹介されることが多いが、実態としては、東京の家はほぼ夫・寿の仕事場――つまり「工房」として利用しているだけ、ということのようだった。

「でも、主人は根っからの頑固者だし、とても文句なんて言えない」

その主人こと黒飛寿、三十六歳――日本各地に点在する仲間たちと〝職人ユニット〟を結成する風変わりな人物だ。彼らの活動テーマは「その土地ごとの魅力を最大限に引き出す」こと。オーダーが入ったら注文者の住む土地へと足を運び、必要な材料はすべて現地調達のうえ、一からオーダーメイドで製作するのだという。ちなみに、黒飛寿は「家具職人」だが、ほかにも「靴職人」やら「陶芸職人」やら、バラエティ豊かなメンバーがそのユニットには名を連ねているらしい。また、何かのインタビューで読んだ記憶があるが、彼はいずれ奥霜里で林業を復活させ、その木材を利用した〝メイドイン奥霜里〟の家具を作るという野望を持っているのだとか。

——だから、いま自伐型《じばつがた》林業の勉強もしています。

——そうしていつか、奥霜里の〝奇跡〟に新たな一ページを付け加えたいなと。

同じ記事で、こんなコメントをしていたようにも思う。

たかが家具一つ、なんて言ったら謀殺されてしまうだろうが、実際のところ根強いコアなファンは多いらしく、連日の注文で日本中を飛び回っているのも事実。彼がやたらと不在にしていて、それこそ事件当日も奥霜里にいなかったのは、その出張に出ていたためだ。

「だから私は、気を紛らわせる意味合いも込めて農園を始めることにしたの」

彼女と節子さんが二人で取り組む「奥霜里ブランド野菜事業」——それは、ここで採れた野菜などを農協という従来の販路に乗せるのではなく、直販サイトでダイレクトに消費者へ届けようという試みだ。ちなみに、サイトの制作には琴畑くんが既に名乗りを上げているほか、進さんの「うなぎ養殖事業」から出る排水を畑に引き込む計画も、ゆっくりではあるが着実に進行している。これもまさしく奥霜里を挙げての〝一大プロジェクト〟と言えるだろう。

「でもね、これだって全部、零士くんのアイデアなんだ」

——だったら、農園なんかやってみてはいかがですか？

——ここには節子さんっていうプロフェッショナルもいますし。

何かの折に、いまこの場で口にしているような旦那への愚痴を漏らしたところ、彼からこんなアイデアを授かったのだという。

——大切なのは、収穫に至るまでの〝ストーリー〟だと思うんです。

——ここがどんな場所で、どんな取組をしているのか、そのすべてを知ってもらう。

——それこそが、奥霜里の誇る唯一無二の〝ブランド力〟ですから。

だからこそ彼女は、そういった〝ストーリー〟が削ぎ落とされてしまう農協経由ではなく、特設サイトによる直販にこだわったらしい。

「たしかに、農作業をやりだしてから少しは気が紛れるようになったの。でもね」

留守にしがちの夫・寿に対する不満はやはり解消されなかった。それどころか、毎晩独りで床に就く際、あらぬ〝疑念〟を抱くようにすらなったのだとか。

「もしかして、浮気してるんじゃないかって」

その瞬間、黒飛寿のシルエットが脳裏に浮かぶ。

中肉中背でほどよく焼けた肌、トレードマークの太い眉。いつも角張った顔を気難しそうに顰めていることが多く、そんなに甲斐性のあるタイプには見えないものの、もちろんありえない話じゃないし、そのような考えに至ってしまうのも無理はない。自分の発案で移住を決めておきながら、張本人は引き続き全国を飛び回る——その本当の狙いは、妻をこの場所へ釘付けにし、自らは〝自由の身〟を手に入れるためだったのではないか。当事者でない私からすると「わざわざそこまでしなくても他に手はあるんじゃない？」と思えてしまうが、先の子作りに関する〝溝〟の件も手伝って、彼女はただただ不満や不信感を募らせるばかりだったのだろう。

「そんな事情もあって——」

佳奈美さんはここで一度きつく唇を噛みしめる。

「私、零士くんに恋したんだ」

ああ、やっぱり。

たぶんそう来るだろうなと予想はしていたが、思った通りだった。

そして。

――いわゆる〝痴情のもつれ〟ってやつですよ。

あの言葉が、にわかに現実味を帯びてこようとしているではないか。

「もちろん、本気で結ばれようとか特別な関係になろうとか、そこまでは思ってなかったけど、でも間違いなく恋をしてたし、たぶん今もしてるんだと思う」

よくある構図だ。妻を顧みない夫に対する負の感情が、他の誰かへの〝恋心〟に変わる――もしかすると、先の「愚痴を聞いてもらったこと」もそこには影響しているのかもしれない。いずれにせよ、この場所で彼女がそんな恋情を抱く相手として、神楽零士はまったく不足なしと言えるだろう。それはそうなのだが。

――あの日、私はいくつか嘘をついたの。

話を聴く限り、あの日の「事情聴取」の場で彼女がついた嘘というのは、本当は移住なんてしたくなかった、という本音を言わなかったことくらいしか見当たらない。しかもそれは、嘘をついたというよりただ隠していただけのような気もするし、今にして思えばその片鱗は言葉の端々に表れてもいた。

「事情はわかりましたが、特に嘘なんてついていないように思うんですけど」

その指摘に、なぜか引き攣った笑顔を浮かべる彼女――指先でも触れたらたちまち壊れてしまいそうな、それほどの危うさをその笑みは秘めていた。

「ここまでの話は、すべて導入よ」

「え？」

「事件の日、私は節子さんと畑仕事を終えた後、いったん家で昼食をとり、そのあと再び合流してテレビを観た。他には誰にも会っていない――そう言ったでしょ？」

「はい」それは覚えているし、特に違和感もない。

でもね、と佳奈美さんは身を固くする。

「実は私、その間に零士くんの家に行ったの」

「は⁉」

「時刻はたしか十二時十分ごろ。よかったらうちでお昼を食べないかって、そう誘うつもりで」

瞬時に室内の空気は一変し、心臓の鼓動が、どくん、どくん、と加速していく。

十二時十分。つまり、その時点で神楽零士は殺害されていたことになる。

「でも、いくら呼び鈴をならしても姿を見せなくて」

だから、と再び先ほどの危うい笑み。

「鍵のかかっていなかった玄関から、彼の家に入ったの」

「なんですって⁉」

「もちろん、いけないことだと頭ではわかってた。でも、外出しているなら鍵をかけているはずだし、なんか変だなって。もしかしたら、急病で倒れているんじゃないかって。そんなふうに言い訳しながら、そうしてしまう自分を止められなかった」

なるほど、ようやく話が見えてきた。

おそらく彼女は、その場で遺体を発見していたのだ。もちろん、既に頭部が切断されていて神楽零士だと確証を持てなかった可能性は高いが、いずれにせよ、その時点で殺人事件が起きたことを知っていたのだ。にもかかわらず犯行が完遂されてしまったのは、彼女がその場で通報しなかったからだろう。それがなぜかはわからないが、だとしたら「世の中がこんな状況になってるし、もう黙っていられない」という先の発言も頷ける。なぜって、そこで通報さえしていればこんな事態にはならなかったはずなのだから。

「――ということですね？」

先回りしてそう言ってみるが、返ってきたのはまったくもって予想外の反応だった。

「違うの」

は？

「え、違う？」

「零士くんに会ったの」

聞き間違いだろうか。そんなことありえないはずだが。

「冗談ですよね？」

「ううん、話もしたから間違いない」

噓だ。

「だって、ただただ平謝りする私に、彼は『誰にも言いませんから、佳奈美さんも黙っていてください。それで、この件は全部なかったことにしましょう』って、そう優しく両肩に手を置いてくれたんだから。それなのに、夜のニュースで殺されたなんて報道されるから――」

その瞬間、私はたしかに音を聴いた。

これまで必死に築き上げてきた仮説が、すべて一瞬にして崩れ去る音を。

犯人の独白（4）

「零士から、いろいろと話は聞いていています」

　車が走り始めて少しすると、運転席の彼女――神楽零士の母親である神楽麗子は、おもむろにこんなことを言いだした。

「たまにしか連絡を寄越さないんですけど、そのたびに熱っぽく語るんですよ。大学でいい友達に出会えた、あいつとならいつかこの国を変えられる気がする、ってね。だから、いずれご本人とお会いしたいなって思ってたんです」

　助手席のわたしは、返事に窮して窓の外へと目をやる。

　遠くの青空に立ち昇る入道雲、見渡す限りどこまでも広がる田畑、時折姿を見せる不釣り合いに巨大な送電用鉄塔。

　八月七日、大学三年の夏休み。この日わたしは、神楽零士の実家にお邪魔すべく、人生で初めて島根県を訪れていた。

　――愛さんから誘われたんだけど、一緒に行かない？

　そう言って神楽零士がスマホの画面を向けてきたのは、たしか先月のこと。

　見ると、そこには『蓑辺村開村式典のご案内』という文言が表示されていた。

　――八月七日、十一時から。夏休みだし、特に予定ないでしょ？

　たしかに予定はなかったが、気安く応諾できない自分がいた。

　――いま、ここ以外にもう一か所、蓑辺村ってところの村おこしも手伝っててさ。

——マジ？　零士のふるさとのすぐ隣じゃん！　縁があるねえ！

聞けば、愛さんのこういった取組が徐々に実を結び、消滅寸前だった蓑辺村は今や復活の兆しを見せているという。彼女のみなぎる〝闘志〟に共鳴する形で、全国津々浦々から集った計七人の移住者たち。その成果をいよいよ世に発信すべく、こうした催しを開催する運びになったのだとか。

——いや、やめとくよ。

そう返事すると、神楽零士は怪訝そうに眉を寄せた。

——どうして？

——なんとなく。

無論、その案内が自分に来ていないから拗ねたわけではない。そうではなくて、むしろ「邪魔しないほうがいいかな」とお節介ながら〝配慮〟したのだ。彼女は間違いなく神楽零士に気があるし、そのことを彼もわかっているはず。だとしたら、ここは二人きりにしてやるべきなのでは、と。

そっか、とそのままスマホをしまった彼は、すぐに別の提案を投げかけてくる。

——じゃあ、せっかくならその日うちに来ない？

——母さんと妹も、会いたがってるからさ。

自分も式典に合わせて帰省するつもりだし、と何食わぬ顔で補足してみせたものの、おそらくわたしがなぜ断ったのか、その理由は察しているのだろう。そうでなければ、開村式への出席を一度断ってよこした人間を、返す刀で実家に招待しようなどとは思わないはずだ。

それはさておき、その誘いが非常に魅力的なのも間違いなかった。

——迷惑じゃないなら、行こうかな。

——オッケー。僕は六日中に帰ってると思うから、来る時間が決まったら教えて。

八月七日、十三時二十五分——彼の実家の最寄り駅へとわたしが降り立ったのは、こんな経緯によるものだ。

駅員自ら切符を回収するタイプの古い改札を抜けると、事前に知らされていた車種の軽自動車がこぢんまりとしたロータリーに停まっていた。

――零士の母です。

サイドウィンドウが降り、奥の運転席から花柄ワンピース姿の女性の顔が覗く。

――遠路はるばる、さぞ大変だったでしょう？

そうして彼女が運転する車へと乗り込んだのが、つい十分ほど前のことだ。

「――自分なんかは、零士くんとまったく比べ物になりませんよ」

長閑《のどか》な田園風景を眺めながら、気付いたらわたしはそう言っていた。

「またまた、ご謙遜を」

「いえ、本心です。だって――」

乗り越えてきた逆境の数々、背負っているものの重さ、そして腹に秘めた覚悟。どれ一つとっても、自分は彼の足元にすら及ばない。できることと言えば、せいぜいスクランブル交差点の中心で一緒になって空を見上げることだけ。それなのに「あいつとならいつかこの国を変えられる気がする」なんて、身に余る言葉でしかない。でも――

それでいいじゃないか。

自分は〝脇役〟で構わない。彼がいつかこの国を変えてみせる瞬間を、一番近くで目の当たりにすることさえできれば。

「うちの事情は、零士からだいたい聞いていると思いますが」

赤信号で停車すると、ハンドルに手を置いたまま神楽麗子が顔を向けてくる。

四十すぎにしてはやや〝積年の気苦労〟が随所に滲んでいるものの、それでもなお、たいそう綺麗な人だと思えた。涼しげな目元に長い睫毛、筋の通った高い鼻梁。

間違いなく神楽零士は母親似だ。

「はい、聞きました」

ですよね、と顎を引いた神楽麗子はそのまま前方へ向き直る。

「時折、たまらなく心配になるんです」

「心配？」

「あの子に、あまりにもいろんなものを背負わせてしまっている気がして」

瞬間、脳裏に甦るあの日の夜行バスでの一幕。

――もし母さんと妹に何かあったら、僕はすべてをなげうってでも飛んで帰る。

――だって今の僕がこうしていられるのは、全部あの二人のおかげなんだから。

彼がその背に負っているのは、家族の〝純粋な期待〟だけではない。日夜身を削る思いで働く母親のこと、自分の人生に自ら線を引いてしまった妹のこと。傍目にはいっさいそんなふうに見えないが、だからこそ陰でどれほどの「責任」や「重圧」に人知れず苛まれているのか、わたしにはまるで想像がつかなかった。

「だから、支えてやってもらえないかしら」

「支える？」

「もし、零士が圧し潰されてしまいそうになったら……そうなったら、傍にいてあげて欲しいんです。恥を忍んで、母親からのお願いです」

注がれる真摯な視線。

もちろん、言うべきことは決まっている。

「ええ、約束します」

その瞬間、お母さん信号青だよ、と後部座席から軽やかな声が飛ぶ。

バックミラーを見やると、これまた神楽零士に瓜二つと言うべき可憐な少女と目が合った。梳き流した長い黒髪に、白磁のように艶やかな肌。

神楽玲奈、彼の妹だ。

――私のことは気にしないで。

――だって、お兄ちゃんはいつかこの国を変える人なんだから。

――だから、ここにも自然と名前が轟いてくるくらい頑張ってよ。

そうして高校卒業とともに彼女は地元で就職すると聞いているが、いざ本人を前にすると、それは実に勿体ないことのように思えた。化粧もしていないし、服装もいたってシンプルながら、それでも全身からほとばしる溢れんばかりの華やかなオーラ――もう少し垢抜ければ、間違いなくモデルや女優として通用するだろう。しかも、神楽零士の言葉を借りるなら、彼女は彼以上に優秀かもしれないというではないか。

あまりに惜しいな。

東京に出てくれれば、きっといろんな道が拓けていたに違いない。

「実はね、お母さんはまだ離婚してないんです」

まあ、旧姓より神楽のほうがイケてるからいいんだけど、なんてころころと笑ってみせる彼女――なるほど、どこか肩の力が抜けているというか、いい意味で深刻さに欠ける独特の軽い雰囲気は兄妹揃ってのものらしい。

「ちょっと、玲奈。余計なこと言わないの」

困ったように眉を寄せつつも、どこか母親も楽しげだ。

「退職金が入ってからのほうが、取り分も多くなるしね」

「黙らないと怒るわよ」

「おー、怖っ」

逞しい人たちだ。

やりとりを聴きながら、素直にこう思った。

いくら息子や兄の友人とはいえ、初めて会ったばかりのわたしを前に、普通なら堅く口を閉ざしてもおかしくないこんな話題を、これほどあっけらかんと詳《つまび》らかにしてみせるのだから。

いい家族だな。

神楽零士の〝強さ〟の原点を知れた気がする。

そして、彼がすべてをなげうってでも二人を守ると誓ってみせた理由も。

「あ、そう言えば訊きたかったことがあるんですよ」

バックミラーに目を向けると、何やら小悪魔めいた蠱惑的な笑み。

「訊きたかったこと？」

首を傾げるわたしに、神楽玲奈は声を潜め、悪戯っぽくこう囁いてみせる。

「お兄ちゃんって、彼女とかいるんですか？」

ああ、と苦笑しつつ、まっさきに思い浮かんだのはもちろんあの人のことだった。

――おい零士！　あれこれ難しいことごちゃごちゃ考えんなって。

――え、零士も島根の出身なの？　偶然！　私もなんだよね。

あの人は、はたして彼女と言えるのだろうか。おそらく言えない気はするが、誰か一人挙げろとなったら、あの人が一番それに近いように思えてくるのも間違いない。今まさに蓑辺村の開村式で顔を合わせているはずの、愛さんこと橋爪愛が。

「その沈黙は、いますね」

我に返り再びバックミラーを見やると、それくらいわかりますよ、とでも言うように神楽玲奈がにやりと唇の端を持ち上げていた。

「お兄ちゃんには聞いたって内緒にするんで！」

「いや――」

「玲奈、困らせるようなこと言わないの」

「でも、お母さんだって実際気になってるでしょ？」

「まあ、ね」

「ほら見ろ」

「だって、訊いてもはぐらかされるんだもん」

「だから、いまこそスパイ活動に励まないと」

どこか呑気で、お気楽な笑い声に包まれる車内。

そんな私たちを乗せた軽自動車が、四方を田んぼに囲まれた見通しのいい十字路で右方向からやって来た乗用車と衝突し、そのまま脇に立つ電信柱へと突っ込んだのは、それからわずか数十秒後のことだった。

第四章　未来のゆくえ

1

一部始終を説明し終えても、誰一人として口を開く者はいなかった。

佳奈美さんが神楽零士に会ったとされるのは、事件当日の十二時十分ごろ。そして、霜里にて彼の頭部がボックスへと投げ込まれたのは、それからわずか六十分後の十三時十三分。この時点で、例の本流と支流に沿った強行軍は完全に否定されたことになる。

十一月二十四日。ドローン攻撃まで残り九日。時刻は、十時二十分。

私の家で卓袱台を囲むいつもの三人と、画面に映るあいつ。

部屋には、陰鬱で重苦しい空気が立ち込めている。

しばしの沈黙の後、「聞くところでは」と口火を切ったのは馬場園だった。

「昨夜、自ら警察へと連絡をした黒飛佳奈美は、これだけの重大事実を秘匿していた理由として以下の二点を語ったそうです」

一つは、その場で神楽零士本人が「本件を不問にする」と言ってくれたこと。それなのに、わざわざ〝不法侵入〟したことを自ら口にする必要はない。たしかに気持ちはわからないでもないが、どちらかというとこれは二次的な要因で、より大きかったのはもう一つの理由のほうなのだろう。

「もう一つは、繰り返し行われる事情聴取の中で『自分の貸与した鋸が頭部の切断に利用されていた』と、彼女が知ったことです。そのため黒飛佳奈美は、自分が殺人の容疑者とされてしまうのを恐れるあまり口を閉ざしたのだとか」

まあ、仕方あるまい。

そのうえ勝手に家へ上がり込んでもいるのだから、普通は誰がどう見ても容疑者候補の筆頭だろう。たまたま本件はそんなの屁でもないくらい中井の容疑が濃すぎるものの、いっぽうでそんな事実を事情聴取の段階で彼女が知るはずもないのだ。よって、保身のためにこの件を黙っていたというのは、道義的には許されないながら、心情としては頷けてしまう部分が大きい。

「いずれにせよ、この衝撃的な新証言により、もはや頭部の輸送に残された手は『完全自律飛行のドローンで送り届ける』以外になくなってしまいましたが——」

それでも、ほぼ不可能と言うべきタイムテーブルだった。

佳奈美さんが立ち去った十二時十分すぎから十三時十三分までの約六十分間で行う必要があるのは、必死に抵抗する神楽零士の絞殺、遺体の頭部切断、そしてドローンによる空輸——仮にドローンが時速二十キロで飛行するとして、ここから霜里までは直線距離で四キロ。つまり、十二分程度はかかることになる。よって、神楽零士の頭部切断はどんなに遅くとも十三時前までに終えていないと間に合いようがない。こうなってくると、そもそも彼女の証言の信憑性に疑問符を打ちたくなるが、かと言って嘘をついているとも思えなかった。なぜって、彼女が犯行に何らかの関与をしていようがいまいが、いずれにせよ口を閉ざしていたほうが絶対に有利な状況だったのだから。

無理じゃないだろうか。

気勢を削がれるには十分すぎるほど、状況は絶望的だった。

「なお、先日の雨宮くんのアイデアに基づいて、警察のほうで銀行口座の出金記録やらドローンの製造に携わる生産工場の注文履歴やらを総ざらいしたところ、たしかに中井は〝特注機〟を注文していたと判明しました」

『やはりそうでしたか』

それなのに、あいつの口ぶりはいつもとまったく変わらない。

「時期はおよそ半年前。ですが、残念ながら『フライヤー6』ではないようです。国内で販売済みの『フライヤー6』全十五機についてはすべて所在がわかっており、この点は帝国電気にも確認が取れているとのこと。そして、どうやら彼が注文した機体は小型の部類にカテゴライズされるものみたいです」

『なるほど』

「いずれにせよ、中井がその〝特注機〟を利用して完全自律飛行で霜里まで頭部を届けたのはほぼ確定でしょう。ただ――」

「いまだ謎は山積みのまま」

状況整理の意味もあって、すかさず私は続きを引き取った。

事件当日、霜里周辺で『フライヤー6』を除くドローンの目撃情報が一件もないのはなぜか。そして、いかにして事前に安地和夫と連絡を取り合ったのか。この二点は、いまだ開かずの扉として私たちの眼前に立ちはだかり続けている。

しかし、なぜか馬場園の表情は煮え切らない。

「実は今日、それらの謎どころではない重大な情報をお伝えする必要があります」

「重大な情報？」

「昨夜、安地和夫が犯行を自供したんです」

は⁉

一瞬、時が止まったように錯覚した。

『――冗談ですよね？』

「いえ、本当です。現在警察では裏取りを行っており、その確認が取れ次第、正式に逮捕状を請求することになるとのこと。おそらく、今日か明日中には――」

『ありえませんよ』

そう言って、馬場園の話をただちに遮るあいつ――これまでにただの一度も見たことのない激しい憤りで、その顔は歪んでいた。

「しかし、本人が認めている以上――」

『頭部を投げ込んだ経緯について、安地は何と言っているんですか？』

ああ、と頷きながら馬場園は例の手帳を取り出す。

「隣家の雪かきを手伝った後、荷物を受領すべく自分の家の庭へと向かったところ、雪上に神楽零士の頭部が落ちていた。そして、かねてから彼のことを快く思っていなかったこともあり、衝動的にボックスの中へ放り込むことにした。というのがだいたいの筋だそうです」

いやいや、とあいつはその説明を鼻で笑い飛ばす。

『それなら事件当日、安地邸の庭に頭部が落ちていたと思しき痕跡――例えば、微かな血痕などはあったんですか？』

「それは――」

『それだけじゃありません。どうして落ちていたからと言って、ボックスへ投げ込む必要があるんですか？　どれほど快く思っていない相手だったとしても、その状況なら普通は通報しませんかね？　そして何より、そんな衝動的な犯行だったのにどうしてボックスの中にメッセージを入れたんですか？　また、その文言をどうして《パトリシア》は言い当てたんですか？　何一つ、筋が通っていないじゃないですか』

「それを、現在警察は確認しているという――」

『警察の話はどうでもいい！　訊いているのは馬場園さん、あんたがそれではたして納得いくのかということだ！』

烈火のごときあいつの剣幕に、馬場園は思わずたじろいだ様子だった。

『ここまで調べてきてわかったでしょう⁉　やつは我々の想像を遥かに超える精緻さで今回の犯行を組み上げているんです。それなのに、最大の〝見せ場〟ともいえる頭部の格納に関して、こんなお粗末なことをするはずがない！　それに――』

そこでいったん言葉を切ると、背筋が凍るほどに冷ややかな視線をあいつは投げかけてくる。

『断言します。今回の事件、安地和夫は無関係です』

何を言い出すかと思えば。

感情を剝き出しにするという慣れないことをしたせいで、ついに頭がおかしくなったのだろうか。

もちろん納得のいかない点が多々あるのは事実だが、それでも本人が自白した以上、もはや安地の犯行への関与については揺るぎようもない気がする。そして何より、本件を「単独犯」で完遂するのはどう考えたって不可能ではないか。

「気持ちはわかりますよ。たしかに、雨宮くんは最初から『共犯』であることに疑問を投げかけてくれていましたからね。ただ、この点に関しては――」

『がっかりですよ』

再び馬場園の言葉を遮り、あいつはそう吐き捨てる。

『結局、あなただってそこらの記者連中と同じじゃないですか。なんせ、警察の情報をそのまま鵜呑みにして思考停止に陥っているんですから。そういうマスコミの姿勢に我慢ならなかったからこそ、報道各社が政府の自粛要請に応じる中、あなただけはこの件を世に問うべく記事を書いてみせた——そう勝手に信じていたんですが、とんだ見込み違いだったようですね』

その辛辣すぎる言葉の数々に、はっと馬場園が息を呑む。

『もう一度言いましょう。今回の事件、安地和夫は無関係です。なのに自白したのだとすれば、それは〝自白強要〟に準ずるような何らかの警察の横暴があったから。そのほうがよほど腹落ちしますし、そうとしか考えられません』

「それじゃあ、仮に単独犯だとしたらどうやって——」

『思考停止のあなたにそれを納得させるには、あと一枚手札が足りない』

信じられない発言の連発に、目の前がチカチカした。

あと一枚——ということは、逆にそれ以外はすべて揃っていい、いい、いい、いるとでもいうのか？

今のこの、あまりにも絶望的すぎる状況下で？

「待って。当然それは、昨日の佳奈美さんの証言も踏まえての発言なんだよね？」

『当たり前だろ。これまでのいっさいを勘案したうえで、本件は間違いなく単独犯だ』

「ということは雨宮くん、もしかして君は既に——」

しかしそんな馬場園の問いかけも虚しく、画面からあいつの姿は消えてしまった。


「——いやはや、まったく彼には頭が上がりませんね」

それからしばらく気まずい空気が続いた後、馬場園は苦笑いを浮かべた。

「あなただってそこらの記者連中と同じじゃないですか——あれは、かなり痛いところを突かれました。一番言われたくない言葉でありながら、まさしくその通りだったわけですから」

そこで一度湯飲みの茶を啜ると、馬場園は中空に視線を彷徨《さまよ》わせる。

「少し、身の上話をしてもよろしいですか？」

「ええ、もちろん」

「実を言うと、今でもずっと探し求めているんです」

　一人の週刊誌記者として、自分が世にもたらすことができる〝価値〟というものを。

「ご存じの通り、我々週刊誌メディアの存在意義は、記者クラブに所属するような大手新聞各社が報じられない〝スクープ記事〟を世に送り出すことにあります」

　芸能人や政治家の下半身事情やスキャンダルは言うに及ばず、馬場園自身が報じてみせた事件の異常性、そして二週にわたって『週刊スクープ』が掲載した霜里の実態や、神楽零士の知られざる過去――これらはすべて、週刊誌だからこそ報道し得たことだと言える。

「だけど、そうやって世間の興味を惹き、ただ〝煽る〟だけでいいのだろうか――もっと踏み込んで、さらに意義のある〝報道〟というものを追求すべきではないだろうか。そんな想いがずっと胸の奥に燻っていましたし、だからこそ、駆け出しの頃に先輩から言われた『百調べて十を書け』という言葉は、いつだって心の支えだったんです」

　そういった地道な、どこまでも徹底的な取材を通じて、埋もれかけていた〝真相〟や新たな〝価値観〟を世に提示する。そんな記事を週刊誌記者として書いてみせるべきではないか、と。

「だからこそ、報道各社が政府の要請に従って本件を〝隠蔽〟しようとしたとき、許せませんでした。なぜなら、政府の意図は必ずしも『事件の残虐さが世間に与える影響を考慮して』だけではないからです」

「だけではない？」耳を疑い、思わず目を見開く。

「――実は今回の一件、全容の大部分が〝隠蔽〟されているんです。

　あの日、そう言いながら彼が浮かべてみせた訳ありな表情。

　その裏には、もっと別の事情があったというのか。

「本件を可能な限り国民の目に触れさせないことによる〝事件の風化〟――それこそが真の狙いです。なぜなら〝彼女〟の主張は政府にとって実に具合が悪いから」

その説明には、多分に頷ける部分があった。

過疎対策、そして「地方創生」――それは谷田部政権が掲げる「一丁目一番地」とでも言うべき〝目玉政策〟の一つだ。それに真っ向から疑問を叩きつける《パトリシア》の主張は、たしかに厄介すぎる代物だろう。

「だからこそ、次なる要求を《パトリシア》が突き付けてくる前の早期解決――これを信じて、政府は報道自粛を呼びかけたんです」

「そうだったんですね」

「結果的にその目論見は外れましたし、諸々の事情を承知していた私はそうなるだろうと確信もしていました。おそらく早期解決など望めず、時を置かずして日本中に大嵐が吹き荒れることになる。そして、絶対にこの事件は人知れず闇へと葬っていいものなんかじゃない、ってね。それに共感してくれる協力者――雨宮くんの言葉を借りるなら『仲良しの警察』がいるからこそ、ここまでの内部事情を私は手にしていて、捜査妨害にならない範囲での報道へと踏み切ったわけです」

やっぱりね、と納得する。

薄々わかってはいたものの、彼がここまで捜査状況を逐一把握しているのは、やはり警察に内通者がいたからなのだ。本件を〝お上の事情〟で封殺することに対して疑問を抱く、心ある警察関係者の誰かさんが。

「そして、雨宮くんの言うことはおそらく事実でしょう。自白強要に準ずる行為があったのも、おそらく安地和夫が無関係だというのも」

なんだと？

「特に、前者については納得がいきます。というのも、毎日のごとく国民からの熾烈な批判に晒され、現に支持率も急降下中の政府から、警察庁および県警に対し想像を絶するプレッシャーがかけられていると聞いていますので」

「そうなんですか？」

「その圧力に耐えきれず、事件解決のために違法すれすれ――というか、正真正銘の違法な捜査が行われていたとしても、まったく不思議ではありません。現に、似たようなことは過去に何度もこの国で起きていますから」

だとしても、安地が《パトリシア》でないのは明らかなのだから、彼を逮捕したところでドローン攻撃を食い止めることには繋がらないではないか。素直に疑問を口にすると、馬場園は「そこですよ」と引き攣った笑みを浮かべた。

「つまり、政府は既に無差別攻撃が実行された後のことを視野に入れているんです」

「はい!?」

「もちろん、実際に攻撃が為されれば政権がひっくり返るレベルの大打撃となりかねません。ですが、それより前に安地和夫を逮捕しておけば、批判の矛先をいくばくか逸らすことはできます」

「批判を逸らす？」

「おそらくですが、警察は『安地が半ば衝動的に頭部をボックスに投げ込んだ』と馬鹿正直には発表しないはずです。もしくは、この後何らかの〝修正〟が供述内容に加えられるのかもしれません。というのも」

このままでは偶発的な「共犯」関係だったことになってしまうから。

「要は、計画的な『共犯』であると世間に思わせることが大切なんです。そうすれば、国民の一定数はこんなふうに考えるような気がしませんか？　安地が共犯者の名前について口を割ってさえいれば無差別攻撃は食い止められたはずだと」

そんな馬鹿な。

そのために、無実かもしれない一般人を〝生け贄〟に捧げようと言うのか。

しかも、と馬場園は思い出したように手帳を捲る。

「タイムリミットの一週間前——つまり、明後日までに《パトリシア》の身柄を拘束できなければ、谷田部首相が直々に交渉を持ち掛けるという方向で調整が進んでいると聞いています」

「交渉？」

「攻撃を中止するよう、呼びかけるんです」

「そんなの、従うはずないじゃないですか」

ええ、と馬場園は当たり前のように頷く。

「ですが、それで構わないんですよ。大切なのは『やるだけのことはやった』と世間にアピールすることですから」

耳を疑うような言葉の連続に、どんどん頭へ血が上っていく。

そんなの、許されるわけ？

「そうした事情もあって、自分は弱気に付け込まれていたんでしょうね。安地を誤認逮捕した挙句、宣言通りに攻撃が実行され、その後政府へ向けられるはずの壮絶な批判に対する〝盾〟として彼が犠牲になるくらいなら、本当に共犯であったほうがいい。まだ見ぬ〝真相〟から目を逸らし、情けなくもそう思ってしまったんです」

それについては、頷けないこともなかった。

これほどまでに身の毛もよだつ、半ば陰謀論めいた政府の所業を認めるくらいなら、安地和夫が素直に犯人であってくれたほうがよっぽどましだ。

とはいえ、と馬場園はため息をつきながら手帳を閉じる。

「本件が中井の『単独犯』であると断定するに足る根拠は、少なくとも我々の手元には何一つありません。雨宮くんの言うように、本件最大の〝見せ場〟とも言えるボックスへの頭部格納が、土壇場の思い付きやある種の衝動によって為されたなんてにわかに信じ難いのは事実ですが、いっさいの反証が浮かばない以上、もはや我々に打つ手はなしと言うべきでしょう」

「つまり」

「安地和夫の逮捕は止めようがない。そして――」

そうなったら、いよいよ政府および警察は「ドローン攻撃もやむなし」というモードへと切り替わってしまう。だからこそ、肝心なのは一刻も早く中井の犯行を証明してみせること。

「すべては、雨宮くんに懸かっています。彼が〝切り札となる最後の一枚〟とやらを見つけてくれるかどうかに」

◇

「公園というか、ただの空き地だな」

河川敷の土手の上で、中津瀬は「ですね」と相槌を打つしかなかった。

サッカーグラウンドの隣に広がる閑散とした空き地。遊具があるわけでもなければ、土曜日なのに家族連れで賑わうわけでもない。事実、今も犬の散歩をしている老夫婦一組を除き、周辺にまったく人影はなし。半ば放棄されたかのごとく、都会の喧騒から隔絶された地――逆に言うと、動画の撮影場所としては絶好のロケーションであるようにも思えてくる。

十一月二十六日。ドローン攻撃まで残り七日。時刻は、十五時四十九分。

――明日、暇？

――特に予定がなければ、都内散策に付き合って欲しい。

雨宮からこんな誘いを受けたのが昨日の夜、二十一時すぎのこと。

東京には休日返上でわざわざ会うような友人もいないため、もちろん暇ではあったのだが、それにしてもこの男の異様な熱量は何なのだろう。都内散策などとぼやかしてはいるものの、例の扇橋公園とやらを訪れる魂胆なのは目に見えていた。

――まあ、いいですよ。

――オッケー。じゃあ、十五時十五分すぎに西日暮里駅で。

ほら、やっぱり。

そうして駅で落ち合った後、路線バスに乗り、やがて現れた「扇橋前」なる停留所で降車したのが、今から五分ほど前のことだ。

「とりあえず、行ってみよう」

ダウンジャケット姿の雨宮に続く形で、急勾配の土手を下っていく。

ほのかな草の香りや吹き抜ける冷たい川風は、地元のそれらとほぼ大差ない。もし違いがあるとすれば、対岸を高速道路が走っていることと、その向こうに夕陽を背負うようにして巨大なマンション群が聳え立っていることくらいだろうか。

「まあ、ここだと言われたらそんな気もするな」

公園とは名ばかりの侘しい空き地へ足を踏み入れるや、雨宮はスマホの画面と景色を交互に見比べ始めた。たしかに岸辺でススキが群生している点や対岸に高架が見える点は合致しているが、それほど鮮明な映像でもないし、何か特徴的なランドマークが映り込んでいるわけでもないため、確証は持ちようがない。

――こんなことをしている場合なのだろうか。

隣に付き添いながら、そんな疑問が脳裏に浮かんでは消えていく。

というのも昨日の夕方、こんな衝撃的なニュース速報が全国を駆け巡ったからだ。

『死体遺棄容疑で七十代男性を逮捕』――逮捕されたのは、霜里在住の安地和夫・七十七歳。神楽零士の頭部を『フライヤー6』のボックスに投げ入れたことを認めたため、此度の緊急逮捕へと至ったらしい。

今回のニュースによって世にもたらされたものは、たった一つ。

警察に対する微々たる称賛の声――それだけだった。

むしろ、それ以上に耳目を集めたのは同時になされた次のような宣言だろう。

「殺害の実行犯である《パトリシア》の逮捕へ向け、引き続き全力で捜査に当たる」――これによって「安地と《パトリシア》は別人」である旨が公然の事実となり、大きな波紋を呼んだのは言うまでもない。というのも、集落の実情に明るくない一般の国民にとっては、本件が「共犯」なのか「単独犯」なのか、これまではそれすら判然としていなかったのだから。

――それなら、拷問でも何でもして《パトリシア》が誰なのか吐かせりゃいいだろ。

――国民の生命を守るためなんだから、それくらいは許されるって。

そのせいで、ネット上にはちらほらこんな声も出始めている。

もちろん、諸手を挙げてこれらの意見に賛同はできないが、こうして「共犯者」が逮捕された以上、事件解決は秒読みのように思えてしまうのも間違いない。

しかし。

――もう一つは、本当に共犯なのかってこと。

――というのも、だとしたらさすがに間抜けすぎないか？

耳の奥に焼き付いて離れない、いつかの雨宮の指摘――これがどうにも引っかかってならなかった。現に、今回の報道を受けてもこの男に熱意が削がれた気配など微塵もないではないか。

それどころか、例の『亡国教団』が煽動する大都市圏への移住運動をはじめとして、官邸・国会前のデモからネットに溢れかえる罵詈雑言に至るまで、燃え盛る国民感情はいまだまったく衰える気配がない。安地逮捕ごときでは止められないくらい――それくらい〝彼女〟が熾してみせた業火は既に全国へと燃え広がってしまっているのだ。一部国民に見られる「若干のトーンダウン」だって、たぶん一過性のものだろう。言うなれば、それはほんの一瞬だけ生じた隙――全地方都市の喉元へと突きつけた「刃」の柄を握り直すべく〝間隙〟が生じただけで、本質的にその「切っ先」が下ろされたわけではないのだから。

考えてみれば、当然だろう。

無差別攻撃の脅威が去ったわけでも、地方の存在意義に関する論争に決着がついたわけでもないのだ。となるとやはり、本件の幕引きは《パトリシア》逮捕をもってしか図れないと言うべきだし、そのために引き続き「捜査」にあたるという姿勢は間違っていないようにも思う。だけど――

「雨宮さんは、どうしてこの話に乗ることにしたんですか」

スマホのカメラを傾けてみたり、しゃがんで高さを変えてみたりを繰り返していた雨宮は、その問いかけに「ん？」と顔を上げる。

「ずっと、疑問だったんです」

――役人の仕事を回すコツは、余計なものを背負いこまないこと。

――関係ない話は鉄の意志で跳ね返す。これさえ覚えておけば問題ない。

「それなのに、どうしてこんな〝関係ない話〟へ首を突っ込むことにしたのかって」

スマホを握りしめたまま、いつもの無表情で佇む雨宮――吹き抜ける川風に、彼のぼさぼさ髪が舞い上がる。

「もちろん、今やこの事件は全国民にとって『無関係』とは言えません。そんなことはわかっています。でも――」

たかが役人が「犯人捜し」に挑むのは過剰だし、やはりお門違いではないか。

そこまでひと息に捲し立てると、中津瀬は彼の返事を待つ。

暮れなずむ空の下、雨宮は「そのことか」と頷くと、そのまま対岸に視線を向けた。

「答えは簡単。今言ってくれた通り、この話は無関係じゃないから」

「いや、それはわかってますけど――」

「無関係じゃないどころか、関係は大アリだから」

反論を寄せ付けず、きっぱりと雨宮は言い切る。

「覚えてるだろ？　例の宣戦布告の後、政府がどれほどの騒ぎになったか」

瞬間、蜂の巣をつついたような先日の大混乱を思い出す。

官邸から「大至急で」と全省庁に下された無謀とも言える指示。休日返上で作業に取り組んだ過酷すぎる日々。社会人六年目にして初めて経験した、意識が朦朧とする中での長時間勤務。

「ただの宣戦布告ですら、あの騒ぎだったんだ。実際に攻撃が為されたとしたら、絶対にこんなもんじゃ話は済まされない」

「あっ――」

その言葉で、中津瀬はいっきに視界が開けた気がした。

「もう、うんざりなんだ」

独り言のように呟きながら、雨宮は対岸へ遠い目を向け続ける。

「この国に、石渡さんのような人をこれ以上出している余裕はないんだよ」

――この方は、石渡さん。経産省で官房総務課にいたとき、お世話になった先輩だ。

――まあ、身体壊して去年辞めちゃったんだけどね。

「彼女は、自分の知る中でもっとも優秀な役人の一人だった。常にこの国の行く末を考え、納得がいかなければ上司にいくらでも盾ついてみせる。だからこそ皆から信頼され、あらゆる仕事が集中し、そうして最後は役人を辞めてしまった。そんなのもう――」

うんざりなんだ、と彼はもう一度繰り返した。

「それに、ここへ来てわかっただろ？　いかに日々、くだらない業務へ役人が時間を割いているかってことが」

「たしかに」

それは常日頃から感じていることだった。

資料中にある「取り組み」という表記をすべて「取組」へ変える。辞書ほどもある国会答弁資料にインデックスを付す、いわゆる「耳付け」と言われる作業を大勢で何時間もかけて行う。ある書類に関しては「青枠」と呼ばれる特定の用紙に印刷し、分厚い場合はキリで穴をあけたうえ紐で綴じる――しかもその際、穴開けパンチの利用はいっさい認められていない。なぜか？　そういうものだからだ。

――どうだ？　これぞ〝二十一世紀の仕事〟って感じだろ？

いつだったか、雨宮がこう皮肉交じりに呟いたのを鮮明に覚えている。

「もちろん、いくらかの業務効率化は図られ始めているとはいえ、こんなどうでもいい作業に役人は日夜時間を取られているんだ。そこにきて、ましてや無差別攻撃なんか実行された日には――」

「間違いなく、全省庁がパンクする」

その通り、と雨宮は茜色の空を見上げる。

「そうなったら、いよいよこの国は終わりだ」

瞬間、胸にわだかまっていたすべてが、あっという間に氷解していくのがわかった。

だから、彼はこの話に首を突っ込むことにしたのだ。だから、例の宣戦布告動画が公開された途端に、一度はにべもなく断ってみせた晴山陽菜子の協力要請に応じたのだ。何やら楽しそうだったから参加したわけでも、漠然とした〝正義感〟に駆り立てられたわけでもない。そうではなく、この国の未来のために働くすべての役人仲間を守るため――彼が一肌脱ぐことに決めたのは、そんな単純にして明快な理由だったのだ。

――明日は、社長出勤でいいよ。

思い返せば、この男はこうして気遣いをみせたことがあるではないか。

無関心を装っているようで意外と周りが見えているんだな、なんて他人事のように思った自分のほうこそ、よっぽど近視眼的だったのだ。

「すみません。勘違いしていました」

浅はかだった。あまりにも。

そして、そう思い知った今だからこそ、素直にこう口にすることができた。

「だったら、なんとしてでも中井を追い詰めてやりましょう」

そう意気込む中津瀬に対し、雨宮は「というか」と髪を掻き上げる。

「既に犯行方法はわかってるんだけどな」

あっさり返ってきたその言葉に、思わず身が仰け反った。

「昨日、安地和夫が逮捕されはしたが、あれは間違いなく誤認逮捕だ」

「誤認逮捕？」

「本件は、百パーセント中井の『単独犯』――ただ、まだそれを証明できない」

「証明できない？」

「今揃っているのは〝状況証拠〟だけだから。そんな状態で突っ込んでも、軽く返り討ちにあうのは目に見えている」

それからしばらくその犯行方法とやらを聴き出そうと粘ってみたけれど、暖簾に腕押し、柳に風で、いつものごとくすべて受け流されてしまった。

だけど。

信じてみよう。この国の未来のためにこの男を。

今日からは、迷いなくそう思うことができそうだった。


「――結論としては、たぶんこの場所っぽいって感じか」

その後も何度かスマホの画面越しに景色を眺めていた雨宮が、諦めたようにスマホをダウンジャケットのポケットへと収める。

時刻は十六時七分。日没を目前に控えた夕空は、燃えるような橙色に染め上げられている。その鮮やかなオレンジをバックに聳え立つ三棟のマンションを眺めながら、ふと中津瀬はこんなことを思う。

「あんなに建てて、意味あるんですかね」

「ん？」

「いや、これから人口も減っていくのに」

すぐに意味を察したのか、雨宮は「ああ」とそのマンション群へ目をやる。

「このままいけば、まず間違いなく〝ゴーストタウン化〟するだろうな」

もしくは、と無表情を崩さずに彼は続ける。

「やつの指示通り地方民が大挙して東京へと押し寄せて来れば、問題なく埋まるんじゃないか？」

「悪い冗談ですよ、それ」

そんな笑えない発言もあってか、背後に隠れた夕陽によって禍々しいほどの黒さで浮かび上がる三棟のマンションは、なおさら不吉の象徴のように思えた。

と、次の瞬間。

「ところで」雨宮がその対岸を指さす。「あれは、なんていうマンションだ？」

「はい？」

「マ、マ、マンション名」

なぜそれを、と思ったが、言われるままにスマホを取り出す。所在地やなんとなくの特徴を検索エンジンに入力すると、すぐにそれらしき物件情報が出てきた。

「たぶん『リバーサイド扇橋』ですね。一号棟から三号棟まであるそうなので、立地的にもまず間違いないと思います」

ネットの情報を見る限り、大手不動産デベロッパーが手掛ける中流層向けの分譲マンションのようだった。築年数は九年とそれなりに経過しているが、外観はそのことを感じさせないくらい新しく見える。とはいえ駅からは遠いし、高速を往来する車の騒音や排ガスも気になりそうなので、個人的にはあまり住みたいとは思えないが。

「どうしてですか？」

「いや、なんとなく」

しかし、なぜかそれからもしばらくの間、雨宮は対岸へ視線を送り続けていた。

『――つきましては、これからも政府一丸となって、魅力と活力で溢れる〝地方〟を創出すべく、あらゆる施策に躊躇なく取り組んでいく所存であります』

2

十一月二十八日。ドローン攻撃まで残り五日。時刻は、十三時三十五分。

昼のワイドショーが延々と再放送しているのは、昨夜、官邸から生中継で行われた谷田部首相による「所信表明」とでも言うべき演説の模様だ。

その内容は、要約すると以下のようになる。

これまで政府は地方活性化のために数多くの施策を講じてきており、その成果は着実に出始めているが、いっぽうで足の長い話であるのも事実。懸案の「過疎対策関連予算・施策」についても同様で、一定の成果は見られつつも、もう少し長い目で見る必要があると考えている。ただ、現時点での政策効果はさておき、多様性に溢れる豊かな国土を維持することは何物にも代えがたい「価値」であり、それこそが国のまっとうすべき最大の「責務」ではないだろうか。いずれにせよ、引き続き政府は一致団結して我が国の〝魅力ある地方〟の創出に向け全身全霊で取り組んでいくことを約束するので、ドローンによる無差別攻撃については即時の中止を求める。

『昨日の演説について、ゲストの皆様にご意見を伺いたいと思います。まずは政治評論家の――』

これに対する世間の反応は、文字通り「賛否両論」真っ二つだ。

首相自ら矢面に立って攻撃中止を呼びかけた点を評価する声が上がるいっぽう、演説内で何度も繰り返し強調された「成果」という文言の具体性や信憑性に疑問を投げかける声も同じか、それ以上に多いように見受けられる。

それじゃあお前の意見は、と問われたら、どちらかと言うと後者に近いだろうか。馬場園から「安地逮捕」に始まる一連の政府の〝狙い〟を聞かされてしまった以上、すべての不信感を拭い去って公平に判断するのは難しいが、それでもなお、谷田部首相の演説は現実味に欠けたと言わざるを得ない気がした。地方で新たな雇用が何万人創出されたとか、地域にどれだけの経済波及効果があったとか、所詮は数字遊びにすぎず、とても《パトリシア》の主張を跳ね返せるレベルにはない。豊かな国土云々という点についても、感情論としては全面的に同意ながら、〝彼女〟の主張する「経済合理性を根拠とした都市機能の集約」に対する反論としてはズレているし、弱い。

――綺麗ごとを抜かすだけの〝理想主義者〟はそちらでしょう。

こう言われて一撃で粉砕されるのがオチだろう。

要するに。

『現時点では《パトリシア》の主張のほうに軍配を上げざるを得ないのでは、と個人的には思えてしまいますね』

しかめ面を浮かべてみせるどこぞの政治評論家の見解に、残念ながら私も賛成だ。

『先日、共犯者が逮捕されましたが、その影響についてはどうでしょう？』

『それについては――』

ほとんど「焼け石に水」と言えるだろう。

唯一目立った動きがあるとすれば、馬場園の読み通り、安地に〝集中砲火〟を浴びせかける準備が着々と整いつつあることくらいか。

いや、むしろ加熱されすぎた「焼け石」は、いよいよ周囲に物理的な危害を及ぼし始めていると言ったほうがいいかもしれない。というのも、今日の午前中に実施された官邸・国会前デモにおいて、ついに現場の警備に当たっていた機動隊と血気盛んなデモ隊が衝突し、多数の負傷者が出ているからだ。

『谷田部政権は、国民を見捨てた！』

『人命軽視のクソ政権を打倒せよ！』

『絶対に谷田部を許すな！　絶対に谷田部を許すな！』

ここにきてさらに激化した理由はただ一つ——無論、昨夜の演説によって政府に「過疎対策関連予算・施策」を撤廃する気など毛頭ない旨が示されたからだろう。

この他にも、例の『亡国教団』の活動に与する何名かが、匿名掲示板に『いつまでも地方に住み続ける国家的反逆者どもを皆殺しにする』などと書き込んだとして、威力業務妨害で次々と逮捕される事件まで起き始めてもいる。かつて馬場園が危惧した通り、過激化した『亡国教団』の一部がテロ行為に及ぶ可能性とやらも、にわかに現実味を帯び始めていると言わざるを得ない。


テレビの電源をオフにすると、天井を仰ぐ。

——十五日後に敢行される無差別攻撃。

——これによって、いよいよこの国は未だかつてない致命傷を負うことになる。

唇を嚙みしめつつ、あれからもう十日が経過したのかと驚きを禁じ得なかった。

焦燥感に苛まれつつ、ここ数日の間に自分の身辺で起きた出来事についてもいま一度思い返してみる。

——お二人は、さぞご両親も心配しとるんやないか？

銀二さんの予想に違わず、母親から電話を貰ったのが三日前のこと。

『そんなところにいつまでいるつもりなの？』

『全部解決するまで、身の安全のためにうちへ帰って来なさい』

これまでなら「何をそんな大袈裟な」と一笑に付せたのだが、そんなことなど言っていられないくらい世相は一変し始めている。

報道によると、無差別攻撃の刻限を過ぎた瞬間から政令市および東京特別区を除く全国の主要ポイント――病院や学校、駅、空港などにおいて、警官隊による厳戒警備シフトが敷かれることになるという。また、不要不急の外出は言うに及ばず、屋外での開催を予定する各種イベントについても既に自粛要請が発令されている。もちろん、これらの対策は是が非でも講じるべきなのだろうが――

――中井が有しているドローンの技術は、たしかに桁違いです。

――だからこそ、無差別攻撃の現実味がよりいっそう増したとも言えるかと。

どれほど警戒していようが、いざとなったら防衛するのはまず不可能だと思えてしまうのも事実だった。動画の中で『プレデターズ』が繰り広げてみせた、おぞましき〝殺戮行為〟――あれほどの機動力と技術レベルを兼ね備えた機体が私たちの日常に襲い掛かってきたら、もはや為す術はない。まさか自衛隊が迎撃のために地対空ミサイルを撃ち込むとは思えないし、そうしたところで「時すでに遅し」だろう。攻撃の対象地域も、いかなる手段がとられるかも、何もかも現時点ではわからないのだから。

――もはや我々に打つ手はなしと言うべきでしょう。

そういう事情もあって、幾度となく馬場園のこの台詞が脳裏をよぎりはしたものの、だからと言ってただ手をこまねいて無為に毎日を過ごしたわけではない。

「安地逮捕」の一報を聞きつけ、再びここへ押し寄せた報道陣――その目を掻い潜りながら、凪咲とともに霜里へと足を運んだのが一昨日のこと。住民の誰かから話を聴けたわけではないし、いつかの銀二さんが言っていた通り、道端や畑、庭先から、混入した異物を見咎め、顔を顰めながら摘まみ上げてみせるような、ほぼ〝敵意〟と形容すべき冷ややかな視線を注がれもしたが、それでも収穫はあったと言える。

そう、やはり安地和夫が「共犯」とは思えなくなったのだ。

――こんなの、ドローンが飛んで来たら絶対気付くでしょ。

――まあ、ヤバ耳が遠ければわからないけどさ。

現場を前にして凪咲はこうぼやいていたが、これには同意するしかなかった。

安地邸を含む四軒ほどが身を寄せ合うようにして建ち並ぶ一区画――事件当日に彼が雪かきを手伝った「隣家」がどれなのかはわからないが、少なくともこの周辺一帯へドローンが飛来していながら、誰一人として音すら耳にしていないなんて、さすがに無理があると言わざるを得ない。それこそ全員が全員、揃いも揃って耳が遠いという僥倖にでも恵まれない限り。

――断言します。今回の事件、安地和夫は無関係です。

たしかにあいつの言う通り「単独犯」なのかもしれない、という思いが強まりはしたものの、それを裏付ける証拠は何一つ手元になし。それどころか、もはや本件は「不可能犯罪」にも思えてくる状況ときているではないか。

事件当日、十二時十分時点で神楽零士が生存していたという事実――立ちはだかる「時間」という物理的な壁を突破するには、いよいよ魔術や超能力の類いを持ち出さざるを得ない気すらしてしまう。となるとやはり、佳奈美さんの証言は嘘だったと考えるべきなのだろうか。その意図は、まったくもってわからないけれど。

そんな〝諦めの境地〟などどこ吹く風といった感じで、あいつから電話が掛かってきたのが昨日のこと。

――ドローンポートでの会話を聴き直してたんだが、一点だけ確認させてくれ。

――アプリを見れば、その日『フライヤー6』がどこへ飛行予定かわかるのか？

いつも通りまるっきり意味不明だったが、質問内容から察するに、あいつの言う「ドローンポートでの会話」というのは、おそらく私が「いつも霜里行きは埋まっているイメージ」と口にしたことを指しているのだろう。

どうしてそんなこと気にするわけ、と問い詰めたい気持ちは山々だったが、もはや些細な疑問でいちいち立ち止まっている余裕などないし、そう言えばあいつの頭脳だって魔術や超能力みたいなもんだなと思い直したので、素直に答えて差し上げる。

――うん、わかる。

――どれくらい詳細に？

――何時頃どっちの集落に飛来して、帰路につく予定か程度なら。

もちろん、届け先の個人名などはいっさいわからないが、行き先とだいたいの飛行予定時刻については、アプリ上で常に最新情報が更新されているからだ。

それを聴いたあいつは礼を言うでもなく、ただ「なるほど」とだけ言い残してそのまま通話を切りやがったが、これまでみたいに「ふざけんな」とは思わなかった。

――すべては、雨宮くんに懸かっています。

――彼が〝切り札となる最後の一枚〟とやらを見つけてくれるかどうかに。

ドローンによる無差別攻撃まで、あと五日。

この国に与えられた猶予は、もはや幾ばくもないのだから。

◇

『それでは、続いて現場から中継です。リポーターの――』

執務室に設置されたテレビの画面へ、中津瀬は呆けたように目を向けていた。

十一月三十日。ドローン攻撃まで残り三日。時刻は、二十二時十五分。

――おう、元気でやってるか？

――ちょっとお願いがあってな。

父親からこんな電話を貰ったのが昨日のこと。

――下宿先に、母さんを泊めてもらうことは可能かな？

――万一に備えて。ん？　俺はこっちへ残るつもりだよ。

聞けば、既に政令市および東京特別区に所在するビジネスホテルは避難民によって軒並み満室らしく、その波へ乗り遅れてしまった母親の〝疎開〟を手伝って欲しいとのことだった。

――事件が解決するまででいいからさ、頼むよ。

もちろん二つ返事で了承したものの、こうして家族にも影響が及び始めている現実を前に、あらためて事態の急迫ぶりを痛感させられたのも事実だ。

そんなことを思い出していると、テレビ画面が中継に切り替わる。

『こちらJR金沢駅前の広場では、反《パトリシア》を掲げる抗議活動が現在も盛んに行われており、市民に避難を中止するよう呼び掛けています』

――私たちは、決して《パトリシア》の主張に屈しません。

――どこで暮らそうと、文句を言われる筋合いなどないはずです。

――だからこそ、断固たる決意表明として故郷であるこの地に留まります。

ここにきて、このような声が各地方都市で上がり始めており、中には公衆の面前で能面を燃やす〝過激派〟まで現れる始末ときている。そこまでするのはさすがにやりすぎだろうが、彼らの主張そのものには中津瀬も同意だった。地方に住み続けることは、はたして〝悪〟なのか。経済的に不合理だかなんだか知らないが、だからと言ってなぜ生まれ育った故郷を捨てねばならないのだ。それが本当にこの国を〝救う〟ということなのか。ふざけるな、くたばれ《パトリシア》――こうして、本件はいよいよ「大都市vs.地方」という〝国家的分断〟と形容してもいいような様相を呈し始めている。

「白川勇雄《しらかわいさお》くん、全問財務協議不要です」

「オッケー、じゃあそのまま秘書官に送って！」

「越坂部《おさかべ》春江《はるえ》くん質問要旨出ました、問取《もんと》りレクは十五分後！」

「誰か手空いてる？」

そんな世相のことなど気にかける余裕もなく、隣の島では同僚たちが明日に控えた予算委員会の対応に追われている。三日後にはこの国のどこかでドローン部隊が火を噴くかもしれないというのに、内閣府合同庁舎八号館七階、内閣官房まち・ひと・しごと創生本部事務局は、いつもと変わらぬ平常運転だ。

とはいえ、これもまた当然の話だった。

東京特別区は攻撃対象範囲外だし、仮にそうなったところで日々の業務が雲散霧消するわけでもないのだから。

ここで、ふと思い出されるあの日の雨宮の横顔。

――もう、うんざりなんだ。

――この国に、石渡さんのような人をこれ以上出している余裕はないんだよ。

振り返ってみれば、着任してから今日までの八か月間、いつだって執務室は「火の車」であり「不夜城」と呼ぶべき惨状だったたし、それは中央省庁ならどこも似たり寄ったりなのだろう。四六時中電話のコールが鳴り響き、誰かが声を張り上げ、書類の束を抱えて駆けずり回る。ただの一時も安寧が訪れることはない、ギリギリの自転車操業を続ける「野戦病院」――そこへ、もしもドローン攻撃がなされたとしたら。

――そうなったら、いよいよこの国は終わりだ。

この言葉はあの日以来ずっと鼓膜に焼き付いていたし、このフロアの状況を目にするにつけ、その現実味は日に日に増し続けてもいる。

「――あれ、麻生くんって中学受験してるんだっけ？」

不意に左前から聞こえてきたいくぶん呑気な上村の声で、中津瀬は我に返った。

コンビニのおにぎりを開封しているところを見ると、かなり遅めの夕食にありつこうというのだろう。いつも腹回りを気にしている割にこんな時間に炭水化物――と余計な心配をしつつ、日中から夕方にかけてそうとう立て込んでいる様子だったのも知っているので、さすがに致し方ないと言うべきか。

「いえ、僕は高校までずっと地元の公立です」

麻生の返事に、そうだったね、と頷いた上村の顔がこちらに向く。

「僕もそうですね」

そっか、とおにぎりを頬張る上村は、最後にあの男へと視線を向ける。と、それに気付いた雨宮は、先んじて答えを口にしてみせた。

「自分は中学受験組です」

「だよね」

「どうしてですか？」

「いや、凄いなって思って」

「凄い？」

「この前の日曜日、兄貴の家に行ってさ。甥っ子が今年中学受験だって言うからテキストとか見せてもらったんだけど、これを小学生が解くのかって」

得意の〝甥っ子談義〟だからか、「ああ」と雨宮は特に興味もなさそうだ。

「そんな難しいんですか？」

退屈しのぎのためだろう、そのまま終わるかに見えた話を麻生が広げにかかる。

おにぎりを丸呑みしつつ、うん、と上村は頷いた。

「特に算数ね。あれを方程式とか使わずに解くんでしょ？　ちょうどその日甥っ子がやってたのは『通過算』なんだけど、恥ずかしながら、説明しろって言われて結構困っちゃってさ――」

「通過算？」麻生が首を傾げる。

「長さ百メートルの電車が時速六十キロでトンネルに入り始めてから、出終わるまでに四十五秒かかりました。さて、このときトンネルの長さは何メートルでしょう、みたいなやつ。これだけならいいんだけど、反対から電車が来てすれ違うパターンとか、応用編になるとかなり複雑で」

ふと左隣に目をやると、上村の発言を受けてか、雨宮は何やら〝お絵描き〟を始めていた。適当な裏紙にトンネルと思しき下手糞なイラストが描かれ、そこにこれまた列車とは言われなきゃ気付かない箱状の物体が書き足される。

何してるんだ、と中津瀬が訝しんだときだった。

ガタッと大きな音を立てながら、バランスボールを撥ね飛ばすようにして雨宮が立ち上がる。衝撃でうずたかい書類の山は崩れ、中津瀬のデスクにその雪崩が押し寄せてきた。

「え、どうしたの？」

眉を寄せる先輩の上村を無視し、雨宮はスマホを取り出すと一心不乱に画面へと指を走らせ始める。その立ち姿は、気安く声をかけるのが躊躇われるほどのただならぬ殺気を纏っていた。

そして——

「なるほど」と、ただそれだけ呟くとスマホをポケットにしまいこみ、そのまま視線を正面の上村へと移した。

「上村さん」

「ん？」

「今度自慢の甥っ子さんに会ったら、こう伝えてもらえますか？」

「伝える？」

「君はこの国を救ったって」

その言葉に、中津瀬はゾクッと身震いする。

まさか、見つけたのだろうか。

返り討ちにあわないだけの、動かぬ〝証拠〟とやらを。

しかし、いったい何から？

そしてその予感は、直後の雨宮の発言によって確信へと変わる。

「それから、中津瀬くん。折り入って一つ頼みがある」

「頼み？」

「明日、一時間から二時間ほど席を外すことになると思う。そして——」

そこでいったん口をつぐむと、彼は意を決したようにこう続けた。

「その間、いかなる緊急対応が入っても絶対に連絡してこないで欲しい」

そんな非常識極まりない依頼に、正面の麻生が「いやいや」と笑う。

「出向者なんだし、さすがに中津瀬くんに全部押し付けるのはまずいでしょう」

「うん、さすがにそれは」と上村も加勢する。

だが、それでも雨宮の表情はまったく変わらなかった。

「誰を頼ってもいい。上村さんに麻生、それから上司——使えるものは全部使って、何としてでも乗り切って欲しいんだ。ミスしたって、もちろん構わない。それでどこかの誰かが死ぬわけじゃないんだし、もし謝って回る必要が出てくるなら全部引き受けてやる。だから——」

「わかりました」

中津瀬が即答すると、上村と麻生はたまげたように目を丸くした。

「議員レクだろうと何だろうと、ここは僕が守ります。その代わり」

席を立ち、真正面から雨宮と対峙する。

瞬間、あの日の会話がフラッシュバックのように次々と甦ってきた。

彼が本件に首を突っ込んだ理由。

そうまでしてでも、絶対に守りたかったもの。

それらすべてを知った今、言うべき言葉はこれよりほかに見当たらない。

「必ず、決着をつけてきてください」

ぽかんと口を開ける上村と麻生をよそに、雨宮はただ「ああ」とだけ頷いた。

3

「みなさんお揃いで、ご苦労様です」

席に着くなり、中井はにこりともせずにそう口を切った。

十二月一日。ドローン攻撃まで残り二日。時刻は、十時三十分。

——明日、決着をつける。

あいつからこんな電話を貰ったのが、昨夜の二十三時頃のこと。

――最後の手札が揃った。

言われた瞬間、驚きや期待以上に「本当かよ？」という疑念が胸に立ち込めたのは事実だった。ここ数日、何か新たな発見があったわけでもないし、ましてやあいつは遠く離れた東京にいるのだ。となると、これまでの「捜査」で既に得ていた情報から何かを摑んだということだろうが――

――絶対に大丈夫だ。

ここまで言われたら、もはや信じるほかなかった。

そうしていま、馬場園、凪咲のほか、馬場園の「仲良しの警察」である広瀬・島袋ペアと共に中井の自宅を訪れている。

――本当に、証明できるんですかね？

中井邸のチャイムを鳴らす直前まで、おそらく先輩と思しき面長の広瀬はずっと不審そうにしていたものの、馬場園が「信じてみましょう」と宥め続けた結果、最後はしぶしぶ納得した様子だった。リミットまであと二日しかない以上、藁にも縋るためなら猫の手を借りるのだって躊躇っている場合ではないと思い直したのだろう。

「で、話というのは？」

数多《あまた》のドローンで溢れかえる居間の中央付近。先日の「事情聴取」のときと同じ長テーブルを取り囲む形で、長辺のいっぽうに中井、その対面に馬場園と私が掛け、短辺では凪咲と警察の二人が向かい合っている。

「話があるのは、こいつです」

ノートパソコンを卓上に置くと、中井の視線がゆっくりと画面へ向けられる。

「えーっと、君は――」

『雨宮です』

「雨宮くんね」表情一つ変えず、中井は縁なし眼鏡を押し上げる。

「で、繰り返しになっちゃうけど、話っていうのは？」

『話というのは、あなたが今回の一連の犯行をいかに成し遂げたかについてです』

その瞬間、部屋の空気がピンと張り詰める。

しかし、あくまで中井は「へえ」と余裕綽々だった。

「つまり、君は俺が犯人だと思っている、と？」

『ええ、断言します。あなたが犯人です。その確率、百パーセント』

「それは、何とも興味深いね」

『否定なさらないんですか？』

そんなあいつの挑発にも、中井はまったく動じない。

「とりあえず、説明を聞いてみたいなと思って」

『なるほど、ではそうしましょうか』

始まるぞ。

自らを鼓舞するように、私は人知れずテーブルの下で拳を握り締める。

『まず、何を差し置いても今回の事件における最大の謎は、いかに頭部を霜里へ運び、ドローンのボックスへと格納したかでしょう。そもそも事件当日、霜里でドローンの目撃情報がいっさいないうえ、携帯を所持していない安地和夫とどうやって事前に連絡を取り合ったのか。これらも当然、謎として立ちはだかっていますが――』

それ以上にわからないのが、霜里までの輸送方法。なぜなら、佳奈美さんの語った衝撃的な新証言により、十二時十分過ぎまで神楽零士が生存していたことが明らかになってしまったから。

『とはいえ、これだって決して不可能とは言い切れません。殺害から頭部の切断まで三十分程度で終えることができるなら、その後すぐに完全自律飛行ドローンを飛ばせば、ぎりぎり間に合わなくはないからです』

たしかに、それはそうだろう。

事実、私も他に方法はないと思っている。

『実に素晴らしいと言わざるを得ませんね』

は？　どういう意味だ？

『極めて困難だが、絶対に不可能とは言い切れない――この〝隙〟こそが、捜査の目を欺く最強の罠として機能していたわけです』

思わず馬場園と顔を見合わせるが、彼もまったく意味不明な様子だった。

『まんまと最初はやられましたよ。集落と外界とを行き来する足跡の本数問題はさておき、そもそもどうやって霜里まで頭部を運んだのか。そこにばかり注目させられてしまっていたんですから。川沿いを移動したり、完全自律飛行のドローンを利用したり――そうすればどうにかこうにか実現可能であるように思えてしまうからこそ、完全なる盲点になっていたんです』

え？　盲点？

『結論から申し上げましょう。頭部が格納された場所は霜里ではなく、奥霜里です』

その瞬間、室内にはどよめきが巻き起こった。警察の二人は眉を上げながらテーブルへと身を乗り出し、凪咲はあんぐり口を開けたまま固まっている。

「ど、どういうことだろう？」

激しく混乱した様子の馬場園が、画面に唾を飛ばす。

『お伝えした通りですよ。神楽零士の頭部は霜里ではなく、奥霜里でドローンのボックスへ格納されたんです。さらに言えば中井さん、それは事件当日にあなたの自宅の庭へと着陸した一機目――つまり、ブルーウィングでしょう?』

その問いかけに対し、それまで黙って説明に聴き入っていた中井は「面白いな、君」と薄ら笑いを浮かべた。

『これなら霜里周辺でドローンの目撃情報などあるはずがないですし、事前に安地和夫と連絡を取り合う必要もない。当然、足跡の問題だって解決する』

「でも、欅田さんは頭部が格納されていたのはレッドウィングだったって――」

堪らず私も口を挟むが、あいつの淡々とした口調にいっさい変化はない。

『その通り。帰還した時点でそれは、レッドウィングだったんだ』

「どういうこと?」

『なぜなら、あの円筒形のアタッチメントが飛行中に機体間で入れ替えられていたから』

「は!?　入れ替えられていた!?」

馬鹿な！　そんなことがはたして――

『できますよね、中井さん?　だって、あれは人の手によって機体から軽々引っこ抜けるものなんですから』

その刹那、私の意識はあの日のドローンポートへと飛ばされる。

たしかに、あいつの言う通りだ。

アタッチメントによる「機能拡張」について説明する欅田が、機体上部の円筒形の物体やら直方体の物体やら、それらをいとも簡単に引っこ抜き、そのまま差込口へ嵌めなおしていたのを思い出す。つまり、アームがついたドローンなら当然、同じことはできると考えるべきだろう。

『おそらく、半年前に注文した小型の〝特注機〟を利用したんでしょう。そいつにアームを搭載し、姿勢制御と自動追尾を仕込めば、その程度の〝入れ替え作業〟ごときは容易いですよね？　なんせ、あなたの開発した技術は必死に魔の手から逃れようと飛び回る敵機を捕捉したうえ、なおかつ自分自身は墜落しない、という桁違いなものだと〝関係筋〟から聴いていますので』

「詳しいじゃないか」と中井はどこか嬉しそうに目を細める。

『それと比べたら、機体上部に乗るアタッチメントを引き抜き、機体間で入れ替えるなど造作ないはずです。もちろん、アームは最低でも二本必要になるでしょうが、あなたが大会で利用した機体はそれ以上の——クラゲと形容してもいいほどのアームをぶら下げていながら、問題なく飛んでいた。しかも』

当日行われた協調飛行において、三機の『フライヤー6』の巡航速度は通常の半分程度である時速十二キロまで落とされていたと聞いている。

『そのスピードで安定飛行する機体に狙いを定めるのは簡単でしょう』

たしかに例の大会動画にて『プレデターズ』が繰り広げた〝惨劇〟を観る限り、バランスを崩さぬよう低速で飛行する『フライヤー6』にこの程度の工作を施すなど、安眠する赤子の手を捻るよりも平易だろう。

さらに、とあいつは畳みかける。

『その〝入れ替え作業〟はカメラに映らないんです。なぜなら、カメラが捉えているのは機体の前方と下方だけだから。つまり』

上空で待機させていた〝特注機〟を「標的」めがけ急降下させ、作業を終えた後に再び空へと逃がせば、いっさいカメラに映ることなくこれらを完遂できてしまう。

凄い。ここまでは完璧だ。

あいつの淀みない説明に対し、なるほどね、とどこか愉快そうに中井が頷く。

「たしかに君の言う通り、それくらいは俺の技術をもってすれば訳ないことだ。その点は正直に認めるよ。でも――」

もしアタッチメントを引っこ抜いたら、その瞬間にドローンポートで位置情報を捕捉できなくなってしまうではないか。

「そうしたら、飛行ログにその痕跡が残っているはずだけど？」

しかし、あいつの牙城が崩れる気配は微塵もなかった。

『いえ、そうはならないんです』

「なぜ？」

『あなたはこれを、ＧＰＳが断絶する例の三分間のうちに実行したから』

なるほど！　しかも、それなら移動時間もピッタリではないか！

彼が集落を発ったとされるのは、少なくとも『スマイリー』を発車させた十四時五十分以降。そして、奥霜里から本流と支流の合流地点までは私たちの足で三十五分――ここはおそらく二十分程度まで巻くことが可能だろう。そして、そこから長良尾川中流域まではゴムボートで約三十分。正確なＧＰＳ断絶地点がどこかはわからないものの、帰路につく『フライヤー６』三機の通信が途絶えた十五時五十一分までに、現場周辺まで辿り着くことはできるはずだ。

勝てる――そう確信を強める私をよそに、あいつの追及の手はいっこうに緩まない。

『なお、アタッチメント類は使用時以外、余計な電力を消費しないよう自動的に電源がオフになる仕様となっているそうですね。つまり』

ＧＰＳの断絶中、円筒形の物体は電源がオフモードへと切り替わっているはず。

『よって、機体から取り外したとしてもおそらく支障はない』

ここで思い出されるのは、欅田のマシンガントークを食い止めた凪咲の質問だ。

——あの、それはそんな簡単に引っこ抜いて大丈夫なんですか？

それに対する回答で、たしかに彼はそう言っていた。あの場では「ずいぶんと会話の水準が異なるな」なんて呑気に笑ってしまったが、こんな一瞬のやりとりすらあいつは聞き逃していなかったというのか。

『また説明を聴く限りでは、例のアタッチメントは機体とペアリングが不要という〝お手軽さ〟が最大の売りとのことなので、入れ替え後も問題なく作動すると思っているんですが、認識が違うでしょうか？』

いや、たぶん合っている。

なぜなら、これもまた欅田の言っていたことだから。

——ここに、必要な後付けアタッチメントを挿入するだけ。

——その際、機体とのペアリング作業は不要というお手軽さが最大の売りですかね。

あの瞬間、私はというと、彼が「ワイヤレスイヤホン」と口にしたことに反応し、諜報部員としての一面がバレたのではとただ焦るだけだったけれど。

「言う通り、あのアタッチメントは機体が受信したGPS情報に対し、事後的に識別IDを付与しているだけ。つまり、君がいま装着しているようなワイヤレスイヤホンとは異なり——」

『ジャックさえ一致していれば相手を問わず利用可能な有線イヤホンと同じ、でしたっけ？』

ミュージックを「演奏停止」にした二台のスマホから有線イヤホンを抜き、それぞれ入れ替えたところで、その後も問題なく音楽を聴くことはできるはずだ。

『つまり、飛行中に搭載された機体が入れ替わっても何ら問題はないことになる』

凄すぎる。

何もかも、あの日のドローンポートで聴取した話の範囲内ではないか。

『実に巧いですよ。なんせ、こんなことが為されているなんて事件当日には誰一人思わないでしょうから、帰還した三機のアタッチメントが出発時と同じ機体に乗っているかなんて、確認するはずがない。ですよね、警察のお二人さん？』

　不意を突く問いかけに答えたのは、渋面を浮かべる広瀬だった。

「ええ、恥ずかしながら……。もちろん飛行ログはまっさきに確認しましたが、管制室のモニター画面に表示されているものを見せてもらっただけです」

『そして、同じことはボックスの開閉時刻のログデータにも言えるのでは？』

　待て、どういうことだ。

　理解が追い付かない私をよそに、すぐさま意味を察した様子の広瀬は頷く。

「ええ、こちらも管制室のモニターを確認しただけです」

『別に責めているわけじゃありませんよ。何せ、通常ならそれさえ確認していればまったく問題ないはずなんですから』

「ちょっと待って、よく意味がわからないんだけど」

　嫌な顔をされるだろうと思いつつここでまた口を挟むが、予想に反してあいつに苛立った様子は特になかった。

『欅田が言ってただろ？　開閉時刻のログデータは、帰還したら自動的にボックスから管制ルームへ飛ばされてくるようになっているって』

「ああ」言われてみれば、たしかに。

　スパイ映画よろしくログデータが改竄された形跡もなかったと説明する欅田は、直前にそのようなことを口にしていた。

　いや、それだけではない。

あの日モニターの前で手招きをする彼は、こうも言っていたはずだ。

――飛行ログデータも、ボックスの開閉時刻も、全部ここにまとまっています。

――もし見方がわからなければ言ってください。

そして、それらを表示するモニターの外枠には、赤・青・黄のシールが貼られていたではないか。

おそらく機体との対応関係を一目瞭然とするために。つまり、飛行ログもボックスの開閉時刻も、機体やボックス本体を調べることなく管制室のモニターを確認するだけで本来は事が足りるのだ。

が、それはあくまで出発時と同じ機体にアタッチメントが載っていることが大前提。しかし、霜里への頭部輸送が「極めて困難ながら絶対に不可能ではない」以上、まさかアタッチメントが入れ替わっているなどというアイデアに捜査の初動段階で至るはずがないから、画面に表示されているデータに関して警察が疑義を抱く理由もないことになる。

『そうして実際の機体が辿った経路とモニターに表示される諸々のログデータに乖離が生じ、結果、霜里にしか飛来していない機体に頭部が載せられていたという〝錯誤〟に陥らされてしまった、というのが本件のカラクリです』

放心状態に陥る警察の二人――たしかに抜かりがあったのは事実ながら、かといって彼らを責めるのはさすがに酷だろう。

『感心せざるを得ませんよ。先ほどもお伝えした通り、霜里への頭部輸送が現実的に可能であるという〝隙〟を残すことで、これほど大胆な手法でありながらそこへ発想が至らないよう、ある種の煙幕を張ってみせたんですから』

「まさに、捜査の目を欺く最強の罠というわけですな」

馬場園が感心したように呟いた瞬間だった。

え、ということは。

　あまりにも当たり前の事実に私は気付いてしまう。

「それなら、今すぐドローンポートの『フライヤー6』を調べれば簡単に犯行を証明できるんじゃない？」

　なぜって、機体のシリアルナンバー的なものをドローンポートで把握していないはずがないからだ。よって、もともと「a」というアタッチメントが取り付けられていた機体「A」に、今この瞬間「b」というアタッチメントが搭載されていれば、これにて証明完了だろう。念のため馬場園に目を向けると、彼は「そうなりますね」と同意してくれたし、警察の二人も同じように頷き、何なら今すぐその確認に当たるよう本部へ連絡しそうな素振りを見せているが――

『残念ながら、事はそう簡単じゃない』

　冷酷なほどあっさりと、あいつはそう言ってのけた。

『ここまでを全部踏まえたうえで、考えてみろよ』

「何を？」

『どうして事件の二日後に、中井がドローンポートを訪れたのか』

　その瞬間、ぐらりと視界が揺れる。

　――ちなみに、参考になるかわかりませんが。

　――事件の二日後に、中井さんがここへやって来たんです。

　最後の最後で、意を決したようにこう口を開いた欅田――現場では「なぜ？」と首を傾げるしかなかったが、ここまで聞けばその目的は火を見るより明らかだ。

『そのとき、元通りに戻したんだろう』

　愕然として、急に目の前が真っ暗になった気がした。

『しかも、中井は得体の知れない一般人ではなく――』

まさに『フライヤー6』の〝生みの親〟とでも呼ぶべき特別な存在。

『おそらく、その行動について欅田は逐一監視していなかったはずだ』

それを裏付けるかのように、彼はこうも言っていたではないか。

――前からよくここへは来ていましたし。

――それこそ誰よりも『フライヤー6』には詳しいので、変に触って壊してしまうこともないでしょうから特段断らず。

さらに言えば、中井がドローンポートを訪れた十一月二日は、事件の詳細と異常性を報じた例の『週刊真実』発売日よりも前――よって、その時点で「奥霜里の住民が犯人である可能性」へと考えが及んでいた者などまずいないだろう。この点から言っても、欅田が中井の行動を見張る理由はいっさいなかったことになってしまう。

『だから、いま調べたところでおそらく証拠は出てこない』

あいつがそう断言した瞬間、声を上げて笑ったのは中井だった。

「やっぱり、君は面白いな」

『そうでしょうか?』

「たしかに、ここまでの説明は実に感心したよ。なるほど、このまま行ったら俺が犯人だということになってしまいそうだ。なのに、自分から『証拠は出てこない』なんて、そんなお粗末な結論で誰が納得するだろう?」

その通りだ。

ここにきて、急激に風向きが変わってしまった気がする。

「そういう方法もあるという、ただそれだけの理由で『お前が犯人だ』なんて名指しされちゃあ、さすがに困るんだよね。俺だから笑って聞き流してあげるけど、普通はこの時点で大激怒だよ」

中井の反論に耳を傾けつつ、先ほど一瞬でも「勝てる」と思ってしまった自分の詰めの甘さに腹が立って仕方なかった。

でも、まさかこれで終わりじゃないんでしょ？

だって、昨夜の電話でたしかに言っていたではないか。

決着をつけるって。最後の手札が揃ったって。

それなのに、こんなにあっさり負けるつもり？

あんたが負けたら、私たちは、この国は——

画面の中のあいつが笑ったのは、そのときだった。

『焦らないでください、本番はここからです』

「ほう？」再び中井が愉快そうに眼鏡を押し上げる。

『ここ何日も、ずっと頭を悩ませてきました。それでもなお、どうやったらあなたの犯行を証明できるかについて』

その瞬間、全身の震えが止まらなくなる。

ほらみろ。あいつがそう簡単に引き下がるはずないじゃないか。

やってやれ、雨宮！

「そうか。なら、次はそれを聞かせてもらおう」

『では、いよいよ本編へ入らせていただきます』

居住まいを正す中井に対し、画面のあいつは三本の指を突き立ててみせる。

なんだ、と身構えた私の耳に聞こえてきたのは、妙に懐かしいあのフレーズだった。

『山道で炎上した自動運転車両、事件当日の不可解な注文行動、そして中学受験レベルの算数。この三つを踏まえると、あなたが犯人としか考えられない』

4

『では、まず一つ目について。注目すべきは、時間と場所です』

張り詰めた空気の中、あいつは〝攻撃〟を再開する。

『先に場所の件について説明しましょう。あなたには、どうしてもあの場所で燃やす必要があったんです』

「なぜ?」中井が小首を傾げる。

『目撃者を出さないためですよ』

例によって意味がわからない私に、なぜかあいつは水を向けてきた。

『さあ、委員長の出番だ。言ってやれよ。あの場所から何が見えたかって』

何がって……。

その瞬間、私はハッと閃く。

——こんな素晴らしい場所なのにな。

——わあ、凄い眺め。

——この道で、ここだけなんや。こんなにも見渡せるのは。

あの日、白穂町への買い出しに同行した私が出くわした雄大な景色。

「そうか、あの場所からは長良尾川が見える」

その通り、と画面のあいつは髪を掻き上げる。

『飛行ログデータを見る限り、通信断絶が発生しているのは帰路の中間地点付近。いっぽう、自動運転車両が緊急停車した位置も、ちょうど山道の中ほどだったはず。いずれにせよ、ＧＰＳが受信不能となる地理的特性が一致していることから、両地点は場所が重なっていると見るべきだ』

たしかに。そして、だとすると。

「そうか！　万一その瞬間、あの場所に人が居たら〝入れ替え作業〟の現場を目撃される可能性がでてきてしまう！」

ああ、と淡白に頷いたあいつはそのままこう続ける。

『しかも、あの時間帯は山道を人が通る可能性が通常時より飛躍的に高いんだ』

「は？　どうして？」

しかし、この疑問も一瞬のうちに氷解する。

『宿のチェックイン時刻後だから』

ああ！　なるほど！

南光院夫妻が営む『桃源』のチェックインは十四時から——つまり、少し遅れて到着する客人はその時刻に山道を走っている可能性があることになる。その証拠に、例の第一発見者となった大学生二人組だって、まさにその時間帯にレンタカーで現場付近を飛ばしていたではないか。

『鬱蒼とした山道を走っていて急に見晴らしのいい場所に出くわしたら、車を降りて景色に見入るやつが出てくる可能性はままある。ましてや、今回上流から飛来するのは三機のドローンなんだ。そうなると』

かなりの騒音になるし、そんなものを耳にしたら間違いなく長良尾川へ注目してしまうだろう。

——いや、思っていた以上に凄い音だ。

——もっと小さい機体だったとしても、こんなのが飛んで来たら普通気付くよなぁ。

文脈は異なるものの、出会った日の馬場園だってこう言っていたではないか。

『すると、先の〝入れ替え作業〟を目撃される可能性が出てきてしまう。それは、実際に作業を行う〝特注機〟だけでなく、その操縦者の姿だってそうだ』

もちろん、中井がどの位置から操縦したのかはわからない。川べりかもしれないし、ゴムボートに乗ってカメラに映らないギリギリの位置を保ちつつ、三機の『フライヤー6』を追跡したのかもしれない。が、いずれにせよそう遠くない位置に身を置いている必要があったのは間違いないだろう。そして、もし「飛んでいたドローンは四機だった」とか「川沿いに人影を見かけた」という証言が出てきたら。

『トリックが一発でバレかねない』

なんということだ。

まったく意味不明だった『スマイリー』炎上の件に、こんなにもあっさりと合理的な説明がついてしまうなんて。

『しかも、それなら燃やしたことにも納得がいく』

「どうして？」

『第一発見者の身になって考えてみろ。山道を走っていたら、急に道を塞ぐように停車する自動運転車両に出くわすんだ。そうなったら、例の大学生二人組のようにまずは何かあったのかと近寄り、たぶん中を覗くよな？』

そして、車内に〝首無し死体〟を発見することになる。

『その時点で、普通はその場を離れるだろう。なぜって、その場所では携帯の電波が入らないため、通報するには山を下りる必要があるから』

たしかに。

『だが、もし極めて勇敢な二人組が第一発見者だったら？　片方が通報のために山を下っている間、現場保全のためにもう片方がその場に留まる可能性がゼロとは言い切れない。そして――』

そうなったら先の説明通り、いくらすぐそばに死体を乗せた自動運転車両が停車しているとは言え、上流から飛来する三機の『フライヤー6』の轟音を聴きつけ、「何事だ？」と長良尾川へ目をやってしまうだろう。

『けれども、燃え始めたらさすがにその場を離れるに決まっている』

そして、おそらく延焼範囲も事前に想定していたに違いない。なぜなら、あの日銀二さんが立っていたのは焼け跡の端のほう——つまり、火の手が届き得る位置だったから。さすがにすぐ真横で死体を乗せた『スマイリー』が炎上している中、それでも景色に釘付けとなっている人間などいないに決まっている。

『おまけに、出火時刻は十五時半頃。言い換えれば、GPSの断絶が開始した十五時五十一分より少し前だ。以上、この車両の炎上という〝保険〟によって、その時間帯にそこから景色を観ている人間がいる可能性は完全に排除されることになる』

「つまり——」

『これこそが、その時刻を狙ってその場所で車両を燃やした理由』

「あ、でも」嫌なことに私は気付いてしまう。

「例の『協調飛行』を行う三機がその時刻にその場所を飛ぶかどうかなんて、事前にはわからないんじゃない？」

それなのに、時限発火装置は十五時半頃という狙いすましたかのような時刻に設定されていたではないか。この偶然はどう説明するのだろう。

『いや、わかるだろ』

「どうして？」

『例の特番のラストに離陸を生中継する手筈だったんだから。十四時に放送が始まる九十分番組だとすれば、離陸時刻はだいたい十五時二十五分あたりだと見当が付けられるじゃないか』

本当だ！

あまりに隙の無い理論武装に、私は思わず舌を巻く。

『よって、推定その一——犯人には、その時間にその場所から長良尾川を見られては困る何らかの理由があった』

あいつが断言した瞬間、室内には恐ろしいほどの沈黙が降りてきた。

もはや手帳をテーブルに置いたまま手を付けない馬場園を筆頭に、呆然と顔を見合わせる広瀬と島袋、先ほどまでと打って変わって爛々とした熱視線をパソコンへ送る凪咲、そして無表情を貫く中井。

私はというと、もはや驚きを通り越して感動すら覚えていた。

マジで何者なんだ、こいつは。

しかし、そんなこちらの様子など歯牙にもかけず、淡々とあいつは牙を剝き続ける。

『さて、次は事件当日の不可解な注文行動について』

「注文行動？」気を取り直して、その言わんとすることに思いを馳せてみる。

『前日の夕方にドローンが満載になるほどの注文を入れたうえ、当日の朝に追加で小物を頼んだという、あの行動のことだ。さすがに覚えてるよな？』

もちろん覚えてはいたが、それが本件とどう関係してくるのか。

『結論から言おう。こんな動きをする必要があった理由はただ一つ』

霜里だけに飛来する『フライヤー6』がどれかを特定する必要があったから。

その瞬間、私は思わず「なるほど！」と快哉を叫んでしまった。

「ど、どういうことでしょう？」

いまだ飲み込めていない様子の馬場園がおずおずと尋ねる。

『いいですか？　今回の犯行が成立するために重要となる要素は二つ――』

一つは、中井の家の庭へと飛来する『フライヤー6』が彼の注文物で『満載』となっていることだ。

『なぜなら、頭部を放り込んだ後に別の注文者のもとへ飛んで行ってしまったら、その場で頭部が積まれていると発覚してしまう恐れがあるからです』

だから、中井は『満載』の機体を自宅の庭へと呼び寄せる必要があったのだ。

ここまでは、しごく単純――肝心なのはこの先だった。

『さて、本来であればそれで事は済んでいたのですが、当日の朝に思わぬ事情の変化が生じてしまった。というのも――』

「私が熱を出したせいで、市販の風邪薬などを注文したから」

すべてを理解しきっていた私は、あいつの後を引き取る。

『その通り。すると、どうなったか？』

それまでは残りの二機とも霜里へ直行する予定だったところ、片方は奥霜里を経由せざるを得なくなってしまった。

『なお、そういった飛行予定はすべてアプリで確認できると聞いています』

そう、これこそが数日前にあいつから貰った不可解な電話の意味だったのだ。

――ドローンポートでの会話を聴き直してたんだが、一点だけ確認させてくれ。

――アプリを見れば、その日『フライヤー6』がどこへ飛行予定かわかるのか？

『ここで関係してくるのが、もう一つの要素。つまり――』

頭部が搭載されているのは、霜里だけに飛来している機体でなければならない。

なぜなら、そうしないと搭載地点が霜里だと確定しないからだ。

『もちろん、この条件が揃わないと犯行が成立しないわけではありません。途中でどこを経由していようが、最後にボックスを開閉した人物が一番怪しいのは間違いないですし、その点、事件当日に中井家へと直行したブルーウィング以外の二機——レッドウィング、イエローウィングとも最終届け先が霜里だったわけですから、特に問題はなかったとも言えるでしょう。ただ——』

もし頭部を乗せた機体が途中で奥霜里を経由していたら、その搭載地点は奥霜里だったのではないか、という微かな疑念が警察の脳裏をよぎる可能性があるのも事実だ。

「というのも、ボックスから荷物を取り出す際、おそらくその受領者はボックスの奥まで隈なく確認するわけではないからです」

荷物の受領時に行うのは、箱の側面に貼られた識別コードをスマホで読み取り「数ある荷物の中からどれが自分宛のものかを特定する」という作業くらい。さらに言えば、最後の受領者はそれすら横着して段ボール箱をただ引っ張り出して終わりだろう。馬場園と初めて会った日の私がまさしくそうだったように。

「つまり、既に奥霜里で搭載されていた頭部に後続の霜里の注文者たちが気付かないという可能性だって、理屈のうえではゼロとは言い切れないことになる」

すると「頭部の搭載地点は奥霜里だったのでは」という疑念を足掛かりに、想定よりも早く今回の〝入れ替えトリック〟へと発想が及んでしまう可能性だって、当然のように高まるとみるべきだろう。

『だからこそ、可能な限り霜里だけに飛来している機体とアタッチメントを入れ替える必要があった。しかしご案内の通り、事件当日の朝に委員長が急遽注文をしたせいでその条件を満たす機体は一機だけになってしまい、結果として、その一機が〝何ウィング〟なのかを特定する必要がでてきたわけです』

それが土壇場の朝九時に中井が小物を追加注文し、二機の『フライヤー6』から荷物を受領したという謎の行動の真相だ。

「いや、でも」いまだ納得のいっていない様子の馬場園が首を捻る。「その日に都合よく霜里だけに飛来する機体があるかは、割と大きな賭けと言えませんかね？」

ところがどっこい。

「まったく賭けじゃないんですよ」

あいつではなく私が返事をしたことに、彼はたじろいだ様子だった。

「なぜ？」

「霜里は住民が多いため、いつも『満載』で飛ばしているからです」

その説明に「あっ！」と馬場園は目を剝いた。

――できれば『満載』も避けたいところですが、霜里は住民が多いこともあって、結果的にほぼ毎日その状態で飛ばしちゃってますけど。

――たしかに、いつも霜里行きは埋まっているイメージです。

あの日ドローンポートで交わした会話の通り、毎日必ず一機は『満載』状態の霜里行きがあるはずなのだ。つまり、事件当日も霜里にしか飛来しない機体が存在することは、ほぼ確定事項だったと言うことができる。

「だから、まったく賭けではないんです」

たまげたように瞬きを繰り返す馬場園へ向け、しかも、と私は続ける。

「アプリ上では飛行予定地と時刻がわかるだけで、届け先の個人が誰かまでは特定することができない。つまり、今回ボックスの最終開閉者が安地和夫だったのは、ただの偶然――要は、霜里に住む者なら誰でもよかったんです」

私がそう断言すると、いつもとは逆にあいつが補足に回る。

『これも委員長の言う通り。なぜなら、霜里を頭部の搭載地点とすべき理由は、次の一点以外にないから』

それはもちろん、霜里を事件に巻き込むことでマスコミの手により例の小火騒ぎの件を暴かせることだ。

私以外の呆然とする聴衆へ向け、あいつはこう宣言する。

『というわけで、推定その二――中井には、その日霜里だけに飛来する機体がどれなのかを特定しなければならない何らかの理由があった』

瞬間、手を叩いて称賛の意を示したのはその中井だった。

「いやあ、面白い。なるほど、そういうふうにも解釈できてしまうのか」

『というか、それ以外に解釈できませんが』

そんなあいつの皮肉めいた返しにも、彼はまったく動揺を示さない。

「まあ、何をどのような理由で追加注文したのかを説明してみせたところで、納得はしてもらえないんだろうね。うん、別にそれはいい。だけど――」

結局どれも、先の〝入れ替えトリック〟が行われた証拠にはならないじゃないか。

残念ながら、これについては私も同感だった。

「いわゆる〝状況証拠〟ってやつかな？　たしかに、さ、っ、き、の、ト、リ、ッ、ク、を、実、際、に、行、っ、て、い、た、の、だ、と、す、れ、ば、、山道で炎上した『スマイリー』の件も、今の注文行動の件も、どちらもそれらしく聴こえてくるけど、いずれも証明にはなっていないよね」

『ええ、おっしゃる通り。それが頭を悩ませ続けてきた最大の要因です』

そして、これこそがたぶん先日のあいつの発言の意味だったのだ。

――思考停止のあなたにそれを納得させるには、あと一枚手札が足りない。

機体1 FLYER6 FXP-192877 ※レッドウィング		機体2 FLYER6 FXP-194785 ※ブルーウィング		機体3 FLYER6 FXP-200882 ※イエローウィング	
離　陸	15:25:12.24	離　陸	15:25:12.56	離　陸	15:25:12.63
通信途絶	15:51:14.28	通信途絶	15:51:15.87	通信途絶	15:51:15.89
通信復活	15:54:20.60	通信復活	15:54:19.04	通信復活	15:54:20.63
着　陸	16:19:49.88	着　陸	16:19:50.32	着　陸	16:19:49.98

『そこで最後に出てくるのが、中学受験レベルの算数』

きっぱりと言い切るあいつを前に、ここでたちまち私はわからなくなる。

それでどうやって証明できるというのだろう。

『あなたも中学受験をしたと聞いていますので、知っているはずかと』

「何を？」と中井。

『今回使うのは』

「通過算」です——そのように、あいつは言ってのけた。

「まあ、それ自体が何かはもちろんわかるよ」

『これを使えば一発で証明できるんです』

そう宣言するや、あいつは何やら画面共有を始めた。

『見てください』

画面に表示されたのは、ドローンポートの管制室にて私が撮影した飛行ログデータの一部だったが、そこには説明のためか加工が施されてもいた。

そして。

それを目にした瞬間、中井の表情がいっきに色を

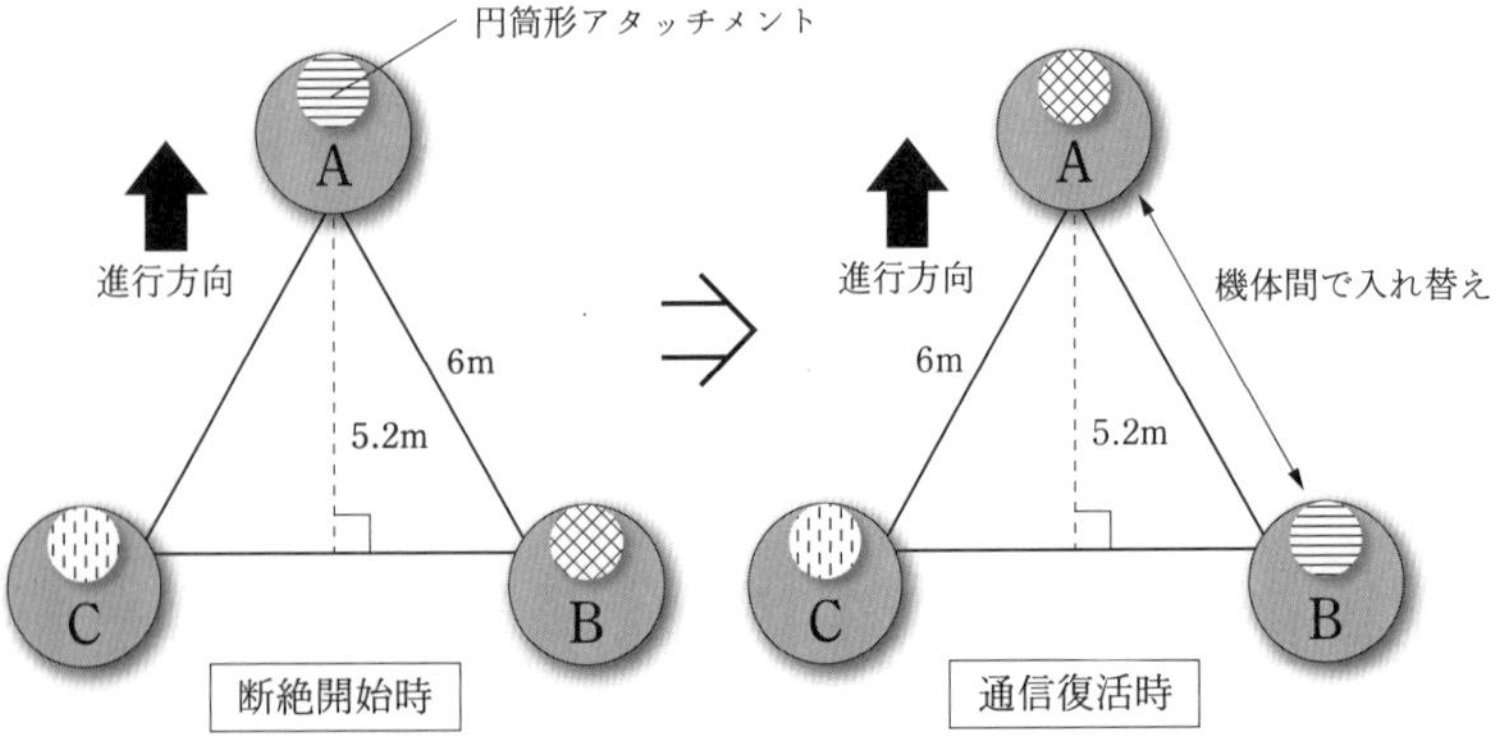

失う。

『さて、この〝枠囲い〟の意味を説明する前に、協調飛行時の三機の飛行隊形について前提条件を確認しましょう』

「飛行隊形？」と私は繰り返す。

『欅田の説明によれば、それぞれ六メートル間隔を維持した正三角形とのこと。今回は便宜上、一番上の頂点をA、下の二頂点をそれぞれB、Cとでもしましょうか』

すぐさま画面が切り替わり、説明通りの正三角形が描かれたパワーポイントと思しきファイルが映し出される。

『また、進行方向は画面上方――つまり、先頭の機体がA、それを自動追尾するBおよびCが後続の二機ということになります。ここまではいいですか？』

馬場園と顔を見合わせ、互いに「いいですね」と確認する。

『さて、ここでまず一度、簡単な算数が出てきます』

「どういうこと？」

『進行方向に対し、先頭のAと後続の二機は何メートル離れていることになるだろう？』

換言するなら「正三角形の高さ」を求めればいいこと

になる。

　一片の長さが六メートルだから——

「だいたい五・二メートル？」

　すぐさま導き出してみせると、その通り、とあいつは頷いた。

『それを念頭に置いたうえで、最初の画像へと戻りましょう』

　再び、画面には先ほどの飛行ログが表示される。

『注目していただきたいのは、枠で囲った範囲——通信途絶から通信復活まで、それぞれの機体は何秒かかっているでしょうか？』

　食い入るように画面へと目を凝らしながら、私は暗算する。

「レッドウィングが三分六秒三二、ブルーウィングが三分三秒一七、そしてイエローウィングが三分四秒七四——」

　だが、それがいったいどうしたというのか。

『明確におかしいだろ』

「は？」

『どうして、これほどまでに時間の差が生じているんだ？』

　しかし、そう言われてみてもいまだにピンとこない。

　これほどまでに、なんてあいつは言ってみせたが、せいぜい二、三秒差ではないか。

「それでもよくわからないんだけど」

『いいか？　ＧＰＳが断絶している区間の長さは、どの機体にとっても同じはず。なのに、もっと早く通過した機体と遅く通過した機体で、三秒一五も通過に要した時間が異なるんだ』

　あ!!

その瞬間、にわかに全身の震えが止まらなくなる。

そういうことか‼

『協調飛行時の飛行速度は時速十二キロ――ということは、秒速に直すと約三・三メートル。三秒一五だと、だいたい十・五メートルだな。つまりこれは』

「同じ経路を同じ速度で飛行しているはずなのに、レッドウィングとブルーウィングでは〝GPS断絶区間〟の長さがそれだけ違うってことになる」

凪咲を除く聴衆の全員がその意味をようやく悟ったのだろう、興奮を帯びたざわめきがさざ波のように広がっていく。

『そこで思い出して欲しいのは、先頭の機体と後続二機とを結ぶ距離。これは先ほど委員長が導き出してくれた通り、約五・二メートルです。さて、ここで仮に先頭のAに搭載されていたアタッチメントを後続の機体へと付け替えたらどうなるか』

既に答えを確信していた私は、すんなりとその問いかけに答える。

「五・二メートルだけ位置が〝後退〟――要するに距離が長くなるわけだから、その分だけ〝断絶区間〟の通過に本来よりも時間を要することになる」

『その通り。また、それとは逆に、後続の機体のアタッチメントを先頭のAへと付け替えたとしたら、同じ分だけ〝断絶区間〟を早く脱することになるよな』

いっぽうが五・二メートルだけ後退し、もういっぽうが五・二メートルだけ前進しているのだから、合算するとおよそ十・四メートル。そして、それは先ほど導き出した「三秒一五で十・五メートル」という〝差〟とほぼ一致するではないか。

「でも、それくらいの差は誤差の範囲として――」

そんな広瀬の指摘を、あいつは無情にも蹴散らす。

『いえ、そのような誤差は生じないんです。なぜなら、中井の開発した自動追尾はセンチ単位の狂いも生じないから』

なぜって、そのように欅田は言っていたではないか。帝国軍の宇宙戦闘機なるよくわからない喩えを持ち出してみせながら。

——三機がちょうど正三角形を形作り、それぞれ六メートルの間隔を維持しながら飛行する。

——その際、センチ単位の狂いも生じません。

——まさに、帝国軍の宇宙戦闘機『TIEファイター』を彷彿とさせる動き！

『同じ区間を飛行していて、ましてやセンチ単位の狂いも生じないはずなのに、これほど飛行時間に差が出るのは明確におかしいですよね？　しかも事件当日、三機はワイヤーで繋がった〝一心同体〟だったんですよ？　もし、一機が減速するなどして距離を離されたのだとしたら、間違いなくバランスを崩して墜落していると思いませんか？』

中井に返す言葉はない。

『さらに見ていただきたいのは、レッドウィングの通信途絶時刻。これは明らかに他の二機より早い。つまり、例の〝GPS断絶区間〟へと最初に差し掛かったのはレッドウィングだったことになります』

つまり、先の正三角形の図でいうAがレッドウィングだ。

『それなのに、通信復活が一番早いのはブルーウィングなんですよ』

本当だ！　ということは。

『まさか後続の機体が先頭へと躍り出た、なんてことはないでしょう。つまり、この点から言ってもアタッチメントが入れ替えられていたことは間違いないんです』

なるほど、だから「通過算」というわけか。

『同一のトンネルに、同じ長さかつ同じ速さの列車が入れば、本来なら通過にかかる時間は等しくなるはず。にもかかわらずその時間に違いが生じたとすれば、それはトンネル内で列車の長さが変わったからにほかならない』

そして、まさしくそれと同じ状況がこの〝入れ替えトリック〟によって生じたというわけだ。

とはいえ、とあいつは淡白に続ける。

『このような証拠がログデータに残ったのは、先頭の機体と後続の機体間で入れ替えが生じたからにすぎません。つまり、もしも事件当日、レッドウィングとブルーウィングが後続の二機となっていたら、このような時間差は生じなかったので証明は不可能だったことになります』

「たしかに――」

『最後の最後に、悪運が尽きたと言えますね』

その言葉に、中井は小さく笑った。

『まとめると、推定その三――事件当日、GPS断絶中に機体のアタッチメントは入れ替えられていた。以上、ここまでの三つの推定、および事件当日にあなたが長良尾川中流域にいたという事実から導き出せる結論は、百パーセントの確率で先の〝入れ替えトリック〟が行われた、です』

あいつがそう締め括ると同時に、その場にいる全員の視線が中井へと集中する。

しばしの沈黙――やがて、彼はため息交じりに肩をすくめてみせた。

「なあ、一つだけ教えて貰ってもいいかな」

『なんでしょう?』

「雨宮くん、と言ったね。君、仕事は何を?」

『役人です』

それを聞いた中井は「ほう」と頬を上げる。

「それは、朗報だ」

『朗報？』

「君みたいな優秀な人間が、この国のために働いていてくれているんだから」

零士もきっと喜ぶよ――そう言うと、彼は両手を高々と掲げた。

「わかった、認める。すべて君の言った通り。降参だよ」

警察の二人が、ガタッと音を立てて席を立つ。

「抵抗はしない。約束する。だから――」

そう言って中井が視線を向けると、広瀬と島袋は「なんだ？」と立ちすくんだ。

「最後にひと言だけ、彼と話をさせてもらえませんか？」

顔を見合わせた二人はすぐに頷きあうと、広瀬のほうが「いいでしょう」と答えた。

ありがとうございます、と頭を下げた中井はそのまま画面に向き直る。

「ところで、君はどう思う？」

『どう、とは？』

「このままこの国は、地方へと予算を投じ続けるべきだろうか？」

投げかけられた直球の質問――しかし、あいつは黙ったままだ。

「俺が捕まったからといって、この件は終わりじゃない。だから――」

ずっと考え続けてくれないかな。

そう言うと中井はほっと肩の力を抜き、清々しいほどの笑顔を浮かべてみせた。

「刑事さん、言いたいことは以上です」

十二月一日。ドローン攻撃まで残り二日。時刻は、十一時四十二分。

神楽零士殺害の実行犯にして《パトリシア》こと中井佑の身柄はこうして無事、ドローンによる無差別攻撃を目前にして確保されたのだった。

◇

定時を回っても、フロアは熱気に包まれていた。

いや、そもそも「定時」などという概念はない、と言うべきだろうか。

十二月五日、十八時五十分。内閣府合同庁舎八号館七階、内閣官房まち・ひと・しごと創生本部事務局の執務室で、中津瀬は大きく伸びをする。

「田村清吾くん問三、秘書官了です！」

「了解、大臣レク朝何時からだっけ？」

「西園寺《さいおんじ》太郎《たろう》くん、質問要旨出ました！　当たり三問、問い合わせ不可！」

「問い合わせ不可ぁ⁉　ふざけんなよマジで――」

隣の島では、同僚たちが明日の国会対応に追われている。

「俺らは当たらないといいね」と他人事みたいなため息を寄越す麻生、全班にかけられた「国会待機」――フロアで繰り広げられているのは、普段通りの〝激務〟だった。

隣を見やると、あの男――約束通り中井の犯行を証明した〝我が国の救世主〟は、何やら食い入るようにパソコン画面と睨めっこを続けている。

――終わったよ。

今から四日前、席へと戻って来るなりただそれだけ口にした雨宮に、正直拍子抜けしたのは否めなかった。勝ち誇ったような顔をしてみせるでも、どんな鮮やかな推理で中井を追い詰めたのかを雄弁に語るでもなく、そのまま何事もなかったかのように通常業務へと励みだしたのだから。

――え、本当ですか？

しかし、それが正しかったことはすぐに明らかになった。

その日の午後、全国を駆け抜けた《パトリシア》緊急逮捕という超ド級のニュース速報――フロア中が固唾を呑んでテレビの画面へ視線を送り、一部では歓喜の声が湧き上がっているというのに、なぜか雨宮は物憂げな表情を浮かべるばかり。

機を狙って犯行方法について尋ねてみたところ、予想に反して彼はあっけらかんとその一部始終を語ってくれた。山道で『スマイリー』を燃やした理由、事件当日の不可解な注文行動、そして入れ替えられたアタッチメント。あまりに奇想天外と言うべき内容に唖然としつつも、すべてを聴き終えたとき、まっさきに思い浮かんだのはいつかの本庄の台詞だった。

――俺たちにとってのナンバーワンは、いつだって雨宮氏なんだから。

彼があそこまでの揺るぎない〝信頼〟を露わにしたのも、今なら頷ける。

そんな雨宮の活躍もあって、世界が日常へと一歩ずつ回帰しつつあるのは事実ながら、かと言って当然すべてが一件落着となったわけではない。

何よりも注目を集めているのは無論、中井なる男の素性だ。

神楽零士の「右腕」と呼ばれ、大学時代からの旧知の仲でもある彼は、なぜこのような凶行に及んだのか。もちろん、その動機は「この国の未来を案じて」となるのだろうが、そのような考えに至った経緯も含め、現在いくつもの週刊誌が激烈な報道合戦を繰り広げている。院生時代に『バトル・オブ・ドローンズ』で世界制覇を成し遂げたこと、自らが中心メンバーとなって大学発ベンチャー『アビオット』を設立したこと、それを帝国電気へと売却し多額の資金を得たこと。これだけならまだしも、あろうことか一部週刊誌は、彼の自宅から押収された「若女」の能面と深紅の着物から「なんと中井には隠れた〝女装癖〟があった⁉」などという低レベルすぎる記事を掲載する始末ときている。その特報を読んだときは、さすがに「くっだらねぇな」と呆れ果ててしまったものの、それほどまでに世間の関心が高いことの裏返しでもあるのだろう。

いっぽう、稀代のテロリストこと《パトリシア》を見事逮捕したはずの警察は、称賛を遥かに凌駕する数の批判に晒され、各方面への釈明に追われている。なぜって、もちろん安地和夫逮捕が誤認だったと明らかになったからだ。

共犯者の逮捕でいっときは萌芽が見えた〝警察擁護〟の動きもこれにより完全に潰えてしまったばかりか、国民も軒並み手のひらを返しており、おそらく県警――下手をしたら警察庁の上層部まで含めた何人かのお偉方の首が飛ぶのでは、との声もちらほら上がっている。ここにもし「逮捕の決め手となったのはとある小役人の〝名推理〟だった」などという報道がなされたら、よりいっそう警察の立つ瀬はなくなるのだろうが、今のところそのような話が漏れ聞こえてくる気配はない。

そして何より。

――で、結局この国はこのまま地方に予算投入を続けるわけ？

――中井の逮捕ですべてうやむやになるんだとしたら、それは違うと思うぞ。

これから確実に国家財政が逼迫していくにもかかわらず、なぜ地方への予算投入を続けるべきなのか。そうまでして地方を〝延命〟させる意味はどこにあるのか。その議論は、いまだテレビやネットなど各所で盛んに続いている。

それじゃあお前はどうなんだ、と問われると、今でも故郷の町、そしてそこで暮らす人々を想う気持ちにやはり何ら変わりはない。大好きな地元への恩返しのために、いったい自分に何ができるのか――これからも引き続き、そのことを考え続けていくと思う。

でも。

初めて《パトリシア》の動画を観たときのような憤りも、今ではあまり感じなかった。

なぜって、やはりこのままではいけないと思えるから。

今回のようなテロ行為によるものではなく、もっと真っ当な、だけど何らかの〝痛み〟を伴わざるを得ない〝荒療治〟が、きっと遠からず必要なように思えるから。

だからこそ、正々堂々向き合うべきなのだろう。

決して、目を背けてはならないことなのだろう。

――乗客たちよ、一人残らず甲板へ出てきなされ。

――そして、その目に焼き付けるのです。

今までこの問題に無関心だった大勢の国民を甲板へ引き摺り出したこと。

これこそが、今回の事件がもたらした唯一にして最大の〝功績〟だった。


「――にしても、中井も往生際が悪いよね」

そんな麻生のひと言に、中津瀬は「え？」と我に返る。

「だって、容疑を否認してるんでしょ？」

麻生の言う通り、現時点で中井は一部容疑について否認を繰り返していた。行ったのは死体損壊・遺棄のみで、殺害はしていない――それが現時点の一貫した主張だ。

「正直ダサいよな。ここまで途方もないことをやってのけた割に」

「まあ、たしかに」

国家を揺るがすほどの有事を引き起こす大胆不敵さを持っていながら、いざ逮捕されたら少しでも〝減刑〟を望んでいるのだから。

そこまで思いを巡らせたとき、ふとあることを思い出す。

「あ、そういえば――」

　そう口走りながら隣の席へと向き直った中津瀬の目に飛び込んできたのは、あまりに意表をつく光景だった。というのも、雨宮のパソコン画面に表示されているのは、どこからどう見ても『リバーサイド扇橋』の物件情報だったからだ。あの日の河川敷でも妙にご執心な様子だったが、いったい何がそこまで引っ掛かっているというのだろう。

　そんな中津瀬の動揺をよそに、雨宮はいつもと同じく「あん？」と面倒くさそうな視線を向けてくる。

「あ、えっと……」気を取り直しつつ、本来訊きたかったことを思い出す。

「雨宮さんは、どうしてまっさきに中井が犯人だってわかったんですか？」

　──犯人は中井。その確率、およそ九十五パーセント。

　あの日、こちらの度肝を抜いた衝撃の発言。

　結果的にそれは的中していたわけだが、いったい何を根拠にしたものだったのか。

　ああ、と頷いた雨宮は、なぜかそのまま逆質問を寄越してきた。

「中津瀬くんは一昨日の土曜日、何してた？」

「は？」

「いいから」

　首を傾げつつも、記憶を辿る。

「起きたのが昼過ぎで──夕方まで部屋でゴロゴロした後、近くのスーパーまで買い物に行きましたね。で、夜はテレビを観て、ちょっと一人で晩酌して寝ました」

　我ながら味気ない休日としか言いようがないものの、これが現実なので仕方あるまい。

「なんで昼過ぎまで寝てたの？」

「え？　だって──」

夜中の二時過ぎまでフロアで仕事した挙句、タクシーで帰宅したから。というか、ずっと隣にいたんだから、それくらいわかるでしょうに。

「あと、平日の疲れもあったんで」

「うん、それが答え」

まるで意味不明だ。

つまりさ、と雨宮は尻の下のバランスボールを転がす。

「人は『その日に何をしていたか』と尋ねられたら、普通は起きてからのことしか言わないはずなんだ」

「まあ……そうですね」

「でも、こちらの質問は『土曜日何をしていたか』だったんだから、夜中二時過ぎまで仕事をしていたって部分だって、当然そこには含まれるはずだろ？　なのに――」

中津瀬の回答は「昼過ぎに起きたこと」から始まった。

それを踏まえたうえで、と雨宮はぼさぼさ髪を掻き上げる。

「中井だけだったんだ。事件の日の行動を訊かれた際に、回答として『その日の午前四時ごろまで起きていた』と、眠りに落ちる前に言及したのは」

「なるほど」

「その時点でまず引っ掛かりを覚えた。そして、その時刻の意味を考えたときに確信したんだ」

「時刻の意味？」

「マーカーの破壊工作を実施したであろう時刻とぴったりだったから」

ああ、そういうカラクリね。

「無意識だったのか、意識的だったのかは不明だが、とにかくやつは咄嗟にその時間を口にしたんだ。しかも、ご丁寧に『動画の編集やコメント返しをしていた』なんてアリバイを匂わせる発言まで付け加えてみせるときた。これがあまりに不自然だったうえ、ドローンやら何やら——」

そこまで口にした瞬間、なぜか電源が切れたように雨宮は固まってしまう。

「どうしました？」

しかし、いっさいの反応はない。

と、次の瞬間。

「急いで調べてくれ！」そう指示を飛ばしながら、雨宮はパソコンの画面へと向き直る。

「中井の動画投稿チャンネル——投稿された動画の中に、やつがコメントを返しているものがあるかどうか。日時は、十月三十一日の午前四時頃」

目的がよくわからないながらスマホで調べてみると、すぐにそれは見つかった。

十月二十九日に投稿された集落の空撮映像ダイジェスト——そこへ寄せられた視聴者からのコメントに対し、十月三十一日の午前四時五分に中井から返事が為されている。

そう報告すると雨宮は一度頷き、すぐさま次なる指示を寄越す。

「次に、あれを探してくれ！」

「あれとは？」

「小火騒ぎの件を報じた『週刊スクープ』——たぶん、まだどこかにあるよな？」

え、マジでどうしたんだ？

戸惑いながら、デスクの書類の山へと目を向けると——

「あるよ！　はい！」

ただならぬ気配を察したのだろう、麻生が問題の雑誌を前から差し出してくる。

「ありがとうございます。はい、これ！」

礼を言いつつ、すぐさま雨宮へ横流しする。

ひったくるように受け取るや、ページを破らんばかりの勢いでそれを捲っていた雨宮の手が、少ししてぴたりと止まる。開かれていたのは、例の小火騒ぎに至るまでの一連の経緯が記されたページだった。

「最初の『通報案件』が八月十二日」

そう呟いたきり、押し黙ったまま記事に目を走らせる雨宮だったが――

やがてその『週刊スクープ』をぱたんと閉じると、彼は肩を落とした。

「大量減点だ」

「え？」どういう意味だ。

とはいえ、まず間違いなく事件に関することではあるだろう。

そして、大量減点という言葉の響きからして――

「まさか、中井じゃなかったんですか？」

あり得ないとは思いつつそう口に出して言ってみると、すぐに雨宮はかぶりを振った。

「いや、中井だよ。間違いなく中井ではあるんだが――」

続けざまに彼はこんな意味不明なことを呟いてみせる。

「キスマークを付けたのが男とは限らない」

いよいよ気でも触れたのかと心配になる中津瀬をよそに、彼はデスクの受話器を慌ただしく取り上げると、どこかへ電話をかけ始めた。

何がどうなってるんだ？

名乗りもせず、そのまま「頼みがある」と切り出す雨宮――ということは、例によって相手は中高時代の「知人」である彼女に違いない。

固唾を呑んで見守る中津瀬の耳にその直後届いたのは、初めて聞く人物の名だった。

「馬場園に、至急連絡が欲しいと伝えてくれ」

5

「正気の沙汰とは思えない」

そう私が断言すると、テーブルの向かいで佐橋結花は眉をハの字にした。

「どの辺が？」

「どの辺というか、全身隈なく」

目を疑うほどに焼けた褐色の肌、潮風にやられたと思しきやや傷みがちの金髪。四年前にここで会った時とは、もはや別人としか思えない。

「ああ、まあ色はだいぶ変わったかもね」

「ちゃんとケアしたほうがいいよ、将来シミになるし」

十二月十日、十二時三十分。マンダリンオリエンタル東京のラウンジで、私は懐かしの結花と向かい合っていた。

『東京に戻って来てるから会おうよ』

彼女からこんな連絡を貰ったのが、つい一週間ほど前のこと。

なんでも例の無差別攻撃に対する避難措置として半月ほど休みを取得し、東京の実家へ帰ってきているという。

『まあ、結果的に何もなくてよかったんだけど』

とはいえ、久しぶりの東京ということもあり、このまま休みが終わるまではのんびりする予定なのだとか。ちょうど私も「そろそろ一度くらい母親に顔を見せるか」と思っていたところだったので、この誘いをきっかけに、こうしておよそ四年ぶりとなる再会が実現したわけだ。

「ってか、大変だったでしょ？」

ソーサーの上のティーカップへ手を伸ばしながら、結花が小首を傾げてくる。

「うん、まあ」

「でも、よく間に合ったよね」

無理だと思ってたなあ、と呑気に笑う彼女を前に、ふと私はあいつの顔を思い出す。

――ここ何日も、ずっと頭を悩ませてきました。

――それでもなお、どうやったらあなたの犯行を証明できるかについて。

誠に遺憾ながら、あの瞬間だけは「かっこいい」と思ってしまったことを認めざるを得ない。もちろん、ある種の〝吊り橋効果〟的なものに決まっているが、だとしても心を揺さぶられたのは事実なので、この件は一生の不覚として墓まで持っていくことに決めている。

「実は、全部あいつのおかげなんだよね」

「あいつ？」

「雨宮」

「え⁉　どういうこと⁉」

そそくさとソーサーにカップを戻すと、結花は興味津々といった様子でテーブルに身を乗り出してくる。

そこから私は、今回の事件の経緯を掻い摘んで説明してあげた。

馬場園との出会いと、それにより発覚した事件の異常性。断腸の思いで発出したあいつへの救援要請と、待ち受けていた苦難の数々。そして、土壇場で見せられた圧巻の〝名推理〟――

話を聞き終えた結花はしばし目をぱちくりさせていたが、やがてこんな見当違いの質問を口にする。

「で、雨宮とはその後どうなの？」

「は？」

「だって、遠距離とは言えずっと行動を共にしてたわけじゃん？」

「いや、そういうのはあり得ないって」

もちろん、今では前ほど「大嫌いだ」とは思わないし、機会があればこの件について語り合うのも吝《やぶさ》かではないが、言ってもそれだけだ。

――馬場園に、至急連絡が欲しいと伝えてくれ。

事件終結後に貰った連絡も、この電話一本だけ――そういえば、あれはいったいなんだったのだろう。

そっか、と懐かしむように目を細めながら結花は窓外を見やる。

「今だから言えるけどさ、私、高校のとき割といいなって思ってたんだよね」

「何が？」

「雨宮のこと」

冗談だろ。

凪咲といい結花といい、少し変わった女子の〝琴線〟に触れる何かが、やはりあいつにはあるようだ。

まあそれはいいとして、と結花がこちらに向き直る。

「これからどうするの？」

「どうする、というと？」

「このまま奥霜里に住み続けるの？」

どうなんだろう、と自問しながら、開放的な壁一面のガラス窓へと目を向ける。

私たちの眼前に広がる大パノラマ。さすが地上三十八階というだけのことはあり、そこからは土曜昼下がりの東京が一望できた。その向こうには、青空をバックにそびえる富士の高嶺。けれども四年前のあの日とは違い、それらはどうにも色褪せて見えるような気がしてならなかった。

――破綻はもう目の前。

――喩えるなら、この国は今まさに沈みゆく客船なのでござりんす。

あのときは、こんなこと夢にも思わなかった。

私の目に見えていたのはせいぜい「勝ち馬」の背中程度で、どうして結花はそこから飛び降りようとしているのだろうという、ちっぽけな疑問に首を傾げるだけだった。

だけど、もう違う。

私たちが乗っているのは、今まさに沈もうという客船なのだ。

そのことに、気付かされてしまったのだ。

「この一か月、本当にいろんなことを考えたんだ」

灰色の高層ビル群を見つめながら、私は呟く。

「いろんなこと？」

そこからまた、取りとめもなく語り続けた。

移住を決めた本当の理由と、卑怯な自分のこと。それぞれに想いを抱えて奥霜里へと集った移住者たちのこと。そんな〝奇跡の復活劇〟を前にした旧住民たちの葛藤のこと。そして、この国はこれからどこへ向かうべきなのかという〝答えのない問い〟のこと。

「正直、わからないんだ」

そう首を振る私に、結花は「はて？」と両目を瞬かせる。

「どうして地方は存在しなければならないのか」

――好きな場所で思うままに生きる。

――それはすべての国民に与えられた当然の権利ですから。

神楽零士はこう言っていたし、もちろんこれが間違っているとも思わない。

だけど、はたしてそれだけでいいのだろうか。

――だって、みんなはここを〝逃げ場〟だと思って集まってきたわけじゃないでしょ？

――別に、みんながみんな何らかの理由を携えて移住する必要なくないすか？

逃げ場でもいい。なんだっていい。どんな想いを胸の内に秘めていたとしても、それを無条件で受け入れてくれる場所がこの国のどこかにあること。たしかに、これだって大切な「価値」であり「意味」だろう。

でも。

――それはなぜかと問われると、馬鹿な俺にはどうしても答えが見つからないんや。

今後、国家財政が困窮を極める中にあって、それでも守り抜けるものなのだろうか。

いや、そうまでして守り抜くべきものなのだろうか。

「わからないんだ、まったく」

そんなことを堂々巡りのように考えながら、話を締め括る。

しばし真一文字に口を引き結んでいた結花は、やがてふふっと頰を緩めると、「じゃあさ」と笑ってみせた。

「とりあえず、それをそのまま書けばいいんじゃない？」

「え？」

「だって、ブログを始めるにあたって決めたんでしょ？」

〝ありのままの暮らしぶりを綴る〟ということを——その言葉に、私はハッと目が覚める思いだった。

「一番当事者に近いところにいた陽菜子が、今回の事件を通じて何を感じ、そして今、何に迷っているのか。それをそのまま書くの。それって陽菜子にしか書けないことだと思わない？」

そうかもしれない。

もちろん〝正解〟を導き出すことはできないだろうし、そもそもそんなものがあるのかどうかもわからない。

だけど、たしかに少なからぬ意義があるような気はした。

「でも、あれだね」と再び結花はティーカップを手に取る。

「陽菜子、ちょっと変わったね」

「え、そう？」

「だって、陽菜子の口からこんなふうに〝悩み〟を聴いたの、たぶん初めてだし」

「そうだっけ？」

あ、勘違いしないで、と彼女は肩をすくめつつ笑ってみせる。

「私は、今のほうがいいと思って言ったんだよ？　無理して肩肘張っちゃって、いつもどこか苦しそうな昔の陽菜子より、今の陽菜子のほうがさ」

ああ、やっぱり気付いていたんだ。

私が〝晴山陽菜子〟という〝鎖〟に囚われていたことに。

苦笑を噛み殺す私をよそに、あのね、と結花は続ける。

「九十歳になる島のおばあちゃんがさ、いつも口癖みたいにこんなことを言うんだ」

「どんなこと？」

「『幸せは、天秤よりも物差しではかるべきなんだ』って」

「――どういうこと？」

「秤になんか乗せるから、『都会の方が』『田舎の方が』という〝優劣〟の話になっちゃうってこと。だけど――」

自分にとっての幸せを測る「物差し」を各人がそれぞれ持っていて、それを宛がったときに一番しっくりくる生き方を〝選び取る〟のだと考えたら――それであれば、少なくとも先のような「二元論」にはならないのではないか。

なるほどね、と頷いてみせつつ、それでいくと私の幸せってたぶん「鋳型」だったんだろうな、とふと思う。理想形としての〝晴山陽菜子〟という「型」があり、それに「ぴったりとハマれるかどうか」がすべて――そこには〝優劣〟も〝選択の余地〟もない。だからこそ死ぬほど窮屈で、同時に息苦しかったのだろう。

だけど。

結花の言う通り、少しは変わることができたのだろうか。

少なくとも、そんな「型」を打ち破る程度には。

それを伝えたくて彼女がこの話をしてくれたのかどうかはわからないけれど、なんにせよ、ちょっとだけ胸のつかえが取れたような気がしたのは間違いなかった。

そんなふうに思いを馳せる私へ向け、結花は「でさ」と微笑んでみせる。

「だとしたら、物差しを宛がえる先はたぶん多い方がいいじゃん」

たしかに。

これもまた、先の問いに対する一つの「答え」になるのかもしれない。

そこからしばらく雑談が続いたところで、不意にテーブルの上で私のスマホが震えた。

見ると、メッセージが一件——なんと差出人はあいつだった。

「え？」声を上げると、結花が「なになに？」と身を乗り出してくる。

「雨宮からメッセージだ」

「ええ！　マジで！」

もしやデートの誘いだったりして、クリスマスも近いし、と身勝手に楽しそうな結花を無視して、スマホのロックを解除する。

「で？　で？　なんだって？　デートの誘い？」

「まだ見てないけど、絶対にそれはない」

どうかな、とニヤつく結花をよそに私はメッセージを開封する。

『これを見てくれ』——そんな淡白な七文字と共に、そこには動画が添付されていた。

なんだろう、と特に躊躇いもなく再生ボタンを押すと——

空き地の奥で風に揺れるススキ、その向こうに見える高速道路と思しき高架、そして夕刻と思われるオレンジ色に染まる空。

そう、流れ始めたのは紛れもなく例の宣戦布告動画だった。

「え、どうしたの？」異変に気付いた結花が、怪訝そうに眉を寄せる。

「見て」いったん再生を停止し、テーブルの上にスマホを置くと、画面に目をやった彼女の表情がみるみるうちに曇っていく。

「これって、あれだよね？」

嫌な予感がするものの、ワイヤレスイヤホンを取り出し、その片方を結花に差し出す。

「いくよ？」逸《はや》る心臓の鼓動を抑えつつ、再生ボタンを再びタップする。

『ご機嫌麗しゅう国民のみなさん、いかがお過ごしでござんしょう』

不自然かつ不愉快なほどに甲高い、これまで何度も耳にしてきたあの声。

朧気に浮かび上がる「若女」の能面と、ハイカラな矢絣模様をした深紅の着物。

『念のためお伝えしますが、これは悪ふざけでも冗談でもござりんせん』

堪らず顔を見合わせるが、結花も首を傾げるばかりだった。

その後も着々と動画は進み、いよいよ最終盤に差し掛かろうかというところで、私はある〝異変〟を察知する。

まさか。

既にクライマックスの「宣戦布告」が始まっているのに、三十秒ほどだろうか、画面下部のシークバーを見る限り再生時間にはまだ余裕があるのだ。

『繰り返す。命が惜しければ政令市または東京特別区へ移住せよ』

画面のこちらに向け、そう宣言する《パトリシア》——公開された動画は、本来ここで終わっていたはずだ。

『はい、オッケー』

しばしの静寂の後、突如響き渡る誰かの声。

思った通り、あいつが送りつけてきたこの動画には続きが映っている。

『まあ、いい感じじゃないか？』

撮影者と思しき人間が淡々とそう喋っているが、その声には間違いなく聞き覚えがあった。

全身の毛穴から噴出する冷や汗と、張り裂けんばかりに脈動する心臓。

この声……中井じゃないか？

でも、そうだとしたら。
『とりあえず、確認してみてくれ』
『了解』
依頼に応える形で、画面中央の〝彼女〟は能面へと手を伸ばし――
「えっ――」
しかし。
ガシャンと派手な音を立てて、結花の手から滑り落ちるティーカップ。
嘘だ。
私は、目を逸らせられない。
言葉も出ない。
嘘だ。
外された能面の向こうに現れた生身の人間の顔。
それは、どこからどう見ても神楽零士に他ならなかった。

エピローグ

「まんまとやられましたよ」

アクリル板の向こうで冷笑を浮かべる中井に、隣のあいつが言い放つ。

十二月十三日、時刻は十一時十分。

私たちは、岡山県警の留置場内にある無機質で殺風景な面会室で、中井と向かい合って座っていた。こちらのメンバーは、馬場園、中井の弁護士である村木《むらき》という男、この日のために有給休暇を取得したというあいつ、そして私の計四人だが、室内に入れる人数の関係から村木は外で待機している。

——すべては〝自作自演〟だったんだ。

——《パトリシア》の正体は、神楽零士なんだよ。

事件が無事に解決を見た十二月五日の段階で、あいつはその事実に気付いたという。

だからこそ、すぐさま馬場園とコンタクトを取り、なんとかして中井もしくはその代理人にこの件を伝えられないかと頼み込んだのだとか。

——馬場園に、至急連絡が欲しいと伝えてくれ。

それが、先日貰ったこの電話の真相だ。

あいつからこの〝衝撃的な推理〟を知らされた代理人の村木が確認したところ、中井はこんな指示を口にしたという。

——我が家のキッチンの床下深くに、アルミの箱を隠してある。

――その中にある動画を、ぜひ雨宮くんへ送ってやって欲しい。

――それを見れば、答え合わせができるはずだから。

そうして例の動画をあいつは受領し、それを私に送り付けてきたわけだ。

「供述の通り、おそらくあなたは神楽零士を殺害してはいない」

自ら命を絶った神楽零士の頭部を鋸で切断し、そのまま『フライヤー6』と『スマイリー』にまつわる一連の工作を施しただけ。そしてその後、事前に撮影しておいた例の宣戦布告動画を公開してみせたのだ。

「要するに、順序が逆だったんです。殺害の状況を動画が言い当てたのではなく、既に撮影してあった動画へと現場の状況を合わせたわけですから」

にわかには信じ難い筋書きながら、映像に存命の神楽零士が映り込んでいる以上、そう言われるともはやそのようにしか思えなかった。

「ドアノブか何かにロープを結べば座ったままでも自殺はできますし、その際に自分の首をひっかけば吉川線らしきものも残るはずです」

つまり、神楽零士が他殺である物証は実のところ何一つないのだ。

犯行の自白が行われた、例の宣戦布告動画を除いては。

「そして、おそらくあの映像だけじゃない。神楽零士が数か月にわたって舌戦を繰り広げた一連の《パトリシア》の動画――あれだって、すべて事前に撮影されたものだったのでは？」

それなのに両者のやりとりが成立していたのは他でもない、神楽零士が《パトリシア》の発言内容をすべて予め承知していたからだ。

「そうやって、ある種のプロレスをしてみせただけ。何もかも、あなたと神楽零士が仕掛けた史上空前の〝自作自演〟だったんです」

あいつがそう断言すると、中井は縁なし眼鏡の奥の両目を細めてみせた。

「どうしてわかった？」

「まず、真っ先におかしいと思ったのは——」

事件当日の午前四時頃、中井の動画投稿チャンネルにて中井本人のアカウントからコメントが返されていたこと。

しかし、正直言ってまったく腑に落ちなかった。

たしかに中井への「事情聴取」を終えた後、念のためその事実を確認したことは覚えているものの、これがなんだというのだ。

「なぜ、おかしいんだろう？」

「その時間、あなたは山道上でマーカーの破壊工作を行っていたはずだからです」

でも、別にコメント返し程度ならパソコンを使わずともスマホでできるのだから、何もおかしい点などないではないか。

思わずそう口を挟むと、あいつは「いや」と首を振った。

「おかしいんだよ」

「どうして？」

「あの場所では携帯の電波が入らないはずだから」

「あっ‼」あまりに当たり前すぎて、そのことを完全に失念していた。

「実は、最初から気になっていたんです。なぜあなたは、こちらの二人が行った『事情聴取』の現場で『午前四時に動画のコメント返しをした』などという、いかにもアリバイを匂わせる発言をわざわざしてみせたのかって。それも委員長の言う通り、スマホを使えば一見どうとでもなってしまいそうに思えるのに」

だがそれは、よくよく考えれば実際にアリバイとして機能していたのだ。

そのことに、私たちがただ気付かなかっただけで。

「さて、そうとなると可能性は二つ。現場で破壊工作を行ったのはあなたで、別の誰かがあなたのアカウントを利用してコメントを返したか、もしくは、別の誰かが現場で破壊工作を行い、あなたは供述通り自宅でコメントを返したか。このどちらかしかあり得ないことになりますが、いずれにせよ——」

共犯者がいることになる。

「では、それはいったい誰なのか」

しかし、これまでの「捜査」を通じて、それらしき影はまったくと言っていいほど見えてこなかった。機体の入れ替えトリックだって中井が単身で行ったことだし、それは『スマイリー』の発車の件とて同じだから。強いて言うなら、やや佳奈美さんが怪しい気はするものの——

「そのとき、はたと気付いたんです。奥霜里の住民はもう一人いるじゃないかって」

ほほう、とご満悦そうに中井は頷く。

「そして、そうだとすれば宙ぶらりんになっていた諸々の謎にも、極めて明快な説明がつけられるんですよ」

それは言うまでもなく、次の三点のことだろう。
・なぜその場にたまたまあった鋸を使用したのか
・なぜ『スマイリー』配車時刻の都合がいいのか
・なぜ動画の撮影場所を集落外にしたのか
たしかに、あの日の決戦の中でこれらに関して言及はなされなかったものの、いずれも偶然や気まぐれ程度で片付けられると言えばそれまでなので、そういうものだと勝手に納得してしまっていたのだが――

ごくりと生唾を呑み込み、あいつの言葉を待つ。

「まず、黒飛佳奈美から借り受けていた鋸を土壇場で使用した理由。これはやはり、彼女の証言を封じるためだったと考えられます」

なぜなら、十二時十分時点で神楽零士が生存していたという事実は、本件の完遂において実に都合の悪いものだから。

「先日もお伝えした通り、今回のトリックの肝は、なんとかして霜里への頭部輸送が可能だったという〝隙〟を残すこと。であれば、頭部格納時刻のたった六十分前に神楽零士が生きていたという証言は、その〝隙〟を極めて狭めてしまうことになる」

事実、そのせいで私は「不可能犯罪」とすら思ってしまったくらいだ。

「おそらく、最初は居留守を使ってやり過ごすつもりだったんでしょう。だからこそ、自宅にいたにもかかわらず、神楽零士は彼女の鳴らす呼び鈴に反応しなかった。このことからも、やはり彼が共犯であるとしか思えません」

言われてみれば、まったくもってその通りだった。

――でも、いくら呼び鈴をならしても姿を見せなくて。

それなのに、その後家に忍び込んだ佳奈美さんは神楽零士に会っているではないか。あの場では特に疑問を抱かなかったが、これはやや不自然と言わざるを得ない。

「しかし、あろうことか彼女はそのまま勝手に家へ上がり込むという暴挙に出た。そのせいで、十二時十分時点で生存していた神楽零士の姿を目撃されるという、想定外の事態に見舞われてしまったんです」

だからこそ、とあいつはいっきに捲し立てる。

「借り受けていたのが鋸だったのをいいことに、急遽それを凶器として用いることにしたんでしょう。そうして『殺人の容疑者にされてしまうかもしれない』という恐怖を植え付けることにより、彼女の証言を封殺してみせた。どちらのアイデアか知りませんが、恐るべき機転としか言いようがありません」

それだけじゃない。

その場で神楽零士はこうも言ったそうではないか。

——誰にも言いませんから、佳奈美さんも黙っていてください。

——それで、この件は全部なかったことにしましょう。

これを聞かされたときは純粋に「懐の広い人だ」と思ってしまったが、その〝真意〟はまったく私たちの想像からかけ離れたものだったのだろう。

そこまではいいとして。

「借り受けていたのが鋸だったのをいいことに、ってどういう意味？」

堪らず質問すると、あいつは「だって」とぼさぼさ髪を掻き上げた。

「事前に撮影した動画で『鋸が凶器だ』と宣言している以上、そこは動かせないだろ」

「ああ、なるほど——」

たしかに例の動画内で、頭部切断に鋸を使用した点について言及があったことを思い出す。

「というかむしろ、だからこそ不測の事態に備えて事前に借りていたのでは？」

例えば、何かの理由で鋸を持参できなかったり、いざ現場で刃こぼれが生じてしまったりした場合に備えて。

「しかも琴畑直人によると、以前から黒飛佳奈美は旦那の不在時を狙ってたびたび神楽零士の家を訪れていたとのこと。つまり、事件当日においても何らかの不測の事態を呼び込む可能性が、彼女は他の住民より高かった。それがわかっていたからこそ、他の誰でもなく彼女から借りていたのでは？」

その指摘に対し、中井は「やはり君は凄いな」と笑った。

反応から言って、おそらくすべてあいつの言う通りなのだろう。

「残る謎は簡単です。事件当日『スマイリー』の配車時刻がやけに都合よかったのは、神楽零士本人が共犯だったから。そして――」

わざわざ撮影場所を変えたわけではない。

なぜって、そもそも既に撮影された動画だったのだから。

「にもかかわらず、あえてあなたが事件後に集落を出たのは、そうすることによってあの動画はリアルタイムで撮影されたものだと警察に思い込ませるためです。いや、もしかすると――」

そうして、あえて疑惑の目を自分に集中させることも計画のうちだったのではないか。

「無実の住民たちを、むやみやたらと巻き込まないために」

なるほど、ありそうな話だ。

だとすると、どう見たって中井がクロとしか思えないあからさまとも言うべき一連の犯行状況を生じさせた理由についても頷けるし、それがおそらく正しいということは、直後の中井の反応から言ってもまず間違いなかった。

「ここまでは、特に異論なしだ」

「いずれにせよ、驚くべきことですよ。なんせ、これほど緻密かつ大それた計画を、あなたたちは十年ちかく前から温めてきたわけですから」

いやいや、待ってくれ。いったい何を言い出すんだこいつは。

「いま、十年前って言った？」

「ああ。まず間違いない」

「なぜそう思う?」楽しそうに中井は唇の端を上げる。

「続いて、その理由についてお話しします」

そこでひと息ついた後、あいつの容赦ない推理が再び火を噴き始める。

「さて、本件が〝自作自演〟だとしたら、次なる疑問として出てきたのは、それはいつから計画されていたものだったのかということと、どこまでがその〝自作自演〟の範囲だったのかということです」

「ほう」

「まず、後者について。今から七年前に霜里で起きたという、例の小火騒ぎ――あれだって、神楽零士の〝自作自演〟ですね?」

そんな馬鹿な。

「まず、引っかかったのは脅迫状の文言。覚えてるか?」

『**よそ者を　へだりで染めん　夏の夜**』――だったろうか。

「えーっと、たしか――」

辛うじてそう答えると、あいつは「その通り」と頷いた。

「でも、考えてみるとこれはいささか変だ」

「なんで?」

「ひとたび里に帰れば山言葉を使ってはいけないはずだから」

その瞬間、私は戦慄と共にあの日の節子さんの言葉を思い出す。

――山は神聖な場所だから、日常生活の〝穢れ〟を持ち込んじゃいけないの。

――逆に、ひとたび里に帰れば山言葉を使っちゃダメ。

そして、文中にある〝へだり〟とは「血」を意味する山言葉ではないか。

「無論、山言葉を〝使う〟の範囲に『紙に書くこと』が含まれるのかはわからない。が、もう一つの決定的な事実と照らし合わせると、これはそういった因習・風習に囚われない〝余所者〟がやったこととしか思えないんだ」

「もう一つの事実？」

「例の小火騒ぎが起きたのは、何月何日だろう？」

たしか『週刊スクープ』には書かれていたような気がするが、さすがにすぐには出てこなかったので諦めてかぶりを振る。

「なら、正解を言おう。記事によると、飼い猫の死体発見を引き金とする最初の『通報案件』が八月十二日。その七日後、ある移住者の自宅玄関に脅迫状が貼られ、さらにその五日後に発生したのが例の小火騒ぎだ。つまり、八月二十四日ってことになる」

だから？

首を傾げる私をよそに、そこで「なるほど！」と声を上げたのは馬場園だった。

「いやあ、これは気付きませんでした！」

「え、どういうことですか？」

「覚えてらっしゃいませんか？　稲村節子の話を」

「話？」

「例の〝山を見てはいけない日〟ですよ」

瞬間、私の脳裏には再びあの日の縁側でのやりとりが甦ってくる。

――他にも〝山を見てはいけない日〟っていうのがあってね。

――え、ヤバ！　何それ！

——八月二十四日。その日は、夜になると山から〝よくない者〟が降りてくるの。

——というのも、山に住む神さまたちが休息を取る日とされているから。

だから毎年、その日の晩は家に閉じ籠ると、戸や窓、小さな節穴にいたるまですべてを何かで覆い隠し、朝まで誰とも口を利かずに過ごさねばならないという。安らぐ山の神さまたちの目を盗んで里へと降りて来た、その〝よくない者〟とやらに家の中を覗き込まれないために。

そして、そうだとするならば。

「その晩、霜里の住民たちが姿を見せなかったのも頷ける」

——だって、示し合わせたかのように誰一人現場へ姿を見せなかったんですから。

——消防車が駆け付けるような騒ぎなのに、ですよ？　ありえますか？

「ありえるんだよ、その日なら」

なんということだ。

あの話がこんなところで関係してくるなんて、夢にも思っていなかった。

「南光院銀二が語った〝トチヌシさま〟のエピソードや、例の『週刊スクープ』が報じた一連のトラブルに関する記事のせいで、霜里は陰惨で閉鎖的な印象が強いものの、逆に言うと〝古きを守り続けている〟と評価することだって当然できる」

であれば、そんな〝特別な日〟の夜に旧住民たちが外出などするはずないのだ。

「火事の野次馬としてはもちろんのこと、放火の実行犯としても」

現に、節子さんだってこう言っていたではないか。

——でもね、ここは昔からそういう土地なの。

——言ってなかったけど、私は今でもその日になると家に籠るようにしてるわ。

つまり、この風習は今でも「霜里地区」に脈々と息づいていると考えるべきだろう。

そして、とあいつはアクリル板に顔を寄せる。

「ここからはあくまで推測ですが、だからこそ彼はこの日にこれを行ったんではありませんか？」

「どういうこと？」

「霜里の住民を犯人にさせないためさ。神楽零士の狙いは、あくまでこの小火騒ぎをきっかけとして霜里で行われてきた移住者への嫌がらせの実態をマスコミに暴かせることであって、旧住民の誰かを刑事犯に仕立て上げて断罪することではないはずだから」

ああ、なるほどね。

「だからこそ、あえてこの日を狙ったと」

「そして、もしかすると国民を試す意味合いもあったのかもしれない。なぜなら、このような風習があることをきちんと理解さえしていれば、誰でも簡単にこのカラクリに気付くことができたはずなんだから」

それなのに、私たちは霜里の旧住民が暴挙に出たと思い込んでしまった。

「『週刊スクープ』の記事をろくすっぽ検討もせずに、ということですね」

馬場園がため息交じりに呟く。

「とはいえ、これだけは確認させてください」

あいつの呼びかけに「確認？」と中井は首を傾げる。

「神楽零士が行ったのは、この小火騒ぎの件だけなんですよね？」

すぐに意味を理解したのだろう、彼は「ああ」と得心がいったように頷いた。

「これだけさ。それ以外は他の誰か――まあ、おそらく旧住民の手によって為されたことだと思う。あいつの名誉に賭けて、そこは保証するよ」

「なるほど。つまり――」

「君の言ってくれた通り。あくまで零士の狙いは、集落でまかり通っている〝蛮行〟の実態を世に知らしめること。その〝起爆剤〟とするために、自ら小火騒ぎを起こしたってわけだ」

　まるで正気とは思えなかった。

　事件が長期化し、その〝犠牲者〟である自らの過去をマスコミが探り出せば、この小火騒ぎの件がきっと掘り当てられる――そこまで何もかもを見越して、これらの仕掛けを七年も前に施していたというのか。

　衝撃のあまり硬直する私の隣で、あいつの追撃は続く。

「さて、これによって少なくとも七年前の段階で今回の計画が存在していたことまではわかりました。が、見逃せないのは例の宣戦布告動画です」

「なぜだろう？」

「あれは、荒川沿いの『扇橋公園』で撮影されたものですよね？」

　あいつの指摘に、中井は仰天したように目を見開いた。

「これはたまげたな」

　飛び出してきた初耳の情報に、私は「なんでそこまでわかってるわけ」ともはや笑ってしまいそうになる。本当にこいつは、普段役人としてまっとうに仕事をしているのだろうか。

「だとしたらおかしいんです」

「おかしい？」

「なぜかというと」

　最近撮られた映像だとしたら、西日が差さないはずだから。

「実際に現地へと足も運びましたが、どうしても最後までこの場所だという確証が持てませんでした。というのも、対岸に立っている『リバーサイド扇橋』なるマンション群のせいで夕日が隠れてしまっていたからです」

「もう一度言おう、たまげたよ」

「ですが、ロケーションとしてはどう見ても一致しているし、あなたにとって所縁がある場所という点から言っても、まず撮影地はここで間違いないように思えた。そして、そうだとすれば」

動画が撮影されたのは、そのマンション群が建つ前だったのではないか。

「調べたところ、その『リバーサイド扇橋』は築九年とのこと。よって、例の動画が撮影されたのは少なくともそれが建つ前——つまり、十年ちかく前だったのではと思い至ったわけです」

しかも、とあいつはダメ押しの一撃を加える。

「それなら、動画撮影の現場を目撃したという人間が、ただの一人も現れないことにも納得がいきます」

ああ、たしかに。

「いくら人通りが少ない場所とは言え、もちろんまったくのゼロというわけではありません。現に、自分が訪れた際も犬の散歩をしている老夫婦がいたくらいです。そんな中、あれほど〝奇抜なルックス〟をして撮影を行うのは割と大きな賭けと言えるでしょう。ましてや、その容姿はかの有名な《パトリシア》と同一なわけですから」

しかし、それが十年前の出来事なら話は変わってくる。

「それならば、仮に現場の近くを通りかかった人が居ても『変な奴がいるな』程度で終わったはずなんです。なぜなら、その時点ではまだ《パトリシア》はこの世に存在していないから」

あいつがそう言い切ると、中井はおどけたように両手を掲げてみせた。

「素晴らしい。これで、満点答案だ」

満点という言葉を耳にしたせいだろうか、その瞬間ふと私は思い出す。

――ただ、指摘通り減点は避けられない。

――え？　どうして？

あのときとまったく同じだ。

女性の首筋にキスマークを残したのは女かもしれないのと同じで、事件の真犯人が既に死亡している〝被害者〟という可能性だってあるのだから。

「最後に、いくつか教えてください」

「教える？　何を？」

「まず一つ目。もし、最初の《パトリシア》の動画があれほど話題にならなかったら、そのときはどうするつもりだったんですか？」

その件か、と中井は笑ってみせる。

「そのときは、零士が何かの番組で自分から話題に出す予定だった。が、幸いにもそうする前に無事バズってくれたから、そこは悪運が強かったというべきかな」

なるほど、と頷いた後、続けざまにあいつは質問の矢を放つ。

「二つ目は、どうしてこんなことをしようと思ったんですか？」

「どうして、とは？」

「おそらく、そこにはあの事故が何らか関係しているんでは？」

あいつがそう指摘した瞬間、中井の顔色が目に見えて変わる。

「首吊り自殺を図る神楽零士を救ってみせたあなたは、その後なぜか医学部から工学部へと転学した。それらはすべて、あの事故の直後のことだ」

は？　首吊り自殺？

咄嗟に馬場園と顔を見合わせるが、彼は「まったく聞いたことありません」と言うように目を白黒させるばかりだった。

「驚いたな。君はそこまで辿り着いているのか」

「そのとき、あなたたちの間には何があったんですか？」

しかし中井は答えず、代わりにこんなことを口にする。

「間もなく、弁護士の村木を通じて全国へ発信する予定なんだ」

「何を？」

「本件がすべて〝自作自演〟だったということを。もちろん、あの映像と共にね」

その言葉を耳にした瞬間、私の身体は芯まで凍り付く。

そんなことをしたら、再び日本中がひっくり返る騒ぎになってしまうではないか。

なんせ、あの〝国民的大スター〟が史上最悪のテロリスト《パトリシア》だったのだから。

つまり、この事件はまったくもって終結なんかしていない。

そして、おそらくここまで含めてすべてが彼らの描いたシナリオなのだろう。いずれ実行犯と目される中井が逮捕され、少しずつ世の中が日常へと回帰していく最中、誰一人として予想し得なかった最大級の〝爆弾〟を投下することまでが。

本気だ。

彼らは、本気でこの国をぶっ壊すつもりなのだ。

いや、違う。

彼らの願いは国家の「転覆」ではなく、あくまで「存続」なのだから。

——破綻はもう目の前。

——喩えるなら、この国は今まさに沈みゆく客船とでも言えるかな。

——すべてはこの国の未来を心の底から案じてのことなんだよ。

そんな〝彼女〟の、いや、神楽零士の声が耳元で聴こえてくる。

「そこで、すべてを明らかにするつもりだよ。俺たちがなぜこのような行動に出ることにしたのかも、何もかも」

だけど、と中井は眼鏡を押し上げる。

「ここまで辿り着いてみせた君への敬意を表し、こっそりヒントをやろう」

『島根日報』――そんな耳慣れない言葉を彼は口にした。

「すべての答えは、そこにある」

「それなら、もう見ました」

「俺から今言えることは、それだけだ」

そのまま席を立ち、話は終わりだと言わんばかりに中井は背を向けた。

「待って！　もう一つだけ教えてください！」

遠ざかる背中へとあいつは食らいつくが、中井は聞く耳を持たない。

「もし捕まっていなかったら、あなたは本当に無差別攻撃を実行していたんですか？」

その言葉に、彼はつと立ち止まった。

「そんなものが、本当にあなたと神楽零士の思い描くこの国の未来だったんですか？」

永遠とも思える沈黙が流れた後、やがて微笑みと共に中井はこちらを振り返る。

「〝必要な犠牲〟だと思えば、俺はなんだってするよ」

たとえ、唯一無二の親友の首を切り落とすことだってね。

それが扉の向こうへと姿を消す前の、彼の最後の言葉となった。

犯人の独白（5）

震える指で、玄関のチャイムを鳴らす。

九月中旬、大学三年の秋。わたしが神楽零士の下宿先のアパートを訪れたのは、やや肌寒さの増してきた、そんなある夜のことだ。

「ああ、どうしたの？」

しばらくして玄関先に姿を見せた彼は、まったくの別人と化していた。

ぼさぼさに乱れ散らかした髪、黒々と落ち窪んだ目元、げっそり痩せこけた頬――そこに、かつての〝眩しさ〟は欠片もない。

「いや、元気かなって思って。ほら、全然大学にも来ないし――」

もしや、また首を吊っているのでは。

そんな焦燥に駆られたことはもちろん黙っておきつつ、その瞬間、わたしの脳裏には一週間ほど前のおぞましき光景が甦る。

――おい！　零士！

――しっかりしろ！　大丈夫か！

あの交通事故以来、連絡が取れなくなっていた神楽零士――その身を案じ、今日と同じようにここを訪れたわたしは、そこでドアノブにロープをかけて首吊り自殺を図る彼を発見したのだ。

そのまま近くの病院へと緊急搬送された彼は、予定だと既に退院しているはずが、今まで通りいっさい連絡も取れなければ、大学に姿を現すこともない。

生存確認。

それこそが、この日の往訪の唯一にして最大の目的だった。

「逆に、君は大丈夫なの？」

「え」

「しばらく、意識不明だったんでしょ？」

その瞬間、言葉に詰まってしまった理由はただ一つ。

君——神楽零士は、わたしのことをそう呼んだのだ。

これまでは、互いに下の名前で呼び合う仲だったはずなのに。

「ちょっと、散歩でもしようか」

手近の上着を羽織り、スニーカーをつっかけて外へ出て来ると、彼はそのまま目的地を告げることもなく先に立って歩き始めた。

「ここがいいかな」

出発から五分ほどが経過した頃だろうか。

神楽零士がわたしを連れ出したのは、近所の人気《ひとけ》のない公園だった。

申し訳程度に設置された滑り台とブランコ——それらを照らし出す、ポツンと一本だけ立った常夜灯。この世界に生き残っているのは自分たち二人だけなのでは、と思えてくるほどの静けさが辺りには満ちている。

「まあ、かけてよ」

ベンチに座るよう促されたが、なぜか彼は立ったまま。

しばしの耐え難い沈黙の後、口を切ったのは神楽零士だった。

「ずっと、おかしいと思ってたんだ」

「おかしい?」

「どうして、あんな事故が起きたのかって」

その刹那、あの日の〝一瞬〟が眼前にまざまざと甦ってくる。

激しい衝突音と共に揺れる視界、飛び散るガラスや鉄の破片、そして、ぐんぐん迫って来る電信柱――記憶があるのはそこまでだ。

「どうして、というのは?」

「だってさ」

事故が起きたのは、四方を田んぼに囲まれた見通しの良い十字路だったから。

「しかも本線は相手の車が走っていたほうで、さらに言えば、そこには『一時停止』の標識も立っていたそうじゃないか。つまり、母さんはそれを無視したことになる」

おかしいんだよ――もう一度、神楽零士はそう繰り返した。

「百歩譲ってまったく車が来ていなければ、そういう交通違反をする可能性がゼロとは言わないよ。でもさ」

絶対に見えていたはずなのだ。右方向から車が迫ってきていることが。

「それなのに、ブレーキ痕すら残されてないときている」

早鐘を打つ心臓、全身から噴き出す脂汗。

まさか、彼は気付いているのだろうか。

い、い、い、い、い、い、い、あの日、現場で起きたことのすべてに。

「だから、自分でいろいろ調べてみたんだ。事故の真相を探るためにね」

わたしは沈黙を貫くしかない。

「すると、こんな奇妙な事実がわかったんだ。というのも」

駆け付けた救急隊員によれば、現場で頭から血を流す神楽玲奈は左手にスマホをきつく握り締めていたのだとか。

「しかも、それは妹の持ち物ではなく君のスマホだったそうだ」

その言葉に、わたしは覚悟を決めた。

やっぱりな、と。

おそらく、彼は何もかも見抜いているに違いない。

「それを知って、僕は推論を働かせてみた。あの日初対面のはずの君のスマホを、どうして車内で妹は手にしていたんだろうかって」

そしたらさ、と彼は生気の失せた顔を悲痛に歪ませる。

「気付いたんだ。そういう状況になる、もっとも自然な展開があることに」

激しく揺れ始める視界。

ごめん。

頭に浮かんだのは、ただその一言だけだった。

「つまり、妹は君のスマホに入っている写真を見たがったんじゃないか？」

まさしくその通りだった。

——写真とかないんですか？

——絶対、見せてもらったって言わないんで！

だから、わたしは自分のスマホを渡したのだ。

——へえ、この人。

——玲奈だけ、ずるいわよ。

——ほら、見て。

――ちょっと、運転中だから。

――一瞬だけ、ほら！

そして――

「最終的に、こんな結論へ至ったんだ」

妹は、母さんにその画面をみせようとしたんじゃないかって。

まるで現場に居合わせていたかのごとく、彼は一から十まで言い当てていた。

「うちの軽自動車は右ハンドル――後部座席から運転席にスマホを向けるとしたら、右手ではなく左手に持つほうが自然だ。よって、現場に駆け付けた救急隊員の証言とも整合性がある」

その冷徹すぎる語り口に、わたしは全身の震えが止まらなくなる。

「どんなやりとりがその場であったのかはわからないけど、最終的に母さんは画面へと目をやってしまい、結果、右方向から迫る乗用車に気付かなかった」

であるならば、と彼は射るような視線を向けてくる。

「そんな事態を招く写真は一つしか思いつかない」

血が滲むほど唇を噛みしめるわたしは、泣き出しそうになるのを必死に堪えながら〝剝き出しの刃〟を受け止め続けるしかなかった。

「愛さんの写真だろ？」

――お兄ちゃんって、彼女とかいるんですか？

――玲奈、困らせるようなこと言わないの。

――でも、お母さんだって実際気になってるでしょ？

――だから、いまこそスパイ活動に励まないと。

何もかも彼の言う通りだった。

――実はね、お母さんはまだ離婚してないんです。

――退職金が入ってからのほうが、取り分も多くなるしね。

――黙らないと怒るわよ。

――おー、怖っ。

初めて会ったばかりのわたしの前で二人が見せた屈託のない笑顔、その背後に隠されているはずの想像を絶する〝苦難〟――それらすべてをひっくるめた結果、わたしはあのときたしかにこう思ったのだ。

この二人が喜んでくれるなら、と。

そのためならこれくらいはいいかな、と。

だけど。

――二人は無事ですか？

病院のベッドで目が覚め、まっさきにわたしが確認したのはこのことだった。

――え？

あのとき看護師が浮かべてみせた苦悶の表情を、わたしは一生忘れないだろう。

それからだった。

果てることなき後悔に苛まれながら、毎晩のように咽《むせ》び泣くようになったのは。

――断ればよかった。

――手渡さなければよかった。

たしかに、こんなことになるとはあの時点で予想などできなかった。

でも、間違いなくあの行動が分岐点だったのだ。

あそこでその〝選択〟さえしていなければ、こんな未来は訪れなかったのだ。

だからこそ、悔やんでも悔やみきれなかった。

――もし母さんと妹に何かあったら、僕はすべてをなげうってでも飛んで帰る。

――だって今の僕がこうしていられるのは、全部あの二人のおかげなんだから。

その二人の命を奪っておきながら、どうして当の自分はのうのうと生き永らえているのだろうかって、そのことが堪らなく許せなかった。

「零士、俺は――」

そのまま腰を浮かせ、地面に這い蹲《つくば》ろうとしたときだった。

「別に謝って欲しいわけじゃないし、その件を追及したいわけでもない」

「え」

「もちろん、それが事故の原因だったのだろうとは思う。でもね」

二人の命を奪ったものは別にある――そのように彼は断言してみせた。

「そのこと以上に、ずっと疑問だったんだ」

「疑問?」

「事故が起きたのは、十三時四十五分。これは、相手方の車に搭載されていたドライブレコーダーの映像から言ってもまず間違いない。それなのに、君たちが病院へ運び込まれたのは十五時三十五分過ぎ。つまり、搬送に二時間もかかっていることになる」

初めて知る情報に、わたしは言葉を失う。

「最寄りの病院から現場までは、せいぜい車で十数分の距離。そのうえ、幸いにも軽傷だった相手の運転手は、現場ですぐに救急通報をしたそうだ。にもかかわらず、君たち三人は現場に二時間近くも放置されていた」

「それは――」

「なぜか教えてあげるよ」

そこでいったん言葉を切ると、彼は自嘲気味に笑ってみせた。

「救急車がすべて出払っていたからさ」

「は？」

「蓑辺村の開村式――その懇親パーティーで発生した、集団食中毒のせいでね」

眩暈がして、その場に倒れ込みそうになる。

たしかに、そのような事件が起きたことは風の便りで知っていた。

毒性のあるキノコを誤って提供したためだったろうか、立食形式の懇親パーティーに参加していた複数人が相次いで腹痛や吐き気を訴え、そのまま病院へと緊急搬送される騒ぎになったらしい、とは。

それにしたって、いったいどんな巡り合わせだというのだ。

信じられなかったし、信じたくもなかった。

もちろん、現場において救急車を要請した判断は何一つ間違っていない。幸い全員が命に別状はなかったと聞いているものの、そうなるかどうかの見分けなど素人につくはずがないし、一一九番通報をするというのはその場における最善の策だったと言えるだろう。

だからこそ、拳を振り下ろすべき先がどこにも見当たらなかった。

スマホを手渡したという自分のあの行動以外に何一つ。

「そのせいで、現場には防災協定を結んでいた近隣市町村から救急隊が駆けつけるしかなかったんだ。それが、二時間もの時間を要した理由さ」

微かに震える語尾は、そのまま吐息となって夜空へ消えていった。

「そんな――」

呆然とするあまり、身じろぎ一つできなかった。

こんなの、あんまりすぎるではないか。

しばし壊れたゼンマイ仕掛けの人形のごとく肩を震わせ続けていた神楽零士は、やがてゆっくりと天を振り仰ぐ。

「この事実を知ったとき、怒りや何やらすべて忘れて、もはや笑っちゃったよ」

わたしに、返せる言葉などあるわけがない。

「僕らが必死になって治そうとしていた〝足の爪〟――そのせいで、母さんと妹は死んだようなものなんだから」

もちろん、どこに因果を求めるかは極めて難しい。

けれども、蓑辺村が〝復活〟などしていなければ、こうはならなかったかもしれないと思えてしまうのも間違いなかった。

――いま、ここ以外にもう一か所、蓑辺村ってところの村おこしも手伝っててさ。

――マジ？　零士のふるさとのすぐ隣じゃん！　縁があるねえ！

「当然、この件は愛さんには言ってないよ。風の噂や、新聞記事を見て知っている可能性が高いけど、こちらからわざわざ教えるような話じゃないからね。ただ――」

もう二度と、会うことはないだろう。

別れの挨拶もなしに、このまま自分たちは忽然と姿を暗ますのだ。

彼が実際そう言ったわけではないが、これだけは絶対に揺るがぬ事実であろう気がした。

「すべてを知って、僕が思ったことは二つある」

天を見上げたまま、彼は続ける。

「一つは、誰かの命を救うという行為が、他に救えた可能性のある命を見過ごさなければ成立しないなんて、そんなのおかしいってこと。遠方の過疎集落へと救急車が向かった結果、よりたくさんの人が暮らす市街地がなおざりにならざるを得ないなんて、絶対にあってはならないことだろ？」

そしてもう一つ、と神楽零士は夜空からわたしに視線を移す。

「だったら、治す必要なんてないいんじゃないかってこと。つまり――」

腐りかけた〝足の爪〟ごとき、全部剝がれ落ちてしまえばいいのではないか。

そんなものは見捨てて、本丸である〝癌〟の治療に専念するべきではないか。

「なあ、君はどう思う？」

こちらを見据える彼の瞳は、ゾッとするほどの暗さを湛えていた。

「それでも、この国の地方を救うべきだと思うかい？」

――おい零士！　あれこれ難しいことごちゃごちゃ考えんなって。

――こういう場所を一つでも多く未来に残す。

――それが間違いだなんてこと、あるわけないいんだから。絶対に！

頭の中で反響する、いつかの愛さんの言葉。

そして。

――だって、そうなるよね？

――国家そのものの〝生死〟が懸かっているというのに、どうして限界集落ごときを救う必要があるんだって。

夜行バスで交わした、あの日の会話。

それらすべてが、渦を巻きながら濁流のように押し寄せてくる。

「わからない」気付いたら、わたしはそう呟いていた。

もちろん、考えることを放棄して投げやりになったわけではない。

考えてみてもなお、〝答え〟が出せなかったのだ。

けれどもそんなわたしに対し、なぜか神楽零士は満足そうに頷いてみせた。

「そう、わからないんだ。こんな目に遭ったというのに、それでもまだ、いったいどうすべきなのか僕の中では〝答え〟が見つかっていない。だから――」

そこで一度口をつぐむと、彼はやがてこう言って笑った。

「すべてを国民の判断に委ねようじゃないか」

「は？」

「僕ら二人で悩んだってきっと〝答え〟は出ないし、そもそも僕ら二人だけで出すべきものでもないと思うんだ」

だって、と神楽零士は肩を震わせ続ける。

「覚えてない？　夜行バスでこんな話をしたのを」

――しかもここで問題なのは、国のほうの〝癌〟にはいまだ有効な治療法がないこと。

――さらに言えば、それが〝癌〟であることにさえほとんどの国民は気付いていない。

「だったら、一人残らず引き摺り出してやればいいじゃないか。僕らが今まさに乗っている、この沈みかけの客船の甲板に」

「引き摺り出す？」

「計画があるんだ」

そう冷徹に言い放つ彼の顔からは、いっさいの表情が消滅していた。

「すべての国民がこの件に関して無関心ではいられなくなる、途方もない計画が」

その直後、彼の口から語られた「計画」とやらは、あまりに常軌を逸しているとしか思えない代物だった。

「まず、僕はいったん登り詰めようと思う」

国民の誰もが知るスター的存在へと。

それはもちろん「芸能人」の類いとしてではない。極限の過疎状態へと陥るどこかの集落を見事〝復活〟させてみせることによってだ。

「場所の選定については追い追い考えるけど、まあ、何らかの〝後ろ暗い事情〟があるところのほうがいいだろうね。なぜって――」

そういった〝膿〟も、すべてそこで出し切る必要があるから。

「とにかく、僕らの全力を賭してどこかの過疎集落を〝復活〟させるんだ。その際、手段はいっさい選ばない。どんな手を使ってでもまずは一つ、我が国の〝地方復活〟の『成功事例』――つまり〝一筋の希望〟を国民に示してやる。そのうえで」

それらすべてを自分たちの手で叩き潰す。

彼がそう宣言すると同時に、傍の常夜灯がバチバチと明滅した。

「すべての地方都市殲滅を理想に掲げる思想犯なんかを登場させることで」

本気で言っているのだろうか。

言葉を失うわたしのことなどどこ吹く風で、彼は滔々とその「計画」を語り続ける。

「そして、その思想犯はどこかのタイミングで行動に出るんだ」

「行動に出る？」

「我が国の〝地方復活の旗頭〟とでも言うべき僕を殺害し、政府へと要求を突きつけてみせることによって」

なんだって？

「いま『僕を殺害し』って言ったか？」

「うん、言った。それも、できる限りセンセーショナルな方法がいいだろうね」

例えば、首を切り落とすとか。

「だって、毎日のように新しいニュースが生まれては、泡《あぶく》のように消えていくばかりだろ？　そんな中、普通のやり方で声を上げてみせたって一瞬にして埋もれ、あっという間に忘れ去られるのがオチさ」

　だからこそ、と神楽零士は目を細めてみせる。

「頭を切り落とされた〝スター〟とか――そうだ、ドローンによる無差別テロ予告なんてどうだろう？」

「ドローン？」

「そう遠くない未来、あれはきっと過疎集落のライフラインとして注目を集めるはずだと確信している。だとしたら、逆にそれを犯行声明にも組み込んでみたら面白いんじゃないかな？」

　その直後、そうだよ、と何やら思いついた様子の彼は両腕を広げてみせる。

「だったら、君の手で作ってみるなんてどうだろう？」

「作ってみる？　何を？」

「過疎集落を救える可能性を秘めるとともに、この国を恐怖のどん底まで叩き落とすこともできる、そんな最強最悪の機体を」

「最強最悪の機体――」

「ラジコンが趣味って聞いてるし、こういう明確な〝目標〟があったほうが張り合いもあると思うんだ。うん、絶対そのほうがいい。むしろ犯行声明も事前に撮影して、そこで『ドローンによる無差別攻撃』を宣言しておこうよ。そうすればいっさいの退路は絶たれ、もはや僕たちにはそれを実現する以外の道がなくなるから」

何を言っているんだ、こいつは。

話は逸れたけど、と彼は満足そうに微笑む。

「とにかく、そうやってできる限りド派手な演出を用意して、長期間にわたり国民の耳目を集め続けるんだ」

正気じゃない。

「で、最後にとどめの一撃を加えてやる。すべての〝黒幕〟は、誰もが知る〝国民的スター〟である僕自身――そんな衝撃の事実を明らかにすることによって」

そのうえで、国民へ選択を迫るのだという。

「この国が進むべき未来について」

正気じゃない。

「とはいえ、今すぐ僕らに何かできるわけでもない」

十年――彼の口から放たれたのは、そんな大それた数字だった。

「すべての計画を最終実行段階に移すのは、最低でも十年後だ。その間に国が置かれている状況も変われば、科学技術だっていくらか進歩しているだろう。それこそ、さっき言った〝最強最悪の機体〟を君が完成させてくれているはずだしね。そして、そういったあらゆる事情を踏まえたうえで、僕たちの叡智を結集した〝史上空前の仕掛け〟を施してやろうじゃないか」

「それは」

どこまで本気なんだ、と尋ねる隙すら与えず、きっぱりと彼は断言する。

「それくらいのことをしなきゃ、この国は変わらないよ」

「でも――」

「いつだったか、僕は母さんにこう言ったんだ。あいつとならいつかこの国を変えられる気がするってね」

だから、と壊れそうな笑み。

「一緒に、この国を変えないか」

その瞬間、わたしはあの日の助手席に座っていた。

彼の語る「計画」とやらも、その顔に浮かべてみせる表情も、何一つとして気がたしかだとは思えない。でも、裏を返せばそれほどの〝破滅の淵〟――いっときは自らの命を絶とうと思い詰めるほどの〝底知れぬ絶望〟の一歩手前まで、彼は今まさに追いやられているということなのかもしれない。


――ええ、約束します。

あの日、わたしはこう言った。

注がれる真摯な視線を前にして。

「一つ、教えてくれないか」

静かにそう口を開くと、彼は「なに？」と小首を傾げた。

「言いたいことは概ね理解したし、なるほど、たしかにやるだけの価値はありそうだ」

「そう言ってくれると思ったよ」

「ただ、零士が死ぬ必要はまったくないと思う」

唯一、受け入れられなかったのはこの点だ。

「それが必須なのだとしたら、この話には乗れない。だって――」

あの日、たしかに約束したのだから。

お前が圧し潰されそうになったら、傍にいて支えてやるって。

「その約束に、命をなげうつのを見過ごすことなんて含まれていないはずだろ？」

しばし物憂げに天を仰いでいた彼は、やがて「惜しくないんだ」と呟いた。

「惜しくない？」

「一度は捨ててやろうと思った命だから」

「だからって」

こちらの反論を無視し、だけど、と彼は穏やかに笑う。

「今のまま死んだら母さんに合わせる顔がない、とも思い直した」

「合わせる顔がない？」

「だって、口癖だったじゃないか」

零士は誰よりも優秀だから、いずれこの国を変える日が来るっていうのが。

「だから、僕はこの国を変えてみせる。そして、それは君となら成し遂げられると確信してもいる。だけど――」

いくら変えてみせたところで、その世界に二人はもういない。

どれだけこの国を変えてみせたって、その事実だけは絶対に変わらないのだ。

すべてはあの日、わたしがスマホを渡してしまったばっかりに。

「だから、まっさきに二人のもとへ行って報告してあげたいんだ。僕はやれるところまでやったよ、って。あとは親友のあいつにすべて託した、って」

それなのに、このとき彼は「親友」と呼んでくれたのだ。

たしかに、そう言ってくれたのだ。

だからこそ、溢れてくる涙を止められなかった。

「そうして、天から三人で君の雄姿を見届けたいんだ」

そう微笑む神楽零士の表情は、たしかな〝正気〟を保っていた。

「だから、約束して欲しい」

ベンチに座ったまま咽び泣くわたしを、彼は慈しむように見下ろす。

「いざとなったらどんなことでもするって。それはもちろん、僕の首を切り落とすことだって」

「そんなことできるわけ――」

「できるよ」

というか、と再び壊れそうな微笑みを彼は浮かべた。

「それくらいの覚悟がなければ、この計画は成し遂げられない。なんせ、僕らはこれまでに誰一人としてできなかったことをしようとしているんだから」

穏やかながらいっさいの躊躇がない口ぶりから、ついにわたしは確信する。

本気だ。

本当にやるつもりなんだ。

スクランブル交差点の中心で立ち止まり、ただ一人空を見上げていた彼は、ここへきて心に決めたのだ。その場に居合わせる全員を無理矢理にでも立ち止まらせ、同じように空へと目を向けさせるべく、史上最大級の照明弾を打ち上げてみせると。そして、そのまばゆい〝光〟によって、彼の目だけに映っていた〝何か〟を全員の目に見えるよう照らし出してみせると。

だとしたら、はたしてできるだろうか。

そのために、唯一無二の親友の首を切り落とすことが。

そこまでの覚悟を決めることが。

肩を震わせながら沈黙を貫くわたしに、神楽零士は諭すように続ける。

「今こそ、おばあちゃんのあの言葉を思い出すときだよ」

「あの言葉？」

「亡くなる直前に病室で交わしたっていう、例の会話さ」

その瞬間、今度はあの日のベッド脇に佇んでいた。

――今、おばあちゃんは〝悪い病気〟と命懸けで闘ってるの。

――そんなときに、爪の一枚や二枚なんて取るに足らないわ。

「あの言葉は、こうも換言できたよね」

〝生死が懸かった場面では、それ以外のことは些事に過ぎない〟――客室のシャワーの不具合も、味に改善の余地がある宇宙食も、腐りかけた足の爪も。

すべてを察したわたしは、震えるほどに純真な彼の瞳を覗き返すことしかできない。

「国家そのものの〝生死〟が懸かっているんだ。たかが僕一人の命くらい、取るに足らないはずだろ？」

違う。

絶対に、違う。

それなのに何一つ反論が浮かんでこない。

彼のまっすぐすぎる瞳がそれを許さない。

「それでももし挫けそうになったら、そのときはこんなふうに考えて欲しい」

すべては〝必要な犠牲〟だって。

その言葉を頭の中で繰り返しつつ、それでもまだ首を縦には振れなかった。

「何もかも〝必要な犠牲〟なんだって、そう信じるんだよ」

できるだろうか。

そんなふうに腹を括ることが。

そんなふうに信じ切ることが。

――だから僕は戦術を変えたいんだ。

――戦術を変える？

――この国の未来のために、ね。

できるだろうか。

わたしたち二人の手で、そんな途方もないことが。

――たまにしか連絡を寄越さないんですけど、そのたびに熱っぽく語るんですよ。

――あいつとならいつかこの国を変えられる気がする、ってね。

――だって、お兄ちゃんはいつかこの国を変える人なんだから。

――だから、ここにも自然と名前が轟いてくるくらい頑張ってよ。

そうすれば届くのだろうか。

遥か遠い場所にいるはずの、あの二人のもとにも。

「すべては計画完遂のために」

そして。

今まさに沈まんとする客船に乗っていながら、その事実に気付いてすらいない愚かな乗客たちを
一人残らず甲板へ引き摺り出すために。

結城真一郎（ゆうき・しんいちろう）
1991年、神奈川県生まれ。東京大学法学部卒業。2018年、『名もなき星の哀歌』で第５回新潮ミステリー大賞を受賞し、2019年に同作でデビュー。2020年に『プロジェクト・インソムニア』を刊行。同年、「小説新潮」掲載の短編小説「惨者面談」がアンソロジー『本格王2020』（講談社）に収録される。2021年には「＃拡散希望」（「小説新潮」掲載）で第74回日本推理作家協会賞短編部門を受賞する。

救国《きゅうこく》ゲーム

著 者
結城《ゆうき》真一郎《しんいちろう》

発 行
2021年10月20日

本書は書き下ろしです。

発行者 佐藤隆信
発行所 株式会社新潮社
〒162-8711 東京都新宿区矢来町71
電話 編集部 03-3266-5411
読者係 03-3266-5111
https://www.shinchosha.co.jp
装幀　新潮社装幀室

印刷所
錦明印刷株式会社
製本所
加藤製本株式会社

乱丁・落丁本は、ご面倒ですが小社読者係宛お送り下さい。
送料小社負担にてお取替えいたします。
価格はカバーに表示してあります。

ISBN978-4-10-352233-1　C0093